音乐家人生

李居维◎著

YINYUEJIA RENSHENG

北方文艺出版社

·哈尔滨·

图书在版编目（CIP）数据

音乐家人生 / 李居维著 . -- 哈尔滨：北方文艺出版社，2022.8

ISBN 978-7-5317-5649-1

Ⅰ.①音… Ⅱ.①李… Ⅲ.①小说集－中国－当代 Ⅳ.①I247

中国版本图书馆 CIP 数据核字 (2022) 第 110415 号

音 乐 家 人 生
YINYUEJIA RENSHENG

作　　者 / 李居维
责任编辑 / 富翔强　　　　　　　　装帧设计 / 树上微出版

出版发行 / 北方文艺出版社　　　　邮　编 150008
发行电话 / (0451) 86825533　　　经　销 / 新华书店
地　　址 / 哈尔滨市南岗区宣庆小区 1 号楼　　网　址 / www.bfwy.com

印　　刷 / 武汉市籍缘印刷厂　　　　开　本 / 710×1000　1/16
字　　数 / 210 千　　　　　　　　印　张 / 17.5
版　　次 / 2022 年 8 月第 1 版　　　印　次 / 2022 年 8 月第 1 次印刷
书　　号 / ISBN 978-7-5317-5649-1　　定　价 / 78.00 元

目录
CONTENTS

第一章

蓝色梁子湖

世界真有人生的价值与意义吗？

漂泊半生，回归故乡，我已行将就木。

追忆那些悲欣交集的家族命运与人生历史，波光潋滟的蓝色梁子湖依旧如童年情景，火红的彩霞燃烧着秋日黄昏最后的辉煌，天地浩渺的古典印象音乐如诗人心灵般寂静辽阔。

时间是回忆的宝藏。

在我幽静的记忆深处，我一生都在与命运斗争，渴望超越和自由，向往艺术和爱情。

如今，我即将永远回到自然母亲的怀抱。对于人生理想和虔诚信仰，我领悟到，孤独是我心灵情怀的精神慰藉。

等我死了，请把我埋进故乡的泥土里，让我与树林融为一体，让日月星辰与我秘密探讨宇宙，让鸟儿居住在我理想的伊甸园中放声歌唱，让风做我的信使，告诉四面八方的荒野，这里四季优美，你看啊！曙光照耀蓝色梁子湖，在那久远的一个夏芒清晨，我的人生就从这里开始。

时光回到童年，世界正在发生巨变。改革开放的交响曲，正在神州大地这块富饶广阔的伟大国土上盛赞造物主。

在李谱湾一个书香大宅院里住着一户幸福的人家，男主人是一个年轻有为的文化人，女主人是一个知书达礼的贤妻良母，他们自然是一对鹣鲽情深的伉俪，生下了我这个独生子。他们曾经是这世上最幸福的夫妻，一家人平安无事地快乐生活着。

那遥远的热闹回忆我还依稀记得。古道热肠的母亲在风水吉祥的大灶房里，井井有条地指挥那些热火朝天的厨工们不停上菜。运筹帷幄的父亲在堂屋门口接待济济一堂的客人，礼尚往来者数不胜数，当时盛况，烈火烹油，鲜花着锦。这只不过是我的四岁生日宴，排场就如此张筵设戏，可见我家富甲一方。

乡亲们对父母亲经营的梁子湖螃蟹养殖场、庄稼、畜禽厂和水果行赞不绝口。大院花园里人声鼎沸，五谷鱼鳖和自酿粮食酒摆满屋内院外，男女老少个个都大块朵颐，真是一场永无休止的饕餮盛宴。

千百响冲天炮，烟花爆竹，响彻天际。

那些年代模糊的记忆转眼即逝，一张张欢乐面孔如遥远的回响，让人产生时间幻觉！

想起我的童年，我时常在追忆中怀念我的外公外婆，我永远记得那时，他们精神抖擞、勤劳、淳朴，像一棵老树，在我童年的故乡为我遮风挡雨，结出累累硕果喂我长大。

黎明像浪漫的印度沙丽，须臾即逝。

刹那间，红彤彤的旭日像个羞答答的新娘，露出她那俏皮笑脸。

到了我出生的第五个年头，这是我初次在大宅院花园围墙内抬头窥探奇妙壮美的黎明景色。

长大后，我开始觉得那种光芒啊，就像晨更守望祷告时透过彩色玻璃窗的微光。光明象征信仰，引领我苦难的命运穿越黑夜。

在我咿呀学语时，我最大的快乐就是兴奋地追随影子，当我年满五岁时，我产生了这种疑惑，但我长大后，我变得依恋我的影子了。说不清为什么，我的影子终其一生都未曾和我说过一句话，而我却听懂了它忧郁的心灵之声。

我的家族从何时衰落的呢？我已记不清。

听外公说，父亲结婚前梦想当一个大作家，不知为何中途放弃了。我认为是生存忧虑和意志受挫，剥夺了一个人的作家梦，取而代之的是他在商业上的成功。

我记得父亲写的诗：

寒来暑往连春梦，百载光阴始育成。

这两行诗随他漂泊了半辈子，也是我一生的诗意写照。

20 世纪 90 年代，在我与父亲相依为命的那些贫苦日子里，父亲将他的座右铭永远刻写在我故乡忧郁的灵魂里。

随着年龄增长和判断思维的成熟，结合所有亲戚的零星碎片记忆，我的想象对家族命运史有了系统还原。

听外婆说，我祖父是一位抗日烈士，因祖传荣誉，我家世代以当兵为荣，可能在和平年代，国家需要经济文化建设人才，到我父亲继承衣钵后，传统发生了转变。

四季更迭，斗转星移，梁子湖村也在悄悄酝酿灾难。

世事无常，命运多舛，爷爷奶奶双双去世后，父亲和他的弟兄姐妹们经过钩心斗角的利益暗斗和嫁娶分家，家族日益衰败，接连而来的天灾人祸，导致父亲的家产落入仇家王坤鹏手里。从此，人财两空，沦落天涯，再无重振显赫的希望。

每年清明回乡扫墓时，父亲总会悲伤地讲起家族往事。

我奶奶原本是一位贵妇人，出生浙商世家，天生丽质且沉稳持家，经媒婆牵线，因缘巧合，与我那忠厚老实的爷爷结为秦晋之好，又有福星高照，很快便儿孙满堂。

我父亲28岁时就坐上江夏区农贸协会一把手位置，这个荣誉一半归功于他的奋斗，一半归功于我母亲的贤惠。

在我母亲还是小家碧玉时，父亲在咸宁温泉度假村对她一见钟情，他们分别时许下约定，等到端午节，父亲在武汉江夏梁子湖村赛龙舟相亲节上与母亲相见。那天阳光明媚，他们果然履行了诺言。生龙活虎的壮观比赛场景，将他俩带回峥嵘岁月。默契相投的比赛热情像浪花飞溅的波澜，两人羞赧而兴奋地躲进隐秘的秫秸中，在湖畔幽深树林里，他们对天地发誓，永结同心，至死不渝。一年后，我就呱呱来到世上。感恩祖上积德，父亲给我取名叫李怀恩。

一九八八年的一个早晨。

太阳灼热的光照和屋里大人们的议论声惊醒了幼小的我。家里发生了不可思议的事！我亲叔叔昨夜离家出走了！

父亲愧疚地读起叔叔留下的一封信，四位姑妈围着听，母亲低落得沉默不语。父亲仰天唏嘘："他发什么神经病呀！读书走火入魔了吗？你们看，他说要做个游吟诗人走遍世界！我早就说过，别整天关在阴森的书房里沉迷幻想。他就是个疯子！疯子！他不会再回来了！愿菩萨保佑他吧。"

从此以后，叔叔的生死成为我永远无法知晓的谜，我再也没见过我父亲的亲兄弟，我的亲叔叔。我将永远记得，叔叔曾经是那样孤僻诡异，整日坐在书房窗前埋头写诗，他悄无声息地抛弃我们，只留下一首诗：

在诗歌的银河里，

我愿做一颗流浪的星星。

那首诀别诗就压在他钟爱的钢笔下。

随着我母亲身怀六甲的喜讯传来，我叔叔带给我们的愁绪慢慢像书房里沉淀的灰尘，在鲜艳的生活中被时光冲淡，以至于根本不想再提起他。对于他的洒脱情怀，我父亲只当那间幽暗狭窄的霉腐味书房是他的灵魂归宿。

我常常望见星星时想念亲叔叔，他只留给我在那间像牢房的书房里教我临摹字帖的回忆，我至今不曾忘怀，他是我的亲叔叔啊，和我血脉相承，一种神秘而亲切的感觉，仿佛将我们的命运联系在一起。我有时觉得自己很像他呢。将来，我的命运会和叔叔一样吗？

在我儿时的印象中，只有零星关于母亲生前的记忆。她的雅兴是在鸟语花香的大宅院里修枝剪花，父亲则酷爱在他的古董收藏室里专心致志研究字画。

春天，蝴蝶、蜻蜓和小鸟飞进院子里，我就像一只小企鹅，东倒西歪，张牙舞爪追赶它们，扑进妈妈怀里，她为我拍干净衣服，教我洗手，亲吻我白白胖胖的小脸蛋儿，噘着嘴喊我"小宝贝儿""小调皮""小心肝儿"。不一会儿，我又像一头片刻不宁的顽皮小熊，肆意穿室绕堂，忽而绕着辘轳跑到堂屋，忽而从灶房爬进猪圈，不顾焦头烂额的保姆，吓唬孵蛋的母鸡。我无法无天，到处搞破坏，只有当我小心翼翼爬进父亲书房时，保姆才安心了。

在散发着墨香和陈列着古董的奇妙书房里，长相俊朗的父亲，在欣赏绢本设色文人画和景泰蓝花瓶。收藏室既是父亲的账房，也是我儿时的书斋和音乐启蒙课堂。我自幼对音乐高度敏感，父亲发现只要我一听见音乐就会入迷地安静聆听，他意识到培养我的爱好给了他某种精神动力，便时常用留声机播放门德尔松、约翰·施特劳斯父子、巴赫、勃拉姆斯、德彪西、贝多芬、柴可夫斯基、肖邦的作品，吸引我自觉去感受艺术。

父亲博览群书，陶醉于古典音乐的那些身影，恍如飘扬的音符萦绕在我年幼记忆中，往昔时光将永远伴随乡愁慰藉我漂泊的人生情怀。那些我一辈子也看不完的汉译外国名著、唐诗宋词和希腊神话，还有哥特式教堂文化历史书和英国湖畔派浪漫主义诗歌，像岁月中历久弥新的老窖，富藏琼浆玉液，浇灌我幻想连篇的天真心灵。

每当天刚亮，父亲就按时起床，洗漱穿衣完毕，久久坐在古董房里用铜算盘算账。这时，永远都是衣香鬓影的母亲为他端来爱心早餐，一杯清澈浓香的武夷山大红袍茶、一碟韭菜鸡蛋饼和八宝粥，他说这能起到清肺润肠的养生作用。

有时，我比父亲起得更早，就一人霸占了留声机，可我太小了还够不着它，父亲装作抓住小偷似的一把将我抱起到肩膀上，又把我交给妈妈问罪处置，我只好老老实实地和爸爸妈妈坐在一起，似懂非懂，看他俩卿卿我我，毫不关心我想要叫这个来路不明的漂亮东西发出幸福音乐的渴望。母亲总想要保持正经点儿，她几次尝试要为我抹干净嘴角边的奶油，然而她的力量毕竟不如男人那般强大，一番甜蜜恩爱后，她总是娇羞地走出古董房。

天黑了，宅院里飘扬着曼妙的钢琴音符，父亲发现，我的好动习惯只要遇到旋律的魔力就会立刻变得神情专注，像音乐神童。而这曾启发他神采焕发的想象。他总在别人面前自豪地夸赞我是如何天赋异禀。我成了他在乡亲们面前炫耀教子有方的骄傲。他教我读书、写字、唱歌，期望我将来成为栋梁之材。他自己越是无法实现的梦想，越是把希望寄托在我身上。父亲念完高中后，他像所有崇拜伟人的青年一样，怀揣着激昂的爱国情怀，想当一位人民教师。响应全国支教号召，在四川贫困山区担任语文老师的艰难岁月里，他热血沸腾的青春和信念化作知识的蜡烛，点亮了山区贫困儿童们的心灵。三年的模范教师生涯，让他终究找到了真正发自内心的梦想，那是一种比信仰和崇拜更吸引他的力量——他想当作家！于是他完成艰苦使命回家后，开始创作小说，写现代诗和文艺评论，非常痴迷，闭门创作两年后，十几家文艺出版社和小说选刊都退回了他的作品。那一天，他哭得很伤心，彻底失望了，但不绝望，只是不再写作。

昔日，家族支系庞杂的势力分裂后，祖宗的遗产失去了原来显赫的威望，每个独立家庭各自变得势单力薄。父亲单靠一己之力挑起复兴家族的使命，那段家乡记忆，我又翻出来，发现自己的身世源远流长，这在我心中徒添了深沉的历史虚无感。

时光会慢慢埋葬一切记忆，但这样一个包罗万象而变化莫测的百年大家族，乡亲们不会忘记，父亲那时继承了百亩良田后，顽强地从失败中战胜痛苦和迷茫，变得勤奋而豁达。

故宅上空的阴霾不再遮住阳光。他一心一意地把心思和精力投入种植园林绿化树和生产大豆油的商业愿景中，他将文学梦想和个人情怀隐埋心中，继之而起的是创建农家乐园和批发市场两大产业的雄心壮志，锄头和算盘成了年轻父亲不懈奋斗、发家致富的拓荒利器。

皇天不负有心人，他成功了！

直到我那贤淑聪慧的母亲遇见这个才华横溢的理想青年，并且很快生下我之后，多年来，一直尘封在他内心的秘密夙愿，一如他的文学梦想，仿佛又燃起了父亲昔日高尚的文人情怀，但这种转变从梦想的定义上来说已经不具有当年的精神理想意义，而只是怀念罢了。所以，当他在我身上看见自己曾经的影子时，他认定我将来必成大器。他传授我古今中外文化知识，培养我有形的和无形的艺术修养，报名钢琴培训班，练习书法，煞费苦心地热衷于培养我，他是那样乐在其中，这就是我在故乡的一些童年回忆。

我将永远记得，那时，父亲常为我讲述国内外的神话和童话。譬如盘古开天辟地、女娲补天、夸父逐日，诺亚方舟，《古希腊神话》《阿拉伯寓言》《一千零一夜》《格林童话》《格列佛游记》《绿林好汉》《骑鹅旅行记》《青鸟》……

我两岁时就能熟读唐诗宋词，三岁读《钢铁是怎样炼成的》《诗经》《论语》，四岁就开始模仿汉译新诗，练习写作，五岁就会唱苏联民歌和英文乡村民谣，六岁就会弹奏车尔尼钢琴手指灵巧练习曲。

在父亲的古董音乐室和叔叔的书房里，那些留名世界文学音乐史上不朽的大师经典作品，如星空下照亮漫山遍野的萤火虫，陪伴我成长。

我曾在《胡桃夹子》之《花之圆舞曲》中幻想我是公主的白马王子；我曾在贝多芬的《田园交响曲》中梦想我是歌颂大自然的诗人；我曾在《蓝色多瑙河圆舞曲》中冥想我是英姿飒爽的音乐指挥家；我曾畅想我是《堂吉诃德》中斩妖除魔效忠公主的骁勇骑士；我曾崇拜《水浒传》中见义勇为的梁山英雄好汉。我的书籍阅览和音乐鉴赏范围，几乎囊括古今中外文学艺术的半壁江山。

父亲对我期望过高，管教严苛，母亲越来越替我感到担忧，为此，他俩的恩爱中多了些分歧和意见，但无法改变的是，我的快乐减少了，增加的是我的知识。

夏天，当南风吹熟漫山遍野的果树和藤蔓，李子、柿子、葡萄、杏子，菜园里爬出调皮的番茄和南瓜宝宝，还有谦逊的金色麦穗。

当阡陌间、稻场上和屋檐下迎来了斑斓蝴蝶和筑巢家燕，碧波荡漾的梁子湖畔，原野缀满繁盛的白花菖蒲莲和金色太阳花，晴空下波光粼粼，土色土香的绿洲，像母亲般温馨。

髫年的我爱哭爱闹，总是非要母亲抱我去划船采莲蓬不可，父亲不同意，担心危险，但即使母亲妊娠期也从来都不忍心拒绝我的无理哀求，她太善良了。蓝色梁子湖蕴含的上善若水之美，融入我音乐生命伊甸园的乡愁，母爱在我往后漂泊欧洲的艺术家生涯里，永远象征圣母玛利亚！

在我幽深的记忆中，母亲头戴洁白的贝雷帽坐在小木船后舱，熟稔地划动双桨，笑靥如花。我坐在前舱，一会儿顽皮嬉水，一会儿学鸟唱歌，总不能安稳，母亲生怕我有个闪失。

湖面风平浪静，天空云淡风轻，小渔船由浅水湾划向湖中央漂浮的茂密荷花丛中，水底鱼虾腾跃在舞姿曼妙的海草和浮萍间。翠绿的荷叶，像是在跌宕起伏的碧波中表演水中芭蕾，清香的水芙蓉娇羞地含苞待放，或风姿绰约，嫩蕊凝珠，神似千娇百媚的美人脸。

微风掠过，宛如一场旖旎的盛大舞会上，它们风情万种，雅以为美的名媛竞相翩跹起舞。

四周无人问津，我们收获满满。

母亲开心地为我剥莲子，她一个我一个，又将荷叶帽戴在我头上，我幼小的身躯娇气地依偎在妈妈的怀里。

小船随波荡漾，缓缓驮着我们漫无目的地漂泊。远处的岛屿烟波浩渺，湖水清澈见底，晶莹鳞波悦耳动听，鱼儿成群结队，飞禽逡巡。天地间，道法自然，身在其中，如梦似幻。母亲是我童年记忆中最理想的美！

辽阔的蓝色梁子湖，是我家乡杨湖村最美丽的风景，还有我幼年记忆中古雅清幽的书香宅第，它南朝梁子湖湾，四面独占肥田良地，风光旖旎。在武汉，这里盛产棉花、芝麻和西瓜，富饶的畜牧渔业和森林果园经济惠及千百户村民。

大自然母亲的旺盛生命力，缔造了杨湖村农业改革的典型奇迹。大地母亲用她伟大的爱养育了一代又一代儿女。

每到梁子湖螃蟹上市的季节，宽畅的沥青公路上，不再有挑扁担的庄稼汉和锱铢必较的商贩，而是浩浩荡荡的绿色卡车络绎而来，这是湖畔军营每年定期举行打靶演练的大型公开活动。在这里充满震耳欲聋的炮声和笙歌鼎沸的军民同乐气氛，村民们每家每户早起摸黑开工，为人民子弟兵和慕名而来的游客们拿出看家本领，献上家乡特色——甲鱼、螃蟹和甘醇粮食酒，并提供招待所，趁此生意机会大挣一笔。

霎时，惊天动地，红红火火。老幼妇孺皆大欢喜！得天独厚的生态旅游资源与民主和谐的富裕生活，竟让这幸福安宁的绿色之邦成了开发商的宝藏，当然，也给父亲的农林渔牧产业和不动产投资带来了巨大商机。

最初，繁忙的庄稼人每天都在从事热火朝天的生产运动，商贩卡车络绎不绝，遮天蔽日的野鸡、天鹅、丹顶鹤栖居于此，伸手便可抓住天上飞的，抬脚便可踩到地上跑的，肥牛蛙、野甲鱼、螃蟹、小龙虾，泛滥成灾。

故乡每天都充满蓬勃生机和人间烟火，耕田种地的村民从早到晚面朝黄土背朝天，随处可见的小孩子们自由自在、快快乐乐，像一群嬉闹追逐的小鸡。

唯独我终日隐蔽在深院墙内，沉浸于音乐和书籍的海洋里，世界正在发生什么变化？村庄外面是什么样子呢？我浑然不知，因此我内在的直觉认知较早觉醒。可是，比起同龄儿童的客观表达经验，我的世界就只有宅院这么大，不知世人的苦难和斗争，不知痛苦产生于欲望和无知，对于我生而有之的幸福并无深刻体会。我生来幸福，上帝把他的爱给我，用彩霞和繁星为我制作甜糕，我以为世人都过着这样衣食无忧的美滋滋生活。然而，真是这样吗？这有待我去经历和发现。

在生命旺盛不衰的梁子湖大村庄，在锦衣玉食的富贵大宅院里，在鸟语书香的冥思遐想中，在儿时的天真世界里，在草木枯荣的涓涓时光里，灿烂星空的神奇美妙，周而复始循环不息的四季更迭，仿佛神秘的梁子湖在我澄澈的心灵中展现大自然的玄奥和生命的意义。

我不记得是什么情景或感触使我对生命与死亡产生了朦胧的意识。

在院墙内度过的幼年时光，我的狭小世界充满神奇乐趣和未知的智慧。人们的一颦一笑和一言一行都变得扑朔迷离、妙趣横生。当我带着这些快乐亲吻母亲时，当父亲在书房为我形容安娜·卡列尼娜何其美貌时，我开始莽莽撞撞地，试图想要对我周围这个花团锦簇的奇妙世界一探究竟。别以为我会像个钻研的小老头，其实我非常顽皮，一天到晚不停翻爬、观察、躲猫猫。我天生就有一股好奇劲儿，是那种简直让人头疼的"破坏分子"。

我认为自然的秘密就像爱玩捉迷藏的小精灵，无处不在，藏在花蕊中，藏在煤砖下，藏在水井里，藏在酒缸里，藏在母亲的荷包里，藏在家政女工们的头巾里，藏在母亲的床底下和父亲的古董收藏室里。或者，藏在我不停奔跑的天真快乐中。从旭日东升的黎明到夕阳西沉的黄昏，书籍和音乐的奇思妙想激励我从拔草、挖虫和捕蝶追影中表达我对世界的模糊认识，并且乐不思蜀。

黄昏重临，父亲开着一辆小汽车回家了，母亲和他商量了一整晚，记忆中，他们曾说话的情景仿佛昏暗灯光，神秘莫测。

翌日，中纪委巡视组到农村监督听取基层干部反腐倡廉工作报告，父亲投资的项目被迫突然偃旗息鼓，这是劫难来临的征兆。

粱子湖村最美的景色是在夏日彩霞曼妙的薄暮时分。

母亲身穿简洁宽松的分袖碎花孕妇连衣裙，一只手抚摸胎儿，一只手牵引我漫步在粱子湖畔，小船在水岸。

天气晴朗时，父亲常在湖边游泳，母亲划船带我去浅水区采莲蓬，有一天，湖面风平浪静，父亲开车去拜访王伯伯。我又央求母亲带我划船到湖中央摘荷花、钓鱼。母亲牵着我的手来到湖边，划船离岸。

不曾想，这次荡舟，竟酿成了我悔恨终生的童年悲剧。

我曾经有一个幸福家园，在梦中，那是一个秘密而遥远的地方，那里有黎明曙光，充满我的心灵。后来，它消失了。我孤独地在无边寂静的黑夜里，向着星辰指引的理想彼岸归去，从此，注定我一生都将在漂泊命运中寻找它。

我们都曾有过童年。

在南风吹熟西瓜的盛夏，绿油油的稻田和琳琅满目的果实飘散着泥土和阳光的芬芳。无论阡陌间或公路上都会看见瓜贩们的小卡车争先恐后四处收购西瓜，远远望去像连绵列队运粮的蚂蚁。乡亲们竞相出动，扛着箩筐和扁担，汗流浃背，不断将沉甸甸的西瓜挑上卡车，一毛钱一斤便宜卖。他们的热情和汗水抒写了这片土地的生命和灵魂。

父亲在王伯伯的骗局下投资开发的水坝发电厂和房产，开始大张旗鼓地建设了。

多姿多彩的蝴蝶仙子啊！花卉的情人。你们岂会知道这世间的悲欢离合？你们纷纷结伴来到花团锦簇的宅院里翩翩起舞，多么逍遥快乐。岂会知道人性的无耻狡诈和贪婪恶毒。

静悄悄的梁子湖啊！在暴风雨来临前的平静水面上，安然无恙的小船上，母亲和我正在越划越远。

这一年，我长高了一点儿，可还在模仿大人中摸爬滚打，对造物主的鬼斧神工和新奇世界各种印象的幼稚认知有了一点微不足道的进步，尽管妈妈总是不理解我这个小探险家的举动，百般呵护我以免受伤，但爸爸却夸我将来一定是个有本事的男人。至于结论，有待时间的证明。

这时期，中国计划生育和土地改革的春风吹遍大江南北，也深刻改变了农村的风土人情。

历史的车轮滚滚向前，我尚不知晓家族世代的根基是故乡。

在我七岁那年，母亲就永远离开了我。

人们怀着敬畏之心纷纷议论：她意外溺水身亡的原因是被水妖抓走了。

苔藓滋生霉菌的梅雨季，那是一个天气变幻莫测的早晨，我哭着闹着，非要母亲带我去划船采莲不可。兢兢业业的父亲一大早就开车去镇上应酬了。

母亲左右采摘，船舷随之倾斜，正当她坐在船头努力伸手摘荷花时，一团浮云遮蔽了太阳，忽然迎面袭来一阵急速气流，母亲还来不及坐稳，摇摇晃晃的小船便将失去平衡的母亲推下水。

母亲不会游泳，惊恐万状地痛苦尖叫："救命啊！快，快救我！"

我又急又哭，不知所措，大声喊："妈妈！妈妈！"

我声嘶力竭！

她惊恐万状地痛苦挣扎了一瞬间！

深渊吞噬了年轻的母亲。

生命殒逝，永不再来，她告别了曾爱过的这个世界。

母亲的帽子还漂浮在水面，我孤零零躺在船上，像一片叶子漂浮在广阔湖面上，叫天不应，叫人不见，求生欲在我号啕大哭的叫喊声中被无限放大。除了大喊大哭，我什么也不知道。

我不停地尖厉咆哮，恐怖的宁静中，我的声音多么微弱啊。

一望无际的靛蓝色湖水恢复了平静，天空也奇迹般拨云见日。小船儿还在随风流浪。就从那时起，我永远记得，一道耀眼光芒如天门洞开，仿佛命运早已注定了我的人生，那是母亲升上天堂的幸福预言吗？我来到这世上究竟是为什么呢？在那一瞬间，母亲永远带走了我的爱。多年以后，当我回头向曾经快乐度过童年第二故乡的岁月告别时，孤独记忆伴随漂泊开始了我更广阔的人生阶段。

母亲在我的梦中楚楚动人地拉着我飞向天堂。当我睁开眼时，发现一群悲哀的大人和小孩正围绕在我身边吵吵嚷嚷，浑身湿漉漉的父亲悲痛欲绝地跪在地上，惨兮兮，涕泗滂沱！见我安然无恙醒来，他紧紧搂起我，欣喜若狂，问妈妈消失的位置。我结结巴巴、哭哭啼啼地指给他看，他发疯地扑进水里，一次又一次与死神殊死搏斗，一声又一声地吼叫，他那悲壮的神情让人感到失魂落魄。

"快看！他找到啦！我们快点过去帮忙呀！"

男人们一齐游过去救援。父亲耗尽力气在草地上给母亲做人工呼吸，直到他们伤心地再也不忍心看下去了，父亲仍然不相信母亲已经死了的事实，他瘫倒在地，悲痛欲绝！仰天长啸！

我第一次祭奠的人是我母亲！

丧葬过后，我在母亲坟前磕头痛哭。

母亲的意外去世使父亲的人生和事业骤然崩溃。他每天度日如年，把自己封闭起来，酗酒度日。

狡猾的奸佞小人王坤鹏早已设计好圈套，收买律师，内外勾结，诽谤父亲非法募资罪和贪污受贿罪，并私下威胁恐吓父亲抵押全部资产赔偿股东损失，顺势霸占了我家的动产和不动产，就这样，原形毕露的恶人王坤鹏轻而易举就实现了他蓄谋已久的狼子野心，父亲破产了。

往日母亲的贤良、聪慧和父亲的悠扬歌声，像锈迹斑斑的锄头，刨刮我童年的悲痛。

父亲黑眼眶凹陷的倦容时不时显得阴郁烦躁，他日夜在空荡荡的房间里独自哭泣，没有一个亲戚同情我们。他一手经营的产业和商会人脉全都归王坤鹏这个混蛋所有！父亲已倾家荡产，唯一剩下的资产就是这栋显赫一时的大宅院，从此，他的人生就像山崩地裂，变得一蹶不振。

厄运忽如一场梦。春风得意的王坤鹏带来一帮恶霸，用讽刺的装腔作势警告父亲明日搬家，他终于毫不留情地暴露出庐山真面目。

田地荒芜了，绝大多数年轻人都远离家乡去大城市打工为生，村民们都相信，年轻一代人，他们不像那些年迈力衰的老农循规蹈矩，默默耕耘，直到与祖坟同葬那一天。年轻人不怕吃苦，他们有着强盛的体魄和尖锐的反抗意志，他们逃离贫苦，抛弃祖宗的陈腐观念，他们是城市建设的主力军。他们一无所有，所以才会拼搏，谋发展。他们有朝一日必将重返往日的幸福家园。

面对这悲惨命运，我永远记得，当万念俱灰的父亲孤零零伫立在梁子湖畔的草坪上，或徘徊在天地间，回首瞭望那些原本属于他的庄稼和财产时，他是多么悲伤，还有愤怒和仇恨啊！

可怜英年早逝的母亲！偏偏这时祸不单行，毁灭再次降临在命运的黑夜。

那天夜里，我偷偷看见，父亲正坐在那把母亲平常坐的藤椅上借酒消愁，他脚下有一个火盆，焚烧着那些他青年时追求母亲而留下的散文诗和照片。空啤酒瓶乱七八糟的，其中有一瓶是我从未见过的琥珀色的玻璃瓶，我那时还不知道是硫酸！他低头沉吟的神情显得恍惚而忧郁，一手拧着酒瓶，一手捻着母亲的旧相片。

黅夜星光像磷火，照耀在阒寂庭院。他的背影很近，但我看他时却很远。他仿佛没有了灵魂。我不知道他究竟在想什么。我又哭又困，回到木架床上不知不觉睡着了。

中秋当晚，天干物燥，凉风习习。我不记得是什么原因猛然惊醒了我。当我跳下床撞开门一看！天啊！整座大宅院已经变成了一片熊熊燃烧的火海！它群魔乱舞般正要朝我扑来！烟火从我的眼睛和鼻孔渗入大脑神经，呛得我快要窒息啦！

爸爸在哪儿？谁来救救我们！我们会死吗？与生俱来的恐惧攫住了我的求生本能。

我大喊救命，就在一阵风吹火焰的幻境中，我隐约看见父亲仍坐在原地，他疯了吗？他是那样怨恨而悲怆地仰天嘲笑死神。放火烧家的人就是他自己！他要以死的方式报复一切。

无处逃生的火海越烧越烈！火烤烟熏的痛苦让我眼泪不止，呼吸困难。

"妈妈……我不想死！"

我要冲出去，但我已经四肢无力，头晕目眩。我以为我终于可以去天堂见妈妈了，但千钧一发时，我听见了！他们在灭火抢救，多么安慰人心啊！

"瑞松！怀恩！我们来救你们啦！快来人啊！发大火啦！快报警啊！救命啊！"

在我晕晕沉沉的虚弱意识中，我听见姑妈的呼喊声，那声音是临近死亡时灵魂渴望抓住现实的有力援手，增强了我的求生意志。但我还是抵抗不住昏睡的诱惑。在我陷入意识缥缈之境，我依稀记得，父亲身上已开始燃烧，却仍然那样平静地躺卧在藤椅上，印象中，几个人影勇敢地冲进屋，他们想要扑灭父亲身上的火焰。就在我快被烟雾熏晕的危急关头，我感到有人把我抱起冲出了鬼门关，我得救啦！新鲜空气充满活力！

一场地狱之火烧尽了大宅院。我迷迷糊糊看见消防车和烧伤的父亲被抬上急救车的场景，表情沉重的乡亲们，废墟中的焦炭和浓烟，夜晚斑驳眩晕的红绿车灯和静谧的星空。我再一次陷入昏睡。

之后的那些恐慌和混乱场景我无法用记忆描述。等我终于睁开泪渍黏糊的红肿眼睛时，发现自己身处医院，外婆正焦虑忧伤地坐在病床边照看我打吊针。想到刚去世的母亲，父亲又生死未卜，我悲从中来，放声痛哭。姑妈忙安慰我——父亲此刻正在抢救中，生命无忧，只是被硫酸烧伤了点皮肤而已，亲戚们都会照顾我们父子俩，直到出院，让我别担心。我这才稳定情绪，外婆一把将我紧紧抱在怀里。

期间，警察叔叔来问过我们一些话，说了许多我听不懂的话就走了。我不顾阻拦，执意要去见父亲，外婆拗不过我，只好请来护士姐姐带我去找爸爸。

眼前一幕恐怖的惨状，着实吓得我魂飞魄散，父亲全身大面积皮肤都烧伤了！他像一具木乃伊，一动不动躺在病床上，医生和两个护士正在小心翼翼给他打针输液。

我们在医院照顾父亲的两个月里，亲戚们每天轮流买饭、陪护，悉心照料。父亲出院那天，他和外公单独聊了会儿，似乎交代了什么，父亲要去哪儿呢？他为什么连看都没看我一眼，就像若无其事一样悲伤地坐电梯下楼，拦车离去。难道，他将母亲的死和一切苦难都归罪于我吗？他不要我了吗？我鼻子酸溜溜，眼泪汪汪一直哭，一直喊着爸爸，悲痛至极！

父亲把我寄托给外婆抚养后不知去向，七岁那年我背井离乡，从此，我的人生翻开了童年第二故乡的生活篇章。

第二章

孤独的童年

20世纪80年代，当我人生中第一次离开家乡，到土地堂火车站那天，才发现，原来村外的世界奇大无比！

改革开放初期，新思想口号宣传横幅和国旗飘飘扬扬。街市上摆满地摊，摩托、自行车和卡车穿梭如织。奔放的年轻男女身穿奇装异服让我眼花缭乱，这里虽比不上都市繁华，但比起故乡灰不溜秋的砖瓦房，那可真是天壤之别啊！

外婆牵着我走走歇歇到达土地堂火车站。她从不花冤枉钱，如果她想坐趟三轮车，她一定会将半天时间用在讨价还价上，最后，没有一位师傅愿意做亏本生意。所以按她的话说：多走路更长寿。她是个慢性子的实在人，走路和做人一样安稳，每经过一家水果摊或百货超市，都能凭借慈蔼得到好心人让给她的一把凳子坐坐，如果我饿了、渴了，外婆也一定会给我买一点零食或水果，只是她却不舍得掏钱为自己缓解疲劳。

熙熙攘攘的站台上排满队伍，车厢内全是乌合之众。清风伴着哐啷当当的钢轨声一路疾驰而过，吹在汗流浃背的各种面孔上，使浮躁的烦闷洋溢在清凉愉快中。狭窄的窗边硬座上，我坐在外婆的腿上静静观察他们，那是一种奇怪的感觉。车上有黄头发的中国人，太奇怪了，还有敢穿短裙的女人，西装革履的男人我倒是在父亲的朋友中见得多，衣衫褴褛的农民掺杂其中，有人欢笑，有人孤单，他们组成了我人生中最早感受到的漂泊画面。

年轻人对表现独特自我的物质追求是这个新时代的风尚。最早表现女权解放和男女开放的西方文化是那些蹂躏中国传统审美和道德观的服装和电影，享乐主义和拜金主义势不可挡。

在风光旖旎的原野上，开往咸宁的火车穿梭如箭。

现实是一种焦躁喧嚣的感受，就像热汗淋漓的车厢走道，稀奇古怪的一张张面孔，夸夸其谈的年轻人，坐在行李箱上打瞌睡的小孩……浮光掠影的瞬间映象，形形色色，姿态各异。

孤单漂泊，渐行渐远。

年庚六旬的外婆，她和蔼的性格在待人接物方面，无论在哪里都能为她赢得爱戴和好运。我想这就是一位老党员的可爱之处，也许是长寿安康的法门吧。而且，这种璞玉浑金的品格也曾是母亲身上闪耀的美。

"妈妈，爸爸，我真的好想念你们呀！"

我神情低落，睡在外婆怀里，恍惚又见到梦中的父母亲。

我坚信有朝一日，父亲一定会来找我。

可这一等就是六年。

童年如四季流淌的小溪，外婆的养育之恩如谷雨甘霖。

记忆中，春天回归的燕子，生机勃勃的山林，零星密布的鱼塘，田间稻场，土鸡孵蛋的草垛……外婆的家乡别有一番趣味。

逝者如斯夫，故人长眠彩云间，只教生者涟洏。

我的童年和农民一样辛苦，夏天种田浇地，喂猪放牛，冬天挑水捡柴，我都不怕苦，并且学习成绩拔尖，充满斗志，过去我可是小少爷，但悲惨的命运让我学会了自立自强，这段经历在一定程度上磨炼了我的性格，改变了我的体魄与认知。

在妈妈的怀里，我过惯了衣来伸手、饭来张口的娇宠生活，因此，初来乍到时，我在舅舅们的眼里看来就像一个体瘦羸弱的小驴子，扛不了扁担，拿不起锄头，干不了田地活儿，外公只好分配我去放牛。遇到好天气，我会背上军绿色帆布挎包，骑牛到青草茫茫的山丘上喂饱它，然后把牛拴在水塘边，我就独自懒洋洋地躺在树荫下，舒服自在地朗读高尔基的《童年》和法布尔的《昆虫记》，在风光怡人的树荫下读书度日，自然就睡着了，因而常忘记午饭时牵牛回家交差，把牛放丢了，外公对此很恼火，他那脾气，恨不得抓起竹条把我的臭屁股抽肿！每当见我挨打挨骂，只有慈蔼的外婆敢与他分庭抗礼。我的舅舅和姨妈们不管忙什么，只要一听见他俩又在吵闹不休就立刻钻进屋好生劝解，生怕他俩大动干戈，破坏家产。

山清水秀的咸宁有许多天然温泉度假村庄，那里真是厌世者的人间天堂。

外婆的家乡蔡田铺村，是一个主要依靠丹桂花树制造蜂蜜为经济来源的古朴山村。

桂花村葳蕤广阔，苍翠的丘陵地带围着一望无际的丹桂花树林，旖旎的田园风光仿佛世外桃源。一条传说永不枯涸的女娲河涓涓流淌，绵绵蜿蜒，它源源不断地浇灌这片大地。沿河两边而建的土木结构屋舍密密麻麻，门对门。琥珀色的女娲河如音乐穿梭其间，发出潺潺的悠扬旋律。

这里的村民懂得如何像生生不息的大自然一样无为而为之。

桂花村生生不息，她将和我的音乐人生一样永不凋谢。

我成了外婆收养的孤儿，直到在这贫寒的岁月里念完小学。

咸宁的秀丽风景驱除了梦魇的纠缠。

转眼又是一个秋。

水牛推磨碾黄豆的牛棚间早已长满诸葛菜和鸡树条荚蒾，矗立在村口的一座贞节坊枝蔓袅绕，漫漶的碑文已辨不清是明朝何年修建，它像绿茸茸的草地上生长的卷柏一样古老。树上的蜘蛛网在干燥的阴风中摇摆不定。金黄的收获季节，我却身在异乡，孤苦伶仃。

冬天来临，大雪飘扬的辽阔村野常有鹿群和黄鼠狼穿梭于丛林深处，在厚厚的皑皑白雪地上留下了零乱足迹。一阵寒风吹过，将树上亮晶晶的雾凇抖落。即使在风雪平息的明媚阳光下我们也不敢出门，因为雪融化的天气更加凛冽刺骨。外公将他当年服兵役时穿的军大衣送给了我，因为我刚来这里时只穿着一件背带短裤，殊不知很快就到了冬天，裹在军大衣里晃来晃去的我看起来就像一个苞谷，我成了文婧妹妹的笑柄。

冬季漫长，这里可没有超市和服装店，一切都是自给自足的封闭状态，村民们将秋收中大部分未出售的稻米和果蔬囤积充足，以保证安然无忧在家度过一整个冬季。因此我们有足够的空闲从早到晚坐在堂屋里，有多得数不完的事情可忙，比如烧果木烟熏腊肉、织毛衣、刨竹条、编箩筐、烤红薯，除此之外，还有寒假作业和一日三餐柴米油盐。诸多琐碎繁杂的手工活儿都在大火盆边进行，比起播种季节，这些农活儿可不比种菜锄地轻松。兄弟姐妹们每天晚上会陪我写寒假作业，我也乐意教他们临摹宋徽宗的《楷书千字文》字帖。

多年以后，当我孤身漂泊无定，坐在火车上翻开一本中英文对照的《吉檀迦利》，回忆诗页中珍藏的黑白照片时，我将永远怀念桂花村的生活和女娲河的音乐，在流逝的岁月中，我的童年曾有过一个幸福而遥远的故乡。相片中的老人是抚养我的外婆，在低首吟哦的莪蒿和稻麦丛中有一口长满苔藓的水井，她笑容可掬地蹲在屋前枣树下手摇轳辘。当我回想起我曾经在咸宁一个迷失的天堂过着孤儿般生活时，我将永远怀念那个童年，我曾热爱的村庄和人们，还有我的外公外婆。

桂花村永远都在那里。

古老的屋檐，四季如画的景色。鹅毛白雪，一望无际的丘陵，啊！多么美不胜收！

感谢母亲保佑我活过了寒冬！

春暖花开的南方艳阳高照。屋檐下，晶莹剔透的冰凌开始慢慢融化。人间四月天，山林间，百鸟歌声嘹亮。大地分娩出姹紫嫣红的花草树木。蝴蝶在芊绵的栀子花藤蔓间追逐嬉戏，北归的家燕双双飞到家乡筑巢繁衍，田地里牵牛耕犁的乡亲们成了游客眼里最美的风景。

静静流淌的女娲河啊！波光粼粼的河面，潺潺流水声，仿佛在为人们诉说着她那美丽的远古神话。在咸宁这个丘陵村庄里，大自然像一位慈祥的母亲，守护着村庄，孕育着我心灵的诗情画意。

太阳只要听见女娲河边的公鸡开始报晓，就会将晨曦的福音洒给桂花村。这是一个被时间遗忘的村庄，然而我们并不怠慢时间，我们没有过多的追求和烦恼去忘记生命的实质意义。

理性的黄昏，神奇之美！我在此成长的每一天犹如新生，心灵如女娲河的水波音乐。

村里的孩子们每天早晨五点就要摸黑起床结伴上学。我们必须跋山涉水，艰难小心地历经几公里山林险路才能走到五星小学。表妹每天必定会第一个跑来叫我起床。这时，外公还躺在小屋里打呼噜哩，外婆早已在灶房里为我煮好了南瓜面疙瘩汤，只等我用原木盆里的淘米水洗完脸，配着红番薯咽下这顿热乎乎的早餐，挎上军绿色帆布书包，和大家一同摸黑赶路。

黎明之光照在河边熟睡的鲫鱼和蛤蟆身上。

我们一家亲戚共八个兄弟姐妹，每人手握电筒，一路穿过泥泞的田野，跨过水坑，蹦过鱼跃的小溪，爬上山坡，钻出遍布蛛丝蛇蜕的阴森密林，最后鬼鬼祟祟地躲开狼狗，悄悄走出红军村，就能远远望见我们儿时最快乐的校园了。

离早晨八点的自习时间还剩一刻钟，我每天负责代表班主任站在讲台上点名，

"同学们早上好，点名开始。蔡建华。"

"到！"

"蔡文婧。"

"我在这儿呢。"

"蔡亮。"

"俺老孙在此！"

一片哗然大笑。

"请大家肃静！"

"蔡聪，蔡聪？"

"报告班长，她不在。"

文婧举手道。

直到我们开始朗读课文时她才气喘吁吁地跑来。

"报到！"

蔡聪两颊绯红，低声羞愧地说："对不起我迟到了，因为我在路上看见一位老奶奶摔倒了，就扶她起来陪她走到红军村，又返回来，所以耽搁上课了，我可以进来吗？"

"乐于助人是美德，大家要向她学习，请进吧。"

校园里热情活泼的琅琅读书声，朝阳和煦的宁静天空下，伴有不绝于耳的蝉鸣。

朴素年代，升国旗奏国歌曾是我心中最庄严肃穆的情怀，爱国热情

从小注入我的身体，五星红旗迎风飘扬，我们昂首挺胸，铿锵有力，大声唱《义勇军进行曲》。那一刻，我感到某种崇高的力量激励我成为歌唱家，让我无比向往那波澜壮阔的远大前程！未来的岁月里，当我伫立在人民英雄纪念碑前，激情澎湃注视着国旗护卫队升旗时，我也不曾忘记这种崇高感情，梦想使我纯真的热情永不熄灭。

那慷慨激昂的国歌，那鲜艳的红领巾，那毫不动摇的敬礼神情，是我儿时的爱国情怀。我们一共有六个学习委员和班长，站在操场中央的升旗台上，就像天安门升旗手，伟大祖国让我们感到无比光荣！

在没有地铁和互联网的学生年代，农村教育没有实验课也没有多媒体教室，除了桌椅板凳，甚至连吊扇都没有。可是，那些伟人肖像，还有孔子、屈原、居里夫人、白求恩、雷锋、焦裕禄、鲁迅、陀思妥耶夫斯基和贝多芬的名人名言倒是随处可见，教室里石灰墙上满是三好学生奖状，那是证明我们品学兼优的荣誉。

下课啦！记忆中，有位孤寡老头，他常年生活在逼仄的门卫岗亭里，他的工作就是看门扫地，每当他敲打下课铃后，我们就会看见老人提着一块工字铁慢悠悠地走回小屋。他沉默寡言却和蔼敬职，除此以外我对他一无所知。我们尊敬他就像对待老师。随后，喇叭开始播放共青团歌曲，同学们兴高采烈地跑出课堂玩踢毽子、跳橡皮筋、跳房子、打玻璃珠子、拍洋画、捉迷藏、斗公鸡、跨背、打乒乓球……各式各样的游戏充满欢声笑语，像花枝招展的绿园。

芳草萋萋的校园外是一望无垠的南国春色。火红的夕阳热爱着生机盎然的田野。我们一行人放学结伴回家，沿着开满棉花的铁路栅栏边追逐嬉闹，伸手可抓的野鸡纷纷钻进布满荆棘的垄沟。路过炊烟袅绕的红军村，蹚过清浅的溪流，穿过高大幽深的松柏林，在万千白鹤飞舞的荷塘中，在暮露碧草的田垄间，在甜美的五月，我们唱着欢快的童谣，赶两小时的路终于回到了馨香馥郁的桂花村。

黄昏的霞光宛如比尔滋塔德笔下的哈德逊画派杰作,尽精微,致广大。那沿路丛生着蛇鞭菊的女娲河,那高大茂密的桂花林,那漫天翻跹的花蝴蝶和勤劳采蜜的蜜蜂!我和最好的朋友蔡聪像两只野兔在烂漫花海中追逐奔跑,穿过树林和稻田,绕过芦花塘,又继续跑到广袤幽静的山丘上,直到远远望去可以将整个村庄一览无余。

宏伟的薄暮像豪情壮志的君王。我记得,在村外的小桥流水边,山坡上长着一棵粗壮葱茏的百年桑树,老人们相传它是盘古开天辟地形成的一棵神仙树,守护在这片大地上。树上挂满多汁的酱油色甜味桑葚,仿佛那是凝聚了天地之精华与日月之灵气的琼浆玉果。但我们不敢爬上树摘果子,从来没人敢对它不敬,参天大树是村庄的守护神。

"听外婆说,它是财神爷,会流血。聪聪,这是真的吗?"

她清澈的眼睛,她稚嫩的黄褐色小脸儿,伶俐又活泼,她朴实的朝气,她腼腆的笑容,都在回答我说:"是真的,老师都这么说呢。我爷爷说,它有五百岁啦!我们向老神仙磕头许愿吧?"

她像一只秀巧的百灵鸟环绕粗大树干,惊奇地抚摸它说:"多大一棵树啊!好像太阳的家就在树叶间,神仙老爷爷啊!你头上结满了好吃的果实,鸟儿们都来啄食,春蚕啃你的绿叶,蚂蚁在你躯干里建造宫殿,这么多的虫鸟都要靠你养活,可你依然茁壮茂盛,像一棵永远不老的生命之树。"

叶簇缝隙间,一缕闪耀的靛红色阳光照亮了她闪闪发光的眼睛,我端详着她的笑脸,她无意间与我相互对视,让我想起梁子湖的潋滟波光,她羞赧的小脸儿像红彤彤的夕阳,眼睛躲躲闪闪,树上两只黄鹂一唱一和。她捂着绯红的脸颊躲到树干背面。我们心照不宣,席地而坐,半晌沉默不语,心里却犹如琼浆玉液般甘醇。

晚风吹拂，树叶婆娑，黄昏将逝，远处又见炊烟袅袅。

“怀恩哥哥，你刚刚许了什么愿望呢？”

“我求老神仙保佑我爸爸健康平安。”

“我也祝福你们早日团聚。”

“那你的呢？”

“我许愿要和怀恩哥哥一起长大。”

“好哇，我们还要一起看日出日落呢。”

“还有——”

“什么？”

“懒得告诉你，嘻嘻。”

“你真奇怪。告诉我吧！”

“我就不。”

她噘着嘴，我垂头丧气。

“你见过世界有多大吗？”

她呆呆地仰望天空半晌，莫名其妙地问我。

“世界就像天一样大。”

“天长地久是多久呢？”

“一辈子。”

“真的吗？”

“干吗这样问我？”

“如果有一天，你离开村庄去一个很远的地方，你还会记得我吗？”

“我永远不会忘记你，无论多远，我都会回来找你。”

“我才不信呢，除非你发誓。”

“我发誓一定会的！”

“拉钩，我们一辈子都是好朋友。”

她兴冲冲跳到我面前说："我喜欢你！笨蛋，来追我呀！"

她说完撒腿就跑，我追呀追呀，天地间充满我们欢笑的回音。

生命的河流像四季，欢快的波浪流过迤逦的旅途，像绚烂的春天一样稍纵即逝。为了实现与大海融汇，即使大暑串通好干旱和烈日，也顶多只能在它毫无逡巡的湍急脚步前充当溅起浪花的区区一块巉石。生命就像一条河流，它是奔腾不息的，也是千回百转的，更是融会贯通的一股宏大力量，每一处源泉的兼收并蓄都是一次意志的升华，它像诗人的浩然正气，像武士的义无反顾，流向真理的大海。

春去秋来，日月相推，童年的快乐时光转瞬即逝。

十三岁的我，经受过多年农活锤炼和悲惨身世的塑造，使我的肌肉越发坚韧精壮，稚气未脱的青涩俊容和麸麦色肤色，正当血气方刚的少年时期。

村里的孩子没见过世面，就数我胆子最大，学习刻苦，唱歌好听，因此我在兄弟姐妹当中显得出类拔萃，他们都很信赖我。穷孩子早当家，说的就是我。每当其他伙伴放学回家拼命玩，我就趴在板凳上练习算术题，写作文。每当寒暑假来临，我就独自一人早上放牛、砍柴，晚上睡在西瓜地的草棚里守夜，陪伴我的只有蝈蝈和蛐蛐儿，星星和月亮是我最忠实的歌迷。

漫长的夏日夜晚，万籁俱寂，晚风沉醉，娇俏玲珑的小姑娘蔡聪踩着月光，蹦蹦跳跳送来麻花、鸡蛋和米汤，与我津津有味地分享夜宵。好多漂亮的萤火虫在我们身旁飞来飞去。草棚凉席上有切开的西瓜，我们美滋滋地大饱口福后，我握住她柔软的小手，她笑嘻嘻地靠着我的肩膀坐着，安安静静听我讲《梁山伯与祝英台》的故事，星星和萤火虫好像都陶醉于我们合唱的歌声里。

花开花落，年复一年，盼星星、盼月亮、盼归雁、盼远方、盼不尽的乡愁和眷念。

我与父亲多年不见的忧伤像女娲河一样漫长无尽。直到夏天快过去的一个傍晚，我才终于见到我那受尽命运摧残的父亲。

那天上午，我在瓜棚做了个梦，看见自己变成一只神奇的画眉鸟，休憩在蛇鞭菊中，发出清脆的啼啭。不知什么人惊扰了这份宁静！我旋即扑翅高飞，进入另一种更幽深的梦境中，那些支离破碎的髫年记忆重新浮现，我看见母亲在故乡宅院中欣赏花花草草的身影，还有在火海中痛不欲生的父亲。昨日如昙花一现的海市蜃楼离我而去，只留下那个无助的孩子在梦里哇哇大哭。我从梦中猝然惊醒！额头已冒出冷汗。惊起休憩的一群丹顶鹤，那些数不胜数的"旅行家"，霎时铺天盖地，飞向茂密的山林。我遥想着，在那浓荫蔽日的山毛榉树林里，一定埋伏着伺机狩猎的豺狼。

孤单和空旷如恬静的蓝天白云。

我猛回头，幸好还看见牛缰绳仍然拴在粗大的树干上，它填饱了肚子，正懒洋洋躺在地上打瞌睡呢。我解开绳子踩着犄角坐上牛背，牵引它寻觅蔽蔽小草，蝈蝈和蚱蜢闻声而逃。十里八村的丹桂花树，像国色天香的众仙女，在田园山林的壮丽黄昏中轻歌曼舞。

茫茫太虚静如止水，草莽丛生的西瓜地里，缀饰着芜杂的相思子和紫菀，菜地里绿油油的细长豇豆如大地母亲发髻上的簪花。思念像梁子湖畔低首吟哦的白花菖蒲莲和金色太阳花，勾起我无限的乡愁。

就在这时，似乎从远处传来文婧的呼喊声，果然，她像报春的雨燕，一个劲儿向我兴奋跑来。

"怀恩！怀恩哥哥，你快看呀，快看谁来啦！"

我好奇地望着她身后跟着的外地人，那男人打扮时髦，熟悉的身影让我浮想联翩，拨乱我的心弦。一里外，我模糊看见他身穿白色西装，头戴遮阳礼帽，手里还拎着一个小皮箱，四十岁左右，看样子像有身份的城里人，他取下礼帽和墨镜向我热情地大声疾呼，我似乎觉得他喊的正是我的名字，他走近了，那声音！那脸庞！千真万确！我内心的脆弱感情霎时如山洪暴发，难忍的眼泪夺眶而出。

啊！爸爸！爸爸！那就是我六年不见的爸爸呀！

我兴奋地狂奔过去，不住地大声疾呼，不顾一切地飞奔过去，扑向他的怀抱，哭得真要命啊！

父亲一把抱起我在空中旋转三圈，泣不成声，无数遍把我亲吻，他恨不能用一句话把我这些年全部的孤独和思念都从我嘴里问出来。我满怀爱怜和痛心地端详着，他这昔日貌似潘安的玉面郎君，曾让多少良家闺女为他一见倾心啊，曾如何深受母亲爱慕啊！如今，他的脸上却满是沧桑，那是一张饱受悲苦蹂躏的脸，头发稀薄，眉毛丑陋，硫黄细痕造成的永久毁容像有毒的匕首刺痛我的心窝！我觉得，父亲虽已不再自信，倒不至于丑怪吓人，只是我不忍直视，然而，保留下来的还有气质和体魄，却也不失风度。

我哭泣着问了他许多问题，"爸爸，你身体好吗，这些年去哪儿了，靠什么生存，为什么直到现在才出现"之类的傻话，他用我能听懂的话沉重地娓娓道来。他眼角的鱼尾纹和黝黑粗糙的肌肉都表明他变得愈发坚强。

重逢的喜悦已胜过一切言语。

父亲的胡须如楷书短横，在我脸上蹭来蹭去逗我乐，文婧一直无声地看着我伤心落泪，她自己也无语凝噎。

父亲愧疚地说："没妈的孩子呀！我的生命啊！相信爸爸从来没有抛弃过你。"

"我相信，我一直等着爸爸回来找我，不知多少年过去了。我每天做梦都会哭着醒来，但我相信，总有一天，爸爸会回来找我的，爸爸！你受苦了！"

他重新戴上帽子和墨镜，振作精神，挺起身，像雄心壮志的阿尔戈英雄，高兴地指向蔡田铺村宣布说："我们回家吧！"

文婧一听要往村里去，就大步流星地跑到前头说："我们回家啦！舅舅，大家一定非常高兴，我们要热热闹闹地欢迎你回家。"

父亲欣慰地感慨道："回家！多么让人激动不已啊！我刚到村里还来不及跪拜父母，就兴冲冲跑出门想见儿子，我太失礼啦，心里装的感恩话像大海那样深，我们赶快回家吧，今晚要回家开开心心地吃团圆饭啦！"

懂事的妹妹已经牵着温驯的公牛往家走了。

我和父亲各自兜着一个硕大的麒麟瓜，随她沿着羊肠小道欢快穿过虫鸟争鸣的田野。

这会儿，外婆家的庭院里早已座无虚席。真奇怪，面对众多乡亲如此热忱的目光，我这时竟然感到怯场了。父亲见外公外婆起身过来迎接，立刻热泪盈眶地双膝跪地，感谢他们对我的再造之恩，他作揖哽咽道："爹！妈！我对不起你们！我更对不起我的妻儿啊！请受不孝子一拜！"

外公外婆同时用手抹掉眼泪，外婆嘴角颤抖着连忙扶起父亲说："快起来，瑞松！你没有对不起谁，反而是我们对不起你，没帮上你什么忙啊，妈只要看着你回家就好，回家就好啊！"

"快起来说话，爹这把年纪啦，只怪没本事减轻你受的罪啊！唯一能尽力帮到的地方，就是抚养怀恩快快长大成人，我和你娘这辈子最大的期望，就寄托在苦命的外孙身上啦，将来能过上好日子，孝敬父亲，不辜负他妈妈的在天之灵！我们就是砸锅卖铁，吃糠面穿烂衣服也要供他读书。”

"妈也不怪你，也从不后悔将闺女许配给你。上天一定保佑你们父子俩平安幸福，将来你们还有很长的人生路要靠自己走，莫悲哀，今天应该是个热闹欢喜的日子，快来快来，大家都别不吭声啊！都高兴起来吧！"

大舅应声吆喝道："怀恩，你最会唱歌了，来给大家唱首歌吧？"

"记得爸爸曾经教你唱的《念故乡》吗？我们一起来唱吧！"

念故乡，

念故乡，

故乡真可爱。

天甚青，

风甚凉，

乡愁阵阵来。

故乡人今如何，

常念念不忘。

在他乡一顾客，

寂寞又荒凉。

我愿意回故乡，

同返旧家园。

众亲友聚一堂，

同享从前乐。

同享从前乐。

唱完一首歌，乡亲们在噼里啪啦的鞭炮声中开始举杯欢庆。

在父亲人生最开心的时刻，他先干为敬，一口吞下二两枸杞人参药酒，小舅用锅铲扒开蹄髈，给我夹菜，外婆从灶房里端来三叠蒸笼，为每人分上一碗五谷杂粮糯米，桌上摆满了鸡鸭鱼鳖和果蔬菜肴，在这乡村味道和家族礼俗宴会中，可以看出桂花村的老百姓重情重义。外公坐正中主位，负责举杯发言，舅妈和姨妈们烧好饭菜给姐妹们端上桌。然后，大家热火朝天地吃喝说笑，声音有时像一阵狂澜，有时像沙滩上大迁徙的螃蟹，有时哭，有时笑，佳肴美酒，人声鼎沸，仿佛又复原了昔日梁子湖村李家大宅院百家宴的盛会场景，父亲和外公、舅舅们的酒兴有增无减，从黄昏喝到子夜，烧完蜡烛换柴油灯，堂屋里的欢声笑语绕梁不绝。

崭新的一天诞生了。

公鸡咯咯地不停报晓。

早晨起床给鸡撒米时，我窥探门缝，父亲从手提皮箱取出一捆厚如砖头的百元钞票，双膝跪在表情严肃的外公面前，并感恩戴德地说了些报答的话。我定睛注视外公，他坚决地再三婉拒说："男儿膝下有黄金，快起来，我受不起呀！我哪能收你这么大一笔钱？你的孝心我心领啦！收回去吧，城里生存不容易，孩子读所好学校也不便宜，拿这钱给孩子读个好学校，再找个后妈吧，你一定要照顾好他，没妈的孩子太可怜啦！我只要你教育好孩子，爹妈就放心知足啦！"

一番强行硬塞和推三阻四后，外公还是极不情愿地接受了孝心。

说到我母亲，父亲又一次忍不住泪眼婆娑，哽咽道："多年前，王坤鹏那个畜生害我家破妻亡，身败名裂，我又差点从火灾中丢了性命。在我一度想自杀时，唯一还不舍抛下的就是可怜的孩子。爹！感激你们的无私关爱，不孝子永远铭记在心，大恩大德，没齿难忘！"

临行前，外公语重心长地握住我的双手说："怀恩，我和你外婆一生都是勤俭持家的老红军、老党员，没有值钱的身外之物送给你，但我有句话，你一定要记在心里，将来无论你选择怎样的人生道路，都不要忘记堂堂正正做人，社会就像战场，奋斗精神永存，我祝你们幸福。"

亲戚们为我们饯行时，外公拿来族谱，俄而，他以族长的英姿伸手示意大家起立，举起酒杯说："蔡家列祖列宗在上，我蔡汉青以父亲和外公的名义，祝福我女婿和外孙，无论今后贫穷或富贵，无论身在何方，蔡田铺村和我们家永久是你们根系的乡土。愿上天保佑你们一生平安幸福！"

德高望重的外公那煽情的慷慨陈词，让人无不感到精神焕发，深谙人情世故的外公说完，最后，二十来人在翌日早晨举杯道别。

我曾千百次问自己，幸福是什么？古往今来，不曾有人完全回答过这个古老的哲学问题，即使在宗教义理和科学福祉发展的数千年历史中，在我求志达道的孤独漂泊岁月中，我曾迷茫地询问繁星，什么才是真正的幸福？似乎没有答案，又似乎很简单。因为幸福要从我们每一个人的内心去探寻。

疑问就是自我的一面镜子，亦真亦幻，有无相生，当我深入内心的镜面反照自我，我的完整统一性就越真实，当我越远离内心的镜面，我反照的自我就越虚幻。幸福不是一种追求，而是认识世界发现自我的回归。

就这样，我又将离开我的第二故乡了。此时，在我纯洁回忆中最惦记的人，就是我喜欢的女孩蔡聪。

我们最后一次告别的情景，至今还让我感到，那时的纯真少年情意弥足珍贵，天真的傻话尽管幼稚却难忘，在鸟儿啁啾，微风呢喃的女娲河小桥流水边，我拿出礼物，将一朵红艳飘香的丹桂花别在她的头发上。

"再见啦，善良可爱的妹妹，我永远不会忘记我们的约定。"

她眼泪汪汪地听我说。

"怀恩哥哥，你不要离开我，好吗？"

我强忍泪水，心痛地匆匆转身跑开。

再见啦，我可爱的故乡！

再见啦，我的童年玩伴们！

后会有期！

第三章

无根之树

香港回归那年，我十六岁，刚念完初中，便随父经商，在武昌沙湖水果批发市场协助父亲做生意。

由于我是公立学校插班生和单亲家庭的境况，所以求学之路很艰难，学校的不公问题让我切身体会到了歧视，我无处宣泄的愤世情绪很快就爆发了，我要辍学！每当我艰难选择人生道路时都需要巨大的勇气！我费了九牛二虎之力，才说服父亲同意我辍学经商的决定。

其实我心里明白，父亲并不愿意让我在青少年时期就担负起生计，他不希望我将来平庸一辈子，更不希望我没有同龄玩伴，或被城里的孩子们嘲笑。然而这些都是多余的考虑，相反，我可怜他们无聊又愚蠢，不学无术，年幼无知，在那些娇生惯养和赢弱多病的同龄人中，我的体魄和知识远胜于他们任何一个，我很自立也很好强，我将所有乐趣和时间都用在工作和自学方面，心理早熟和勤劳苦学让我慢慢养成了端正少言的习惯。

我并不感到孤独，因为我有一个爱我和教育我的好父亲，在我心里，他是我的偶像，是我的英雄。他为人精明勤恳，学富五车，明辨是非，洞悉人性，不计较，不马虎，善书法，精算术，在生活中父亲还是我的老师，辅导我学习文言文和几何代数。在工作中他是我的榜样，教育我人情世故和业务知识，以便提升自我修养和生存能力。对待邻里街坊，他总是乐于助人，对待供应商和客户，人们都敬重他从不锱铢必较，反而真诚友善。正因为如此，他结交了很多朋友，他们常来我家做客，其中也包括房东一家人。

20世纪90年代初，我们住在武昌城中村小区的一套两室一厅出租房里，每月五百元租金，父亲有一辆轻型客车，经营一间五十平方米的沿街产权商铺，在同龄人看来这已经算是小康生活了。但生活优渥的城里人偏认为乡下人低人一等，所以，这更加使我讨厌和城里的孩子们交朋友，尤其是家里开麻将馆的凯威和凯亮小兄弟俩，这两个胖兄弟在附近一带是出了名的小坏蛋，用农民工孩子们的话说，狗眼看人低，趾高气扬，狐假虎威。只要有他们出现的地方准没好事。我每次在他们那里碰了钉子就憋一肚子气，恨不得揍他们一顿才好呢！我打架的本领可是不容小觑的。但父亲常教导我，遇到麻烦时要忍让为怀，男人要有气量，方可立足社会。我铭记在心，不敢违拗。只好不卑不亢，火冒三丈，任他们嘲笑。我的生活就是这样，没有什么美妙可言。直到不久的后来，我遇见了高中同桌尹歆瑶，那时我才发现，我是多么渴望友谊。她的精灵古怪和豆蔻年华，像春天大地般天真绚烂，丰富了我的悲惨世界。

每天清晨五点钟，房东家楼下的小超市还未开门，我就起床梳头抹发蜡，穿上我最喜欢的休闲背带裤和咖啡色皮鞋，然后才能按照食不言、寝不语的家规，与父亲安静坐在客厅，品尝他做的早餐。在整洁舒坦的房间里，我们有充足时间准备，然后开车去沙湖批发行。

生活中，我们习惯了一天中只有这短暂的清闲时光，除了工作、饮食、学习、睡眠，我们几乎很少和享受惬意生活沾上关系。所以精神面貌和营养丰富尤为重要。

好心情就像穿衣打扮对镜子笑，父亲把这当作家教要求我从中寻找快乐和自信。我喜欢阅读一些时装杂志，从中学习巴黎时装品位，对照自身，应用于穿着搭配。我可不曾幻想当模特，但我喜欢与众不同，为此，我经常下班后骑脚踏车到亚贸广场或司门口逛服装店，只是参观而已，因为我对消费观持严格要求。如果我真想当模特，我觉得自己将来可能会成为一个时尚明星。这种兴趣赋予我的生活如此多的快乐。父亲对此并无表态，他从不吝啬钱给我买衣服。

夏天，我最喜欢将头发抹上发蜡后梳成三七分发型。大木柜里全是父亲为我买的各种鞋子和衣服，在众人眼里我是一个相貌清俊，性格孤僻而勤奋好学的孝顺孩子。父亲总是习惯穿牛仔裤和白衬衫，尤其是那顶文艺范十足的鸭舌帽，让人常以为他是哪儿来的导演。他每天早餐过后抽一支烟，再等我洗好碗筷，就下楼开车去批发市场。我们的新生活开始渐入佳境。

清晨，房东董叔拜托父亲开车顺路带他去汉正街批购小卖部零食，七点钟，我们兴致勃勃地一同出发。那时我们住在石牌岭小区，这是一个农民工聚居的城中村，稠密简朴的砖混楼和潮湿灰暗的街头巷尾像煤炭厂和露天电影一样嘈杂。

父亲小心翼翼地驾车，徐徐行驶在熙熙攘攘的街道，像一只甲壳虫在数以万计的蚂蚁中蹒跚而行，车水马龙的早市中有跑进游戏机室的学生，有拖着蛇皮袋捡菜市场地上烂叶子的老妪，他们混在油烟漫天的大排档和新疆烤肉小地摊中。穿过人海看见街尾的亚贸广场，我们终于开上宽敞的中南路。父亲驾车时喜欢播放港台摇滚乐磁带。

和煦的阳光弥漫在隔江三镇。我心醉神迷地坐在小货车上观看眼花缭乱的繁华街景，从雄伟壮丽的长江大桥，驶过古雅的汉口老租界，到达人声鼎沸的汉正街，多少高楼大厦、艺术建筑犹如缤纷的幻想曲，在我心里激荡着欢快的波浪。

在我的印象中，董叔不仅是个有菩萨心肠的人，而且他还是个万事通。你若以貌取人，绝对看不出他是个耿直而细心的人，相比端庄风趣的父亲而言，董叔矮胖，完全和浪漫沾不上边。但他的膘肥体壮和耿直爽朗的个性弥补了他的相貌平平，反而增加了他的威严。任何一种性格的人，只要和他在一起都会感到轻松愉悦，这就是我觉得他是个老好人的原因吧。房东一家很有人情味，住在那栋邻里关系融洽的旧楼房里，来自五湖四海的暂住户，有七个家庭都是长年租客。董叔是我们最好的朋友，像一个大家庭，我们白天各忙各事，晚上又都回到家，围在桌旁闲聊或打麻将，邻里关系像无所不包的馄饨，将我们的喜怒哀乐和酸甜苦辣揉成生活的味道。

记得初次见董叔时，他揶揄我长得像个清秀女孩，为此，我有好几天感到心里怪扭怩的，久而久之便习以为常了。他直率开朗，却并不粗鲁，浓厚嗓音像大提琴般动听，心态平和，豁达的笑容像孩子般无瑕。父亲称呼他老董，我称呼他董叔，我们两家人就像亲戚。

父亲热衷于和董叔闲聊新闻，他们的意见往往一拍即合，从无争执，可见他们确实都知世故而不世故。

父亲开车老练，一路安安稳稳，我边听边望窗外风景。那些稍纵即逝的浮华影像，在我心里产生奇妙的憧憬，那是一种缥缈的欢欣，使我渴望经历更精彩的世界。

在我遇见尹歆瑶之前，我的情感生活像一张白纸。

在每个灯火辉煌的仲夏夜，我又开始迷上童年囿于宅院墙内的奇思妙想和闲情逸趣，那些忧伤回忆如寂静星空，启发我思考人生的意义。

我天生有梦想家气质，但我不如哥白尼那样钻研，也不如航海家亨利那样勇敢。这时的年纪，与其说我追寻的是梦想，不如说是青春幻想，就像凡尔纳写的神奇世界。

我曾以为，父亲的创业梦很快将使我们重建往日失去的幸福家园，这个信念，无疑在他洋洋洒洒的人生中，像火光一样照亮他。他永不厌倦的闲暇乐趣，就是兢兢业业在神秘的彩票号码中，像数学家一样不断汲取沉思冥想的快乐。他早已在命运的磨难中不再醉情于晋人之美的逸雅境界，他风华正茂时曾追求的高尚人文情怀变成了对世俗功利的顶礼膜拜，像老葛朗台的侄儿变得判若两人，昔日的俊彦才情由外而内变得平庸，他不再玩赏笔墨书画，有时用蔑视的口气嘲笑我的文学音乐爱好，我将这看作是他在嘲讽自己的失败。然而，他仍然有梦想和目标。若论实际，他比以前更有上进心，他每天满脑子想着生财之道，对重建幸福家园怀有必成之心，他每天投注福利彩票时，总不忘向财神爷虔心作揖求福。

在那些循规蹈矩的熟人眼里，他是个勤俭励志的单身汉，但在我心里，这并不代表他如此甘于庸俗。当他与朋友辩论思想或是畅谈人生感想时，我总能理解他为什么变得如此愤世嫉俗，我理解父亲和我一样，他是个绝不向现实妥协的男人。而这就是他孜孜不倦，在庸碌生活中与贫穷和命运抗争的信念。他经常兴高采烈地去银行查询存款余额，回家后把门窗关得严严实实，不准有半点透风，总是豪言壮语地对我抒发一番他的回乡梦和人生励志感言，我像一个忠实的仰慕者倾听他口若悬河的演讲，那是我曾经和父亲相依为命的创业时光中，最快乐的回忆啊！

我曾以为，我们终于又过上了幸福生活，是的，我曾以为。

多么讽刺的命运！原本一个奋发图强的单亲家庭，在正要发家致富的路上，却因父亲爱上了一个花花世界的情场高手欧阳芳而化为泡影。

她是一个能轻而易举就无劳而获，享受奢侈生活、挥霍上瘾的人间尤物。她凹凸有致的性感身材和艳丽娇气的青春，靠俘获成功男士的芳心过着放纵的奢靡生活。

据我观察，这可能是父亲生意场上的狡诈客户设计的预谋，企图利用美人计勾引父亲沾染恶习，骗光父亲的家产，好从中分赃。因为我心里知道，他俩经常出入酒店和赌场，肆意挥霍，风花雪月，做了许多桩惊世骇俗的糊涂浪漫事，令人嫉妒、怀恨。为讨她欢心，父亲逐渐被赌博和美色迷惑了心窍，终究把自己的斗志和事业都彻底输光，我们多年的努力和希望一夜之间化为虚无。然而比破产更糟糕的是丧失人格和志向，他彻底变成了一个可恨又可悲的赌徒，轻易牺牲羞耻之心，不惜跪求酒肉朋友借高利贷并向房东赊账，连夜逃债，利用可耻手段筹集资本，再去找诈骗团伙虚造的地下赌场，妄想回本，但无一不是沉痛的打击，让他后悔莫及，最后穷途末路，倾家荡产，苟且偷生。

人在命运的虚实变幻与悲欢离合中如何形成内心的孤独和思想的迷惘，相信父亲已深有体会。

在石牌岭小区的三年生活回忆中，给我留下最深刻印象的并非欧阳芳，而是她在父亲心里曾留下过昙花一现的悲哀，我始终认定是她造成了那段小康生活的悲剧。

我还记得她融入父亲生活时和我在家里有过一段非常不愉快的经历，为此，我领受过父亲的粗暴和冷漠。有一次，我伤心透顶，愤然离家出走，孤零零地坐在漆黑的雨夜大街上忍冻挨饿，这件事在那段日子里对我的影响，就是我再也感觉不到父爱和家庭依靠。偶像倒了，英雄死了！

如何化解我的恨意呢？最好的办法是给我一片自由天地，任我快乐融入群体生活，慢慢地，我就会变得开朗。

于是，父亲思来想去，终于实现了我去中学念书的愿望。那时，我恨透了我曾依赖的家庭生活，导致我高中两年都在校园里过着无家可归的寄宿生活，即使寒暑假我也决心不踏进家门一步，除非欧阳芳从此以后再也不会出现在我家。回想那段荒谬的叛逆时期，我为我这一生中唯一一次对父亲做出如此大逆不孝的口头侮辱而感到愧疚不已！

我当时怎么会如此愤懑！那真是一段不可轻描淡写的回忆。

我年少时曾如此渴望有完整的教育经历和家庭生活，祈求上苍也让我能像别人家孩子那样过着无忧无虑的安宁生活。我总相信可以通过努力获得幸福，我总是那么崇拜父亲的刻苦奋斗，我总是积极乐观地迎接每一天曙光的来临。我很勤奋好学，平日多半时间除了工作和自学课本以外，我的闲暇时间差不多都用来临帖书法。因此，在那段劳碌而充实的创业时期，父亲很注重我的功课。我只用一年就学完了初中三年的课本。我期望有一天能重归校园生活。

这个念头是在某个清晨，父亲不经意提起的，却一直在我心里萦绕不去。我白天工作、读书，晚上临摹诗词经文和碑帖印本。有时在沙湖水果行写作业，父亲做完账，听我背诵散文诗。有时是在家里的客厅茶几上修改我的算术题，大半夜都不准我打瞌睡，然而我的数学证明题反复做错，他又气又骂，抓起铁尺就在我手心留下严厉惩罚的红肿印。这就是我少年时的自学回忆。

微弱晨光潜入室内，父亲早已做好早餐，厨房中飘散着煎豆皮和鸡蛋米酒汤的气味。他总是比月亮睡得晚，比太阳起得早，每天清晨在布满家具的昏暗房间起床洗漱，做早餐，唯恐惊醒我，因为父亲时常要在晚上辅导我学习到凌晨，有时，父亲教我做一道物理计算题，到凌晨两点钟才关灯，这已成了习惯，就是那样的一天黎明时分，父亲见我醒来，他放下肩上的笨重货箱，眼睛盯着左手腕表，喘着气说："你早醒了一小时，再睡会儿吧，外面刮风下雪，等我搬完货物，泡壶茶歇息片刻后，咱们再出发也不迟。"

我伸展懒腰，振奋地说："我要像太阳一样早起工作。"

"我见你最近学习有些心浮气躁，是冬天工作太辛苦，削弱了你的意志吗？"

"我只是偶尔感到无端烦闷，刚开始，我以为是生活不规律引起的精神疲劳，但我逐渐陷入一种迷惑情绪中，我试过集中精神，想要摆脱这种惰性，但是它太强大了，已侵入我思想，变得愈加不平静。"

"生活不能一成不变。也许，你的青春期烦恼来了吧。"

我沉默不语，夹裹着棉被走到露台，掀开帷帐，望向窗外，一看！阴冷愁惨的黎明正被肆无忌惮的风雪统治着，城中村的红砖房，屋宇下，深巷中，万籁俱寂，只有寥寥几家面点铺与花生油作坊明着灯，在雪夜中若有若无地晃动，近处沿街，频频传来聒噪刺耳的汽车喇叭声。

我帮着父亲一边将库存货物往楼下的轻型货车上搬，一边听他热情洋溢地叮嘱我："明早是个晴朗的好日子，我约了朋友去一趟广州谈生意，大概去一个礼拜。你无聊时，多到街上走走看看，很快就会忘记烦恼啦。家里的食物应有尽有，冰箱里都是你从小吃不厌的热带水果、牛奶、卤酱牛肉，还有橱柜里的鸡蛋和基围虾，我出门前会给你些零用钱，在我出差这段时间，你就开开心心地玩乐。你要明白，人的思想越深沉就会感到越忧愁。所有烦恼都产生于自己的想象。好好享受悠闲时光吧。"

父亲用力一拉侧滑门，坐上驾驶座位系好安全带，神情意味深长地鼓舞道："热爱生活的人才能保持乐观，就像我每天开车去工作，当你有了目标和追求，人生才会有意义。时刻记住慎独，保持警醒，才能不被欲望迷惑。"

"这就是精神力量吗？"

"对，追求才是快乐的源泉，你不快乐，是因为你心里产生了矛盾。

你被自己约束在生活的痛苦之中。"

"其实我心里一直在反复挣扎，我本想听从自己内心的声音去生活，但我害怕迷失自己，变得飘浮不定，我的意志还不够坚定。"

"孩子，如果你对现在的生活感到烦恼，尽管说出你心里的要求吧！"

父亲的爱在我心里霎时温暖了整个冬天。

"我想上学，那里有我渴望的知识、友谊、教室、操场、朗读声，我想和活泼的孩子一样过着快乐的校园生活。"

"我竟然忘了，校园生活才是你这个年纪本该有的生活。如果你的要求就这么简单，我想，作为一个父亲，送他的孩子上学是他应尽的责任和义务。"

他很痛快地答应了，并且兑现了他的承诺。但一切又突然变了。

没想到幸福如此脆弱。那是他带着欧阳芳从广州回武汉之后不久。因为她的出现，原本学校生活是我朝思暮想的乐园，却变成了我的"孤儿院"。

从那以后，我和父亲不离不弃相依为命的情感关系开始发生了变化。孤独的中学寄宿生活，让我在记恨和忧郁的阴影中煎熬了两年时光，我不再怀有恋家情结，不再感到远离家庭生活，失去父亲的陪伴是一种缺失的伤感。

爱在我内心失去了光芒。

在我往后的人生中，在我独自浪迹天涯海角的岁月中，我依然记得那段惆怅时光对我的人格影响。

在我幽静的记忆深处，我记得欧阳芳第一次出现在我眼前，是那个风雪飘摇的晚上。

父亲出差回来已有多日光景，自从他夜不归家的第一天起，我就对他莫名其妙的改变产生了疑虑，他的生活规律和精神状态发生了显而易见的混乱，他每天愉快得像回到曾经最春风得意的人生时刻，他以前几乎从不抽烟酗酒，可现在他通常带着一股颓靡的烟酒和脂粉味回到家，他以前绝不赌骰子，现在他有事没事就喜欢把它从荷包里拿出来练手。他以前绝不把心思放在穿着打扮上，现在他的审美情趣焕然一新，他每晚穿着西装革履快活出门，像要奔赴一场华丽的盛大舞会。恰巧那一晚正好被我在露台上发现了令我愁肠满结的证据。我蹲在露台石栏缝隙间好奇地观望，夜里，有一辆小轿车停在门口平坦的雪地上，等父亲撑着伞从我眼底下冒着风雪跑过去时，副驾驶座位的车门打开了。

黑暗中，一个明显具有女性特征的丰满身形隐约浮现，车内暗无灯光，她的面貌恍惚幻觉般模糊不清，但阒寂寒冷的雪夜却难以隐藏她那凹凸有致的体态，在这样一个冬天的晚上，他们还等不及关上车门就迫不及待互相致以热烈的爱意，然而那时，我认为他们的暧昧关系让人感到既隐秘又荒唐。我为父亲感到羞耻的同时也怀着失宠的嫉妒心理猜想，父亲怎能轻视以往对我的管教，丢下我独自在家面对黑夜，而跑到外面风流快活呢？想到这里，我就对车上的神秘女人感到敌意。

她仿佛为鹊桥相会而来，热恋中的秘密情人耳鬓厮磨，调情嬉笑。简直是在侮辱我母亲的在天之灵！

我忍住内心的恨意，感觉像一个被抛弃的可怜虫，好奇地躲在暗处，眼巴巴看着他们偷偷醉情于可想而知的淫乐中。

从那晚开始，我第一次对父亲在我心目中的偶像形象感到质疑。我敢肯定，他们有见不得人的交易。若非如此，又怎会在暗夜里鬼鬼祟祟不成体统？这时，车门"嘭"的一声关上，紧接着，车灯霎时一亮，四周显得更加寂静。强烈的光线将空中的雪花照亮在童话世界中，幽会的痕迹暴露在雪地上。随着发动机的噪音打破寂静，雨刮器慢慢刷清车前窗厚厚的一层积雪，就在我站起身想要看清她的庐山真面目时，她无意间侧过脸正好与我目光相对，我条件反射地立刻蹲下身，好惊险！我心里感到一阵恐慌，然而却是那么刺激。我脑海中不停回想刚才那幕情景，她给我的印象是一种浪漫主义的遐想，就像一对暧昧的情侣，怕被人戳穿他们的隐秘时所表现的故作镇静。她那娇娆柔美的姿色焕发着亮丽的青春。都市风情女郎特有的精致笑容，给人一种在惊讶和暗喜中沉着掩饰秘密的深刻意味。她恍惚间匆匆一瞥，似乎向我投来隐晦暗示，我确定她的眼神告诉我，我们透过思想进入彼此心里的那一刻，彼此已有了心照不宣的认识。而且我能感受到她那种深刻的眼神意味着什么，好像对我心怀诡异地说：原来是个可爱的小帅哥，你觉得我美不美？除此之外，你还想了解我什么呢？你早晚会欣然接受这一切的。

轿车在老社区雪夜中扬长而去。

又一夜，我独自在空虚寒冷的家里忧郁难眠。我感到很难过。倒不是因为孤独，而是缅怀母亲的温柔。想到父亲的创业梦想即将堕落在欲望的渊谷，我心里就充满了悲观情绪。我所有的生活憧憬和信念以及父亲的奋斗意志都变得岌岌可危。命运像一个循环轮回的游戏转盘，其中的人永远无法逃脱被幸运或苦难随时选中的规则。我无边无际地回想，如果不是因为我的贪婪和倔强，就不会有母亲溺水身亡的结果，如果不是红颜祸水的原因，就不会有父亲破产的结果。这一切都是命运注定的因果关系吗？我凝视着母亲的旧相片，星光闪烁的映衬中是她最幸福美丽的模样，头戴洁白的贝雷帽，一身飘逸的丝绸连衣裙，笑靥如花的形象深深扎根在我忧郁的记忆里。

或许，我只是天性敏感，杞人忧天罢了。有过那么一念之间，我甚至以为我从来就没有失去过什么。

时间大概是凌晨。家里只有我一人正酣睡沉沉，恍惚中，我被女人的高跟鞋和父亲的呕吐声吵醒，又是那个讨厌的女人扭开了我的寝室门，她身上喷的刺鼻香水味和脸上的妖艳脂粉令我恶心反感，快要窒息！她居然还装作体贴入微，蹲在我床边问我怕不怕一个人睡，我厌恶地抓起棉被蒙住脑袋，父亲恼火地将我拉起床，踉踉跄跄吼我道："快叫她一声妈！"

　　"不！我不要后妈！我妈妈早就死了！"

　　接着一个响亮耳光打在我脸上。

　　"你就是个天煞孤星！"

　　我感到几乎就要昏聩，怒气冲冲地跑出家门，悲愤地不要命狂奔！错综复杂的破烂巷子里，阴暗恶臭，散发着茅坑氨气和湿土的腐烂味，倾盆大雨还要来奚落我无家可归。我愁容满面，漫无目的，淋雨游荡，直到狂暴怒火熄灭，化作悲凉，我筋疲力尽，又饿又困，蜷缩在亚贸商场的角落里，以泪洗面，我真不知道，世界这么大，哪里才有我的容身之所。只能任凭风吹雨打，受尽精神和心灵折磨。我还以为，往后就要这样开始我可悲的流浪生活呢，怎料到，气急败坏的父亲竟然找到了我，那是在翌日清晨，我记得当时就睡在亚贸街菜市场附近的游戏机室里，一定是好管闲事的居委会青少年教育宣传员邹阿姨来这里买菜时发现了我，她带着父亲站到我眼前时，欧阳芳用可怜的目光向我恳求妥协。那一刻，我知道我该怎样面对以后的生活了。实际上，她出现的那一天起，父亲在我心里的崇高品德就已开始遭到我的轻蔑。有时，我自以为多年来父亲一直在内心将母亲去世的罪魁祸首归咎于我，有过那么一次，我的郁郁寡欢从逼仄的内心矛盾中萌生了离家出走的念头，但我的怯懦并不敢立刻放任莽撞，抵抗和孤僻时有作祟。

　　望着农历上那期盼开学的日子越来越近，我仅有的慰藉就像暗淡无光的阴霾百般无奈。只有每日困扰在尴尬的气氛中，饱尝嫉妒和憎恨。

那些年里，父亲与我相依为命，哪知父亲的明媚笑容和宽怀博大的爱会败在一个不贞洁的女人手里，而我却越来越使他感到恼火和冷漠。那段回忆使我青少年时期对父亲的人格解体感到希望破灭。在家里，我照常白天工作，晚上学习，像丢失了灵魂，要么吃苦耐劳地干活儿，要么幽闭寝室，埋头做练习题，毫不在乎他们。至于她如何一面在我与父亲暗藏的沟壑间扮演和平使者，如何一面巧言悦色讨我喜欢，父亲一概视我为叛逆期的无理取闹。可想而知，我在这个受尽厌恶与悲愤的家里，变得怎样傲慢无礼。

自从父亲带着胭脂俗粉出差游玩回来后，原本和和睦睦的一切时常因为我反复无常的暴躁而迅速瓦解。我为父亲的未来感到前途无光，不再像从前那样天真快乐，心里藏着离家出走的冲动，像悬崖上摇摇欲坠的石头。

平心而论，父亲终究还是爱我的，但我不愿承认罢了。我瘫坐在沙发上等待着父亲来审判我的命运。父亲在露台抽烟那会儿，不知和欧阳小姐聊了些什么话，于是，他沉闷地低着头走回客厅，踌躇满志，问我："好吧，你想我怎样做才会开心？"

我斩钉截铁地说："我要上学，最好就住在校园宿舍，省得你们天天看着我碍眼。"

"好吧，我尊重你的选择，但我希望你想明白后，乐意常回家看看。"

第四章

迷茫少年

石牌岭校园生活，是一段充满音乐和诗歌的美好回忆。

阳光明媚的立夏清晨。晨光洒落在林荫道，恍如仙子般轻盈亮丽，惟妙惟肖，如丝绸般飘舞在虬枝茂密的绿叶间，忽而落在老人的麦芽糖龙凤手工糖艺上面，忽而落在我手中的语文书封面上。

四月像一位画家，将石牌岭酱红色公寓楼墙上攀附的五叶地锦涂成绿色，伴随入学季节的到来，我走进了高一年级军训的时光。

恰巧，就在那时，我遇见了尹歆瑶。

武汉的春天，让人感到无论到哪儿，都有一种风光无限的怡然情趣。

晴朗的一天，全校师生兴高采烈地携带行李坐长途汽车出发，地点是东湖磨山军官学校。我怀着好奇心和童年幻想，在人生的重要阶段，准备在严酷的军训中接受一个月的国防教育生活。

这是一段多么独特而珍贵的体验啊！在这艳阳高照的早晨，到处都是愉快的风景。校园大门口，横幅印刷字赫然彰显，校长那苍劲浑圆的隶书体贺词："热烈欢迎高一新生入读我校。"我站在司机旁的自动门前，反复观赏校长的墨迹摹本，从章印篆文品格可领略校长张功德的文人风采，虽未曾谋面，但心里由衷钦佩其人书法涵养。

　　校车即将启程，这时，我望见一位令我特别有好感的女生，她清癯修长，正从车后不远处的超市自然大方地踩着轻快的绿布军鞋，以淑女身姿和精灵步调，跳着快乐的天鹅舞小跑过来。我紧张地礼貌让路，她和我身高差不多，就在这擦肩而过的距离间，她古灵精怪地看我一眼，立刻向我羞答答地点头道谢，那一瞬间，我感到心里吹来一阵清凉芳香的微风，仿佛产生了一股美滋滋的羞涩感。在那匆匆几秒之间，我傻乎乎地想，她天真可爱，甜美白净，令我心跳慌张，司机大喊一声叫我向后走，我被惊吓清醒。回头看见她已坐到我右侧后排，我回头又望了她一眼，我们的目光恰好相遇，她疑惑地立刻低头，移开视线。我再度陷入沉思，浮想联翩地默念：她叫什么名字呢？她对我有好感吗？她真可爱啊！无数激动的烦恼涌入我的脑海。我多么期望多看她一眼啊，可是她只顾和女生悄悄闲聊，还时不时发出笑声。

　　路途遥远，风和日丽的街景和舒服的空调让人经不起贪睡的诱惑，同学们皆已安然入梦，只有我独自神清气爽，静观沿途风景。汽车开到风光怡人的东湖时，我触笔生情，突发灵感，即兴写下一首诗：

我时常遭受生活的袭击，
精神的枯燥病恹像死朽的枯藤，
在黯淡平庸的孤独中饱受煎熬。
多少人为了生活背井离乡啊！
四海为家，疲于奔命。
多少人羡慕富贵和幸运，
都不如青葱岁月的学生时代。
悲苦险恶的人世像迷雾森林，
而这里却美不胜收。

不要虚度青春年华，

　　因为人生苦短，

　　你将发现恶魔的诱惑，

　　织成的欲望之网，

　　猎捕你的灵魂。

　　命运之路如险象环生的虎跳峡，

　　但这里一切美好，

　　让我感到期待。

　　不知不觉中，一阵停车缓冲打断了我的写作思路。我们到达终点啦。

　　接下来，等着我们的考验将是铁面无私的排长教官和连踢带骂的部队纪律，每当我回忆起那些军训操练时心惊胆战的训斥和热汗涔涔的瘫软疲惫，我就会想起那段部队生活，我们战友积累的友谊，伴随这段难以忘怀的成长记忆而来的一段青春往事，仿佛一首隽永情诗写进我的高中时代。

　　"立正！稍息！向后转！齐步跑！一二一……"

　　烈日下，命令我们跑两千米圆形操场的教官是带领我们高一火箭班第五队的郭团长，他有种刚柔相济的成熟男人气质，长相五官端正，仪表堂堂，他以训练严厉受到我们的敬畏，而私下里他随和幽默，我心里由衷敬佩他那严于律己、英姿挺拔的军人风范，他饱经磨砺的坚韧品格像大树般给我铮铮铁骨和温情的男子汉印象，好像红星照耀我心，在绿荫峭娆的东湖风景区磨山军营，严谨的军训生活规范了我今后的人格成长。

　　有时，郭团长组织我们聚集在食堂或大树下谈笑风生，我们像一群天真幼稚的小孩，在他身旁讲述各自的奇闻乐事和人生理想。

不久，我们互相拥抱依依惜别后，那些训练基本军姿时老爱顶撞教官的个别女生反而当众流出伤感的眼泪，那些热情轩朗的男生也表现出珍贵的情谊。

每当我回想起郭团长，就会感到心里有一道阳光照耀我们向前进。

在军校众多战友和分队排长中，我们几乎所有同学都特别喜欢他，尤其是那些爱争强好胜的体育特长生和仰慕军人的迷妹，总能看见他们在自由时间不依不饶地聚集在他周围嘻嘻哈哈。

在一本正经的军校生活里，女生们阴柔鲜活的蓬勃朝气为枯燥乏味的军校铁纪生活添光加彩，我校男生岂能自认懒散无能？各个团队的男生们不甘示弱，团结一致，顽强抵抗艰苦，定要赢得女生们的赏慕。原本怨死怨活的同学变得生龙活虎，焕然神采，在重重困阻的攀爬翻滚竞赛中，在心惊胆战的一对一的打靶射击中，尽管我们摔痛胳膊，扭伤脚，鼻青脸肿，磨破膝盖，晒黑脸，也绝不气馁认输，在军歌回荡的解放军文工团娱乐活动中，多才多艺的男生们表现出不可思议的团结拼搏精神和当仁不让的钢铁意志，赢得女生们的喝彩。

通过集体合作与日常观察，我感到尹歆瑶在我心里的感觉越来越可爱，我总能看见她和其他女生在蒲葵树荫下席地而坐，在草地上读章回体白话文古典名著《红楼梦》，山林中的鸟儿们一看见她就像求偶似的飞落在她身旁或树叶上，鸣歌起舞，只要她每次笑嘻嘻地悄悄耳语，那些争风吃醋的男生都会激动不已，吹嘘各自对她的了解，但又不敢对她献殷勤，怕被她身边寸步不离的姐妹们嘲笑得无地自容。

有时，在训练场，有时，在食堂，总有一些讨厌的家伙喜欢直勾勾地盯着她的一举一动，她则回以傲慢的冷漠。想接近她的男生们只能望梅止渴，瞧他们个个同病相怜却又妄自菲薄的胆小模样，令我忍俊不禁，同时也对她产生了好奇和兴趣。由于我的性格比较敏感孤僻，对一切关注事物持自视清高态度，不像一般肤浅之人随意贬谪自我价值，所以，往往越是众人趋之若鹜，想观赏她的一颦一蹙时，我反而表现得越是无动于衷，独自一旁，自娱自乐。奇怪的是，她好像总是在什么地方关注我，并且知道我也时刻关注她，神秘的乐趣就在于，接近常态过程中积压的本能意识。

"李怀恩，出列！立正！稍息！鉴于你平时唱军歌很有气魄，而且身体素质高，在团队合作中表现优秀，经过综合考察，现在我郑重宣布，由你担任第五队学生队长，全团队友也要向李怀恩学习，鼓掌！"

郭团长公正无私地选贤任职命令，赢得一片掌声。

"全体同志注意，向右看齐！立正！向前看！李队长听命，你带领队伍一起唱《歌唱祖国》。"

"收到！长官。五星红旗迎风飘扬，胜利歌声多么响亮，唱！"

五星红旗迎风飘扬

胜利歌声多么响亮

歌唱我们亲爱的祖国

从今走向繁荣富强

越过高山 越过平原

跨过奔腾的黄河长江

宽广美丽的土地

是我们亲爱的家乡

英雄的人民站起来了

我们团结友爱坚强如钢

烈日当头，穿戴严实的千余名金童玉女，军歌高亢，士气振奋，阵阵凉风吹拂在红星帽下被烈日曝晒的稚嫩脸颊和脖颈上，撩起军中绿花的丝柔鬓发，散发出青春的芳香。

食堂里热气朝天，肃静简洁的餐厅，烦闷的风声和碗筷叮当声，搅和着汗流浃背的臭味，空气中弥漫着热腾腾的食物气味，像一场露营野餐，让人感到浮躁厌食。

我注意到，张富贵和他那一帮贼眉鼠眼的小喽啰商量了些什么后就厚着脸皮故意坐到尹歆瑶眼前，卖弄斯文地向她搭讪，他那愚蠢别扭的坐姿和庸俗嘴脸实在太丑陋了，他一边满怀诡计喝着碗里的薏米粥，一边色眯眯地偷看她，她文质彬彬，颔首细嚼慢咽，表现出她毫不理会这个无礼讨厌家伙的表情，她身旁两个姐妹倒是发出嘲笑声，瞧他那副无计可施的蠢样，还故作正经，将后脑勺上那顶歪歪扭扭的军帽规规矩矩地戴好。无赖！他借题发挥，开场白显得有点老套，而且令人厌恶，为赢得好感，还大声炫耀他如何仰慕她，想彼此交个朋友，人家可懒得搭理他呢，更可恨的是，他竟想借握手之礼趁机揩油！瞧他的诡计落空，颜面尽失的灰头土脸多狼狈啊！"无耻之徒！"我忍耐着愤怒，自言自语道。出于教养，她不耐烦地掩饰着羞愤。

我再也看不下去了！

我严词厉色地冲他命令道："张富贵同学，这里是严肃的军营，请你保持端庄，遵守集体纪律！不准骚扰女生，请回原位用餐。"

她和同桌女孩们捂嘴笑他颜面扫地，他只好惨败而归，又将那顶脏兮兮的军帽以滑稽动作转到后脑勺，不屑地站起身，嗫嚅道："遵命，队长，哼！夜郎自大。"

她羞赧地端坐着对我小声说"谢谢"，我说"不客气"，便高兴返回。

后来，有一天，我在食堂外边的小卖部偶然碰见歆瑶的闺蜜，她主动悄悄告诉我说："张富贵又黏又糗，没一点出息，仗着他是校长的外甥就狐假虎威，其实他就是个不折不扣的小流氓，你没必要招惹他，不过他特蠢，我才不怕他呢，下次他要再敢纠缠我家瑶瑶，队长可一定要教训他这只癞皮狗呀！"

我默不作声，笑容满面地点头，不一会儿，同学们就蜂拥而入，抢光了商店里的冰激凌。

我第一次领教张富贵这家伙欺软怕硬的嚣张气焰，是在宿舍的一天晚上。

那天下午，我们刚练完军体拳，浑身筋疲力尽，腰酸背痛，教官为了满足我们的娱乐需求，于是组织我们看露天电影，所有人像在集体公社一样穿着绿军服，围坐在宿舍楼下，第一次在部队中观看《红色娘子军》，我们都仿佛身在轰轰烈烈的峥嵘岁月。月光下的葳蕤山林景色中，投影仪灯光将凉爽的夏日夜晚照耀，情景交融，特别让我浮想联翩，聚精会神的观众们都激动地观看抗战英雄故事。多么美好的幸福时光啊！电影感染着我们的爱国热情，在同学们的记忆中留下了深刻印象。

解散后回到男生宿舍，大家都兴致勃勃地讨论感想，除了嚣张跋扈的张富贵。他又在宿舍对瘦小软弱的张磊同学颐指气使，愚弄嘲笑，他专门欺辱离群独处的农民工子弟和寡言少语的小个子，对此，我常控制情绪，措辞公正地批评他。但这次，他显然故意挑战我的威严。冲突就发生在男生澡堂。

军训结束后，男生澡堂塞满人。我排队时见张富贵洗澡插队还粗鲁霸占张磊的花洒，三番两次，我怒火攻心忍无可忍，挺身而出，当面指责，与他对峙！他恼羞成怒，不甘示弱，咄咄逼人，一言不合与我赤膊相斗，他先将我推倒，乘势扑过来，我后发制人，一脚空中蹬车，踢得他像保龄球般满地爬滚，小弟见大哥被打，慌乱中，赵威、赵凯兄弟俩一个出拳，一个踢腿朝我进攻，我敏捷地以退为进，趁他俩打空，我训练有素地重拳出击、打得赵威捧腹倒地，又迅速用手臂锁住赵凯的脖子逼他投降，哪知这时，张富贵抓住我的头发拖拽开来，压在我的背部，摁着我的脸贴地，三人合力对我一阵猛烈地捶打，正当我们打得不可开交时，排长林青山闻风赶来，雷霆之怒威风凛凛，众人胆战心惊，鸦雀无声，郭团长紧随其后，怒发冲冠，张富贵三人无耻狡诈，恶人先告状，乱编谎话骗取同情，多亏张磊理直气壮，禀明真相，教官们争论片刻，不论孰是孰非，打架违纪双方一概处分，惩罚我和张富贵一伙人，沿五百米圆形操场跑步一小时！

可想而知，我们四个鼻青脸肿，曝晒在太阳下，被体罚的熊样儿有多么丢人现眼！简直是狼狈不堪！最让我羞愧的是被尹歆瑶看见，我恨不得一头钻进地下。

跑完后，郭团长指示林排长给我们每人发一瓶盐汽水，我几口便咕噜咕噜喝下肚，差点没呛破肺，而张富贵早已体力透支，躺在草坪上，于是林教官那坚如磐石的皮军靴照着他臀部狠狠地踹上一脚，他竟然嚣张跋扈，叫嚷着要向他的校长舅舅投诉林教官，说他虐待未成年中学生。不用猜，当时他就被我们的大英雄郭团长以"风风光光"的方式遣送回石牌岭中学。

我们都高兴极了！在接下来最后一个礼拜军训的日子里，我和张磊成了推心置腹的好朋友。我在男生澡堂靠一人打赢张富贵等三个小恶霸的闹剧，一时成为全体同学私下称颂赞扬的英雄事迹。为此，尹歆瑶特意托人送我一瓶风油精，我才知道，原来她身上常带着它以防中暑和蚊虫叮咬，这个女孩真聪明。

随着时间的推移，我们不断发展友谊。怀着积极乐观的心情，我愈发期盼前程似锦的将来。

在军训生活的最后一天，军区首长特意为我校新生准备了一场别开生面的青年文艺演出。

在操场搭建的舞台上，首长慷慨陈词，发表演讲和口头表扬。人气爆棚的主持人郭团长和军中绿花们合作得天衣无缝，掌声排山倒海，惊天动地！我们演员穿着部队文工团的军装开始表演，全体军官和学生们都规规矩矩地参加活动。台上同学们穿着各色表演服，轮番上阵使出各自看家本领，台下观众笑容满面。表演形式精彩纷呈，有合唱、独唱、舞蹈、诗歌朗诵和幽默小品，在这时机难求的开心时刻，演员的精彩演出和观众的掌声像傍晚的火烧云，缭绕在绿意盎然的东湖磨山风景中。这是我记忆中首次登台演唱，其意义在于，我从中锻炼了表演艺术，提高了信心，提升气质，激励我树立崇高梦想。

在我最纯真的美好回忆中，我至今怀念我的高中同学尹歆瑶，她那精彩的表演时刻让我记忆犹新，如痴如醉，仿佛历历在目。她亭亭玉立的柔韧身形，穿着紧致的粉红色艺术体操裙，像极了婀娜曼妙的天鹅。伴着温文尔雅的梦幻钢琴协奏曲，她花枝招展的表演姿势，从彩带到半截鞋，无不显示出她鲜活亮丽的柔情和驾轻就熟的肢体控制技艺。

青春篝火照亮整个热情欢乐的军校之夜，舞台下又响起一阵巨浪掌声。最后一个节目是我表演的美声独唱，我打扮得像文工团军旅歌唱家，身穿墨绿军装，英姿飒爽，怡然自若，站在麦克风支架前，摆出信心十足的姿态，自然展现才华，为了在尹歆瑶眼前表现出色，我从排练那几天开始，一直到走上舞台这一刻，我无时无刻不在压抑自己心里的紧张和兴奋。看着眼前可爱又美丽的她那样欢欣鼓舞地注视着我，方才，她那一幕幕婀娜的倩影，激起我的豪情，犹如星火燎原，酝酿在我的歌唱情怀中。

《啊，中国的土地》是一首旋律优美，爱国情深的全曲二段式结构艺术抒情曲，之所以选唱该曲，承蒙郭团长的赏识和点拨，他其实酷爱音律，颇有声乐素养，喜民歌，擅高音，在军训那段日子，他训练我们合唱的每一首军歌，都在我们的印象里留下了曲调高亢的气魄，从他授予我学生队长荣誉头衔并带头唱歌那天起，我们就成了知音，在他的指点和推荐下，我们一致赞同，这首红歌最适合我的民族唱法。我幼年时受母亲启迪的音乐素养，使我很快就练熟了这首歌。这首艺术歌曲旋律优美，感情真挚，第一乐段曲调委婉，句尾反向大跳，使该曲颇具感染力。第二乐段开始处曲调形成高潮，以离调造成新的色彩变化，抒发甘愿像种子、百灵、杨柳、青松那样报效祖国之心，词曲和谐，旋律起伏跌宕，深沉而又细腻，怀着一颗崇拜军人，热爱祖国的赤子之心，我缓缓深呼吸，耳畔听见降 B 大调钢琴前奏，跟着节拍，我平静睁开自己肃穆传神的眼睛望向观众，敞开胸怀，优雅伸开捧起的双手，声情并茂地放声歌唱……

那一刻，我从未在这般光荣时刻凝神对视尹歆瑶的目光，她坐在舞台下的亮光中，第一个站起身鼓掌，观摩她赏心悦目的笑容如此迷人，仿佛涌入了我的灵魂，我们已经命运相连，像宋徽宗水墨画中一守一盼的吉花瑞鸟。

军训时光匆匆而过，告别东湖磨山，迎接我的高中生活，将是怎样的生活呢？我对未来充满了期待。

世界广阔而精彩，而我还未进入社会。人性复杂，而我却不谙世事。我不由得对现状心生忧患意识，在人生百态和天地万物之间，我何其弱小啊！这时，我朦胧感悟到命运的激励，但我究竟该如何朝着目标努力却茫然无知。因此，回忆高中时代不免有些迷惘。思想觉悟注定人生境界。

青春期的困惑还不仅仅如此，除了知识和精神层面的探索，生理发育引起的心理烦恼,情感矛盾在这时期尤为突出。以自我为中心的年龄段,随着这些渴望,即将开始踏上成长之路的新地带。

洪山公立中学坐落在绿荫环绕的石牌岭公园,公园南门外,是绵延的雄楚大道,北门外大街则是融集市与商场于一体的繁华气象。它与四周形成对照,像一座深藏在两个世界之间的幽静花园,连接着过去与现代。内部映入眼帘的风景,常年散发着四季常青和鸟语花香的朴素之美。置身其中,仿佛怡然滋养在蔚蓝天空和清新空气的音乐中,葱茏水杉和松柏以及梧桐,像密密麻麻的森林,将隐藏其中的教学楼和社区与熙熙攘攘的喧嚣尘世隔绝开来。到处都是花草树木的秘境和安详生活的漫时光回忆,到处都充满诗意,有些悠闲小路通往约会的秘密基地,有些院墙角落的书店小屋,像某位文人雅士在此隐居。再往一些不为人知的深处探寻,我似乎已忘却时间流逝,思想变得更清晰,心灵变得更豁朗,精神变得更自由。

当我久久沉浸在窸窣摇曳的树林风之语中驻足聆听时,当我观赏公园中央体育场草地上矫健如飞的高中生踢足球时,当我埋头坐在图书室读《鲁滨孙漂流记》,幻想孤岛上的渔猎生活时,真有种不知今夕是何年的幸福感。

在我平淡无奇的学习生活记忆中,这样的时刻弥足珍贵。在我往后人生重大变革的命运征程中,我永远怀念这里的青葱岁月。

随着阅读积累和时代日新月异不断提升我的能力和观念,我的思想开始变得复杂深沉,社会理想的薄弱意识也逐渐增强,越渴望成长就越想学习文化知识,立志将来做一个对祖国有贡献的人才。或许我太急于求成,有一段时间,我曾一度陷入形而上的哲学困扰中,无法自拔。我常常独自坐在图书室或林荫道的石凳上冥思苦想。恐怕在老师和同学们眼里,我就像个无法让人理解的伊壁鸠鲁吧。但我从不感到压抑或烦忧,因为这里有我热爱的自由和追求。我无忧无虑，像一个快乐的国王，在我的精神世界里随心所欲地生活。

我以前从未在这种丰富多彩的优越教学环境中生活过，与城里的学子们同坐一室，我自幼养成的独立习惯和孤傲的性格让我总显得和他们格格不入。

开学伊始，我被优先选到文科火箭班，同桌是恩施来的寒门学子，恰巧尹歆瑶坐在我后排。

班中学习氛围枯燥烦闷。从高一快班考进高二文科火箭班这短暂的一年里，永无止境地背书、写作业和夜间考试，潜移默化地滋长了我消极反对文理科快慢班的情绪和偏科应试的逃学心理，但面对家人和老师的厚望，我必须鞭策自己迎难而上，在这个全年级尖子生汇聚一堂的班级中力争上游，否则成绩落后者就要按照优胜劣汰规则被降回慢班。试想我的前途和发展机遇将毁于一旦，我就不得不咬牙切齿发奋图强，这样的坚持我又能熬多久呢？直到这时我才深刻体会到人生在世，有许多身不由己的选择逼迫我违背自由意志啊！学习生活的消极状态，占据了我青少年时期回忆的半部分，我至今仍然对那昏天暗地的课堂气氛深感窒息。每天面对模拟试卷，生搬硬套地锻轧解题公式，像古代参加科举考试的呆板书生，凿壁借光，夙兴夜寐，墨守成规。

班中同学有许多农民工子女，他们的成绩优异，出类拔萃，是学校引以为傲的中流砥柱。

据说，张富贵是仰仗校长亲戚的关系暗箱操作花钱买录取分数，才考进这所省重点高中，并被安排在理科快班，因为他之前讨教过我的拳头，所以不可不防。偶尔在食堂或宿舍楼梯间不巧碰见他时，免不了碰钉子，他的无礼霸道充满挑衅的火药味。但他忌惮我的强壮身板和沉着坚毅，对付狐假虎威、嚣张任性的纨绔子弟，我只管视之不见，随他不可救药地自生自灭去吧。

如果说外在矛盾是我的愤怒化身，那么我的孤独就来自内在困扰。我们班竞争压力非常激烈，而且每个人性格迥异，大家当仁不让、踊跃表现的课堂竞争气氛是校园里最为人津津乐道的主旋律，也是校长重点关注的对象，在我们火箭班，我是唯一被破格录取的高分自考生，更引以为豪的是，我莫名其妙被全班同学一致推选为英语课代表，正是这个兴趣打下的基础，夯实了我未来的艺术家生涯和英语基础。这也间接使我与尹歆瑶有更多互相学习和交流的机会。由于她出众的容貌和组织宣传能力，入学伊始便脱颖而出，当选学生会主席。她多幸运啊！无论她出现在哪儿，她的魅力都很像常沙娜水粉画一样美丽动人。我敢说，绝对没有一个人讨厌淑女，她天生性善若水，招人喜欢，她待人真诚，学习刻苦，工作尽职负责，完美符合我的梦中人标准。究竟是怎样的家庭才能培养出这样优秀的人呢？

那时我就开始思考客观唯物辩证法与主观唯心判断的浅显哲理。在我往后深入社会实践，洞察本质，接触过的所有女人中，我都会刻意以她为标准做比较，发现真善美与假恶丑的衡量标准。

回忆抽象的尹歆瑶，她是我学生时代觉醒的青春。树立了我的人格榜样，我们互相取长补短，她温暖了我缺爱的心灵。

青春之墨在我浑然不知的人性世界的画纸上，永留她灵澈的绿鬓朱颜。

在我幽静的记忆深处，她像九寨沟的秋水，倒映在我的内心世界。纵然我们后来都各奔前程，亦无悔青春年华。

每当星夜如茫茫大海淹没记忆的幽谷，我就会怀念，往昔石牌岭校园时光中，那些酸甜苦涩的奇特滋味。

盎然翠绿的石牌岭校园，风景如画。

回忆我和歆瑶在每一堂音乐课上平分秋色的二重唱表演，在体育课上并肩跑步的机缘，我们心照不宣的默契，无不让我感叹，那福至心灵的年华。

那时我的心智囿于主观唯心主义幻想世界，对客观精神与人生真谛的感悟浑然不知。我的目标只有学习，唯一的幸福就是我和歆瑶的友情，梦想与现实的概念还未进入我人生低级阶段的认知领域。在这平凡的小天地里，每天都有新事物发生，改变我的感受和思想，催促我循序渐进地汲取知识与成长经验。我至今还记得许多发生过的事情。首先是入学第一印象，张校长那遒丽古雅的行书"知识改变命运"，悬挂于全校每间教室墙壁上，类似励志格言数不胜数，深入人心。

其次是我的离经叛道。

我时常有种孤立感，我很清楚，那其实是一种出于礼貌克制的桀骜性格，校园打斗使我更加认清了自己欠缺修养。争执起因还要从头说起，我寄宿学校两年里，产生了几乎从不回家的怨念，可想而知，家庭暴力和亲情障碍对我造成了多么深刻的分裂损伤。我最敏感的情绪就是害怕有些同学奚落我是个无家可归的乡巴佬。幸好我是年级的学习楷模，还有老师们对我的青睐才免遭歧视。

父亲负责每月往我银行卡里转账五百元，伙食费绰绰有余，剩下的我都存进邮政储蓄卡里以备不时之需。不仅如此，他还经常开车来学校探望我，关怀中透露出自责和恳求的意味，但我坚持住校的决定其实另有原因，父亲心知肚明，最折中的法子，莫过于分享分离带来的自由和独立。

也不知张富贵从哪儿听来的隐私，并且打锣敲鼓散播我家的丑闻，同学们无不交头接耳，议论纷纷，这火上浇油的羞辱，刺激得我彻底爆发狂怒！竟敢当众挑衅，嘲讽我是赌鬼生的没娘养的可怜虫！我狠狠一拳打在他脸上！随即在篮球场上，我们迅速扭打成一团，像角斗场上拼尽全力殊死搏斗的死囚，不是你死就是我活！我出生以来还从未发过那么大的火，事后连我自己想起来都感到恐怖。

"叫你们家长来见我，去门口靠墙罚站！"

班主任疾言厉色，对我们做完思想教育后，铁面无私地呵斥道。

我后悔莫及，真以为将被开除学籍，结果比这更伤害我的自尊心，我们俩垂头丧气，站在升旗台上，当着全校师生面念道歉信。

那一刻，黑暗吞噬了我心灵的阳光。我的考试成绩因此一落千丈，尽管有歆瑶默默想方设法给予我关怀，在一定程度上挽救了我，但也无法安慰我为家庭幸福和前途渺茫而感到忧伤的情绪，在心灵的苦难世界，我怀着毕业后独闯天涯的憧憬，躲进音乐和诗歌的避难所，渴望在无人打扰的寂静树林里聆听心潮澎湃的音乐，读些生无可恋的诗歌，融入文学和艺术的崇高理想中，世间一切庸俗烦恼与我无关了，只有鸟语花香和绿树成荫，像七仙女围绕着我。

我记得音乐课飘扬的旋律，是校园时光里最优雅的回忆，路过音乐教室，聆听朝气蓬勃的青少年歌声，那无疑就是让我陶醉的高尚情操。

篮球场是我课余时间展现风采的秀场。我身材匀称矫健，长相清俊，忧郁深情的眼神，总能从异性相吸的矜持暗示中觉察到亲切含蓄的温柔。

在我夏季读书的回忆里，挥汗如雨地打篮球伴我度过了校园学习生活之外的快乐时光。论球技，我可是名副其实的灌篮高手。证明实力的方法无非是打一场比赛，说到这里，我的冤家对头又来挑衅了，一场公平较量，首次展现在歆瑶和同学们眼前。

"你应该跪地求我让你三分。"

他盛气凌人，摆出一副脚踩篮球，大拇指朝下的架势说。

"不知天高地厚的手下败将，才会这么不自量力。"

"你今天完蛋啦，我要让尹歆瑶亲眼看你输得一败涂地。"

"少废话！有种放马过来。"

他大腹便便，胸有成竹，对我轻蔑道："五局定胜负，你如果能赢，就证明你不是一个孬种。"

"死到临头还要逞威风。"

他扎实马步，展开彪悍臂膀，俨然一夫当关，万夫莫开的防守架势。我全凭信心竭力遏制满腔怒火，犹如火山岩浆翻江倒海，复仇之心无以复加，几乎被自己内心深处的愤恨支配了意志，我放松全身紧绷的肌肉，深吸一口气，理顺思路，结合球技经验，衡量对手优势，蓄势待发。平日里从体育课老师传授的经验中，我熟悉了一些如何巧借规则的假动作，耍花招躲开对手防守，以及投篮的角度和力量，现在，我要全力以赴！

傍晚，火烧云仿佛也和观众们一起助威喝彩，观此一战，激动人心，加上应景的校园晚间广播前奏《威廉·退尔》，热闹的赛场上，我那飞扬的英姿，在女孩们眼里简直帅呆了！歆瑶站在女生当中，目光投向我，不断高喊加油！我勇气倍增，为了在人面前显示我的英雄气概，我很乐意教训这头熊模熊样的假面老虎，我要让他尝尝胆敢挑战我而自取其辱的滋味。

第一场，我以一个漂亮的带球投篮领先比分，第二场，我又机灵迅速地骗过防守，纵身一跃潇洒扣篮！他气炸了，为自己黔驴技穷感到恼羞成怒，野蛮地向我横冲直撞！我双手交换运球冲锋，几次被他的体重优势压倒失球，病猫发虎威的狂奔劲头，强悍凶猛毫无破绽，紧要关头，我也毫不示弱，重振雄风，穷追不舍屡屡夺球，我们全力以赴拼死拼活，锋芒毕露。

第五场，观众们见比赛到了赤膊上阵的白热化程度，纷纷欢声雷动，呐喊助威。裁判一声令下，不管三七二一，我攻守兼备，绷紧下盘，铆足力气，最后一局陷入了体力持久战考验，我已感到浑身酸痛，抵抗重力产生的物理伤害，快要晕倒了，然而，只要我一息尚存，就绝对坚持必胜的信念！他也累得要命，动作放缓，机会就在眼前一亮，我猝不及防地反攻夺球，身体旋即绕过猛扑，转身，抱球，三步上篮，扣球成功！大家热烈地欢呼鼓掌！听见歆瑶夸我帅，他坐在地上气急败坏，恶狠狠地又是跺脚又是垂头丧气，像嗔怒狰狞的野兽。

然而胜利的荣誉感并未诱导我心生高傲，我明白以德报怨的道理，意识深处突然注入一针理智的镇静剂，我审问内心，为什么自己被复仇的欲望推进人性的角斗场呢？比输赢更重要的是尊重，人最光辉的美德是宽容，人最大的弱点是仇恨。即使羞辱了他一顿，又能如何，退一步海阔天空，我走去向他伸出友谊之手说："输赢并不代表什么，但我想让你知道，我们不是仇人，也没有阶级和身份差别，我们是同学，今后交个朋友吧。得道多助，失道寡助，学习成绩才是我们真正要较量的比赛，你愿意和善良交朋友吗？"

他犹豫良久，才愧疚地说："谢谢你，朋友。"

之后，我们冰释前嫌，成了学习上的竞争对手和生活上的莫逆之交。

人们时常会在篮球场和亚贸街拉面馆看见我们的身影，真是不可思议啊！昔日两个冤家对头竟然毫无芥蒂地彰显昆弟之好。这件事反映的意义，说明我已具备了独特的成人思维方式。

在思想感情和精神艺术成长阶段，有四个人对我的影响至关重要，他们引导我的学习兴趣和人格追求。帕瓦罗蒂激发了我的歌唱家梦想，张校长点拨我领悟了"外师造化，心得自圆"的书法精义，尹歆瑶鼓励了我自信向上的人生目标，对我影响最实际的人，是全校最受欢迎的音乐课才女朱秀琴老师，我之所以要用浓墨重彩地介绍她，是因为她在我未成年时期对两性观念模糊的年龄段，治愈了我的恋母情结，使我在成长的烦恼中摆脱了童年缺爱的阴影，培养了我光明正大的道德情操。她有才情和美貌，擅长弹奏钢琴和歌唱，她性格温文尔雅，说话像诗人。

如果一个老师不能培养学生的人品和兴趣，至少要专心传授他终生受用的知识，否则就是一个不配得到尊重的老师。她是我学生时代见过最受人爱戴的育人之师。在我心里，她德才兼备，情商高，可以媲美林徽因。她上课比任何老师都生动，若要我说心里实话，我由衷仰慕她，超出我对歆瑶的感情。

我记忆中的音乐教室窗明几净，依墙缠绵的藤蔓和金黄色银杏树叶尽显萧瑟苍凉。课堂上，我毫无疑问是朱老师最器重的得意门生，她提拔我当课代表，协助她布置课堂作业和组织校园歌唱比赛，从中扩展我的副课学习能力，辅导我系统学习声乐理论，教我弹钢琴，亲身示范表演动作，两年来，在她不厌其烦地单独培训和我孜孜不倦地练习中，我学会了识谱和中国美声唱法，我们在艺术的高亢热情中，朝夕相处的校园时光，多半是放学以后或双休假日，在沐浴曙光的钢琴教室，在无人问津的僻静小路旁，梧桐树下，我们自信地引吭高歌，在静夜里灯光闪烁的练功房，还有我们四手联弹练习曲时的目光如炬。

青春期最显著的变化，就是愈来愈注重自己的举止仪容。我模仿时装杂志，穿牛筋底休闲皮鞋，内搭白衬衫，外套青色修身款西装，梳头发，画眉毛，戴上平光镜，瞬间像个出入上流交际舞会的花花公子，于是，凯威兄弟俩总跟着张富贵跑来宿舍，向我请教穿着搭配，还给我们取了个赫赫有名的拉风美男子组合绰号，无非是想在女生们面前耍酷装帅，瞧他们那副吊儿郎当的滑稽样，我可遭殃了，歆瑶见我不务正业成天跟不学无术的纨绔子弟厮混，拉帮结派沉迷游戏机，和不良少女同流合污，写纸条表明要和我划清界限，谁没有过年轻骄傲作祟的倔强脾气？为此，我们僵持了一个月。最终主动妥协的还是我，闹来闹去又自然而然和好如初。

经验教训告诉我，堕落知本性，反省达境界。人生的意义在于，由外而内自我回归。

每次重新认识自己都是意义非凡的突破。

从悲观的心理阴影和感情的迷惘状态中重新振作精神的我，决定摆脱一切负面杂念，心无旁骛地在学习和爱好中刻苦磨炼意志。

我一生都遵守自律，从中学时代开始，我就在很多方面努力规划未来。课余时间除了写作业，体育锻炼，练钢琴，唱美声，临池魏晋南北朝书法家碑帖，每天都鞭策自己前进。我相信，人生是一条康庄大道，凭着不断奋斗向前进，时间回报给我的，将是无边的智慧和力量，足以对抗一切外部的现实压迫和生活忧患。

每当夜里，我独自安静坐在图书室潜心研读汉译哲学名著和小说，回寝熄灯入睡时，我仍然在床头台灯下逐字逐句默写英语单词。我从古代寒门学士写的文言文和唐诗宋词中受到熏染，养成终生读书的习惯。有时我辗转反侧难入眠，躺在上铺凝视窗外的夜空，回想悲惨的童年，怀念母亲，冥思遐想，理智就会自觉扎根当下，约束情感避免沉迷往事。我经常和我的灵魂讨论人生：人的前半生是认知自我与世界的过程，后半生是回归自然的超越。

从生到死，一个人的命运要经历多少挫折，才能走向心中幸福的时辰？从《道德经》那里，我学会了在我本该锐意进取的青春时代，却选择了清静无为的生活；从《沉思录》那里，我学会了使我刚强的性格慢慢变柔和，从而养成严于律己，不随波逐流的品德。对于世间那些庸碌一生，沉迷于声色犬马的人而言，我的欲望和痛苦相对和谐。因此，幸福安宁常驻我的内心，我比一般人更清醒。按照善指引本性，是在我的力量范围之内，我不断努力从生活的苦难中锤炼意志，保持自由意志，不受流变的外界所干扰，无论何时都能坦然自若，不为虚浮和痛苦所动摇。我的无为而为处世之道，恪守中庸逻辑，摸索前行，不断接近完美。这就是心灵宇宙第一法则。

早晨天朗气清，我总是第一个起床洗漱，简简单单的椰奶乳饼和巧克力就凑合成一顿饭，在宿舍打扮得干净笔挺，看起来朝气蓬勃后就独自骑自行车去书店买山水画大宗艺术画册和碑帖，中午两点约见朱老师，在学校钢琴教室训练我弹钢琴、唱歌，一见我兴冲冲推门而入，她立刻回头笑盈盈侧转起身，心情格外美丽地和我寒暄，她清雅的妆容与艳丽的低胸衫搭短裙让我情绪兴奋，她轻轻靠近我端坐钢琴前，笑容很温暖，优雅的女人在我的印象中都具有语言丰富又亲切温柔的迷人气质。热爱音乐让我们特别欣赏对方。明媚的阳光静谧地照进教室，我富有感情的歌声伴着她华丽的弹奏，又将慢慢度过一天难忘的时光。

一个单纯又励志的尝试启发了我的人生目标，阅读习惯和写作兴趣，第一次在高级精神生活意义上，形成了我青少年时期的文学梦想，怀着充沛的热情和坚定的自信，人类幸福事业的神圣使命仿佛召唤我，献身社会主义民族文化伟大复兴的梦想！不甘平凡的赤子之心顿觉前途闪耀着荣誉的光辉，自以为将来能超越安徒生笔下那些不畏荆棘路追求不朽理想的先驱者。

在我不断汲取知识不断成长，最终树立人生理想的迷茫年纪，孤独和幻想犹如古典浪漫诗歌的殿堂，我每晚像修道院的隐居学者，沉浸在图书室博览群书，孜孜以求地阅读写作，我甚至会查阅外语字典和历史文献来研究艾略特现代诗集《荒原》与《四个四重奏》和《奥义书》的信仰，广泛涉猎抽象哲学，譬如《道德经》，亚里士多德的形而上学和康德的《纯粹理性批判》，罗素的《西方哲学史》，尼采的强力意志哲学等。我只要一进入奇思怪想的世界就会产生头脑兴奋感，这天性不知从何而来，无论对什么我都渴望洞悉，最能释放我这种激情的东西就是诗歌和音乐。综合教学楼图书馆酝酿了我最初的作家梦。我写的语文作业和抒情散文诗在校园作文报和学生会广播节目中大展拳脚，更让我沾沾自喜的是，我发表在校园诗刊的一首田园诗居然荣获桂冠诗人奖状！由此因我而引领满园桃李热爱诗歌的新风尚，如雨后春笋般掀起一阵校园文艺复兴的春风。

我一时名声大噪，豪情万丈的文学才华崭露头角，难免有些恃才傲物、自命不凡。正因如此，那些仰慕我的同学们争先恐后地向我投来橄榄枝，我们时常在校园的阳光下席地而坐，吟诗弹琴，陶冶情操，逍遥快活，观众流连忘返。我们也曾在语文课堂上、钢琴教室、夜间操场、男生宿舍楼、学生会广播，朗诵古今中外脍炙人口的名人诗篇。

最让我感到激动的是尹歆瑶和我成了文学上的知音，她的欣赏和鼓励让我对诗人梦想充满热情的憧憬！

可惜，我却没能在这条道路上成功地追求人生，而是选择了另一条路。

白云一去不复返，我至今不曾体验过那时的诗意青春。

第五章

青春梦想

一个人独自生活，最痛苦的是回忆，最美好的也是回忆。

印象中的石牌岭公园四季分明，娴静淡雅，独具魅力，那里是一个让我内心为之梦断魂劳，难以忘怀的地方。多少个异乡漂泊的寂寞夜晚，我时常回想起昨日的时光。

在我幽静的记忆深处，那里有印证岁月的公寓和教学楼，闲情逸趣的退休老人和阳光灿烂的莘莘学子，招蜂引蝶的花园树艺，十里飘香的面包作坊，绿荫道上风度翩翩的英桐，无人问津的杉林秘境和自由广阔的中央足球场，无不使人感到心旷神怡，那里曾经留下我最快乐的记忆。

春天，翠嫩葱茏的公园召唤候鸟来此筑巢栖身，辛勤朴实的园丁啊，我要歌颂你们像蜜蜂采蜜般塑造园艺的光荣劳动。看啊，那些积年累月，精巧修剪，仿几何形龙柏树艺和妙趣横生的山水风格小梅园，处处可见你们别出心裁的智慧和对生活的热爱。人们都很爱护这里的花草树木和盆景赏石，不仅因为爱美之心人皆有之，也出于人们心中对劳动者带来的社会福祉怀有敬重之情。劳动者光荣！你们是这个国家的人民中最美的一道风景。

江城夏日热辣的太阳炙烤着大地，升腾的热气稍微收敛后，聒噪的知了也沉默后，阵阵怡人凉风让梧桐树婆娑起舞。这时天色将近曛黄，可是人们依然觉得高温难静下心来。这罕见的高温已使一个月滴雨未下了！午睡后，我瞧见歆瑶家的窗户像一口干涸的枯井，对着亚贸街，随地杂陈着钳具和氧焊罐子的五金店里，有一台供应开水的大锅炉，烦躁醒来的尹叔叔用肘撑起大汗淋漓的身体，从茫芏席上跳到工业电风机前将它调到最大，他实在斗不过酷暑燥热的天气，就踩上拖鞋仅穿一条运动短裤，一件汗衫，往水龙头滴答的门口大步踏出。他漫不经心地走在亚贸街上，看看有什么能引起食欲，脸上像炸油条面窝似的冒汗，碰见我时，他开玩笑说自己就像难民，饥肠辘辘地闻着满大街从高汤和蒸锅里飘来热气腾腾的肉味。过早后，刚回家，他就自言自语发牢骚："今年夏天比大火炉还热！嗓子干得冒烟啦！一大早上活见了个鬼似的！这个破烂小区怎么又停水停电啦！简直要命呀！"

　　他身形虎背熊腰，貌似山大无柴，其人形象，方圆百里无人不识。哪怕你在人潮汹涌的集贸市场，都能轻而易举地发现他，但又很奇怪，社区居民和熟人都很喜欢他的忠厚老实。他肤色麦黄，眼角的鱼尾纹像扇子褶皱，额头总是像手风琴一样拉缩着木讷的面部表情，没有谁比他更符合沉默是金的道理，说明他老于世故。评论一个人的特点，我主要根据实际观察。

　　我和歆瑶曾很多次在书店约会时，听她聊过尹叔叔的过去。他现在是一个深居简出的国企退休钳工，前几年，武汉一些老牌工厂搬迁或转型成私营企业后，许多像他这样未满退休年龄的工人因此获益，单位给他们一次缴纳完社保费。因为晚婚晚育的原因，歆瑶的母亲剖宫产后患上宫颈癌，不久就去世了，老当益壮的尹叔叔至此鳏居。某天，这位单亲房东家里住进一位从事家政服务工作的广州人黄女士，他们很快被怀疑产生了不正当的关系，由于她神秘兮兮四处发传单的行为遭人嫌疑，因此，她就在夜里神不知鬼不觉地搬家了。几天后，街坊四邻都不可思议地发现，尹叔叔莫名其妙变了个人似的，歆瑶问他为什么郁郁寡欢、神情悲哀？

他回答说："我的幸福小鸟已不再回来。"

一个家庭的经济保障是安稳生活和子女教育的基本条件。和所有市区房东一样，尹叔叔的经济来源也主要依赖于出租楼，另外他还是自家门面的五金店老板。因此，他的财产自然配得上天天吃猪肉的阶层生活水平。

在我很小时，命运就锻造了我敏锐的社会观察能力，从中慢慢建立我的逻辑思维，形成判断真假，辨明本质的理智。基于公正，我实事求是，评论人的出发点是道德，包括尹叔叔，我从来不认为他是个低俗的人，相反，他具有高尚的品格，表现在谦卑诚实和乐于助人的行为上，他的性格修养和文化素质都招人喜欢，沉默寡言的明白人一般都很有智慧。交往时间久了，他的家庭历史我一清二楚。在小店铺稠密如丛莽的早市街上，有一栋民楼，它超过社区居委会面积，靠这祖传的房产，尹叔叔一直靠铁艺和卖开水经营门面，陪伴他的只有工作和女儿，他像一台默默无闻的钻孔机，闲暇时就坐到卷门旁的梧桐树下，看人家谈笑风生，却从不多言。除了日常工作，父女俩常在家里的餐桌上看电视度过，这毫不妨碍他们各自的生活兴趣。

炎炎夏日，石牌岭路亚贸街依旧熙熙攘攘。

知了在梧桐树上哀颂死亡之歌。生命短暂，躯壳就是它们的棺椁。

鱼龙混杂的地摊像俄罗斯方块般密密麻麻占满马路两边。

由瓜贩菜农和油炸小吃地摊组成的墙，从早到晚拥堵校门口，竞相吆喝。这里称得上是江城夏季最热闹的一道市井风情。

此时，太阳渐渐息怒了，繁华集市上涌现的下班人群，像海里洄游的鳕鱼一样接踵比肩。

洪山菜市场，位处亚贸大厦与石牌岭公园的正中。

"土地堂西瓜两毛五一斤！"

"广西甘蔗便宜卖啦！"

"走一走，瞧一瞧，宜昌柑橘不甜不要钱。"

霸占马路中间卖玛仁糖的商贩，别有一番风情。

下午四点半，石牌岭公园北校门外，百米街道上早已人潮涌动，学生们排队陆续走出铁栅门，身穿制服热得脸上红彤彤的保安不耐烦地守卫着门口，以防踩踏事件发生，棕褐色肌肤的交警，像安全标志一样，尽职尽责地站在马路间指挥车辆和行人。

在我记忆中的石牌岭公园夏日时光，教学楼前馨怡艳丽的梅花园中，有一条幽静蜿蜒的大理石亭廊，上面漫垂着郁郁芊芊的葡萄藤蔓，像一道蔚然成荫的诗意秘境。在同学们口耳相传中，我们喜欢称之为"野兔窝"，之所以感到与众不同，是因为我们经常看见，那些社区夫妻或情侣在此唱歌跳舞。我校学生绝不敢在此秘密约会，大家心里都敬畏张校长每天在广播上强调的禁令：学生严禁谈恋爱，违者一律开除！我生来热爱自由，天性最终导致了我的离经叛道，后来我干了一桩轰动全校的个人英雄主义蠢事，也因此为了捍卫自由，反抗应试教育而不惜付出我上学历史以来，第一次主动辍学的代价。

石牌岭公园夏日时光，宛如野村宗次郎的奥卡利那笛音乐，让我想起课堂、篮球场、图书馆、露天电影、梧桐树、花园……情景交融。那些轻柔明媚的欢快身影，鲜艳亮丽的蔚蓝色校服和红领巾，体育场上嬉笑言欢的纯情少女，如花似锦，撩人心扉，教学楼广场篮球场上，汗流浃背的比赛健将，他们青春飞扬的生命气息，是校园最漂亮的风景。这一切，都让我至今回味无穷。每当晚自习课间聆听窗外，伴着雅尼钢琴曲，从学生会广播室传来歆瑶的朗诵声，我就会浮想联翩，沉醉在流光溢彩的夜色中。那时，诗歌和散文投稿在校园课余生活中非常流行，我最早的诗歌写作兴趣就是这样产生的。我模仿浪漫主义诗人写过很多抒情诗，在校园的各类周刊和文化宣传栏中，我孜孜不倦地写作投稿，名声渐旺，广播室经常朗读我的满分作文。

陈老师向来对我关心有加，她不但提拔我担任语文课代表，而且悉心栽培我。教师节那天，她审阅完我的期中考试作文后激动不已，把我叫到办公室，赞不绝口，说："你很有文学天赋，我希望你将来的梦想是成为一个作家。"我顿感醍醐灌顶，天真幼稚地问："当作家能挣钱养家糊口吗？我想当明星。"

"作家也是职业呀，如果你成名了，还需要担忧生计吗？"

"谢谢老师的栽培，我会努力做到。节日快乐，陈老师，这是我送给你的礼物。"

她一看是《安娜·卡列林娜》，立刻喜欢得爱不释手。

我的作家梦虽然只是励志人生中的一次失败尝试，但我对文学名著的崇尚之情可见一斑，而且我的天赋最先崭露头角的方面，也是从创作诗歌开始，启发我真正意识到这点的人就是语文老师，在陈老师的辅导下，我从出类拔萃的校园文艺明星中勇夺诗人称号。每当校园广播播放，我常常坐在阅览室，怀着自豪的激动心情，期待歆瑶朗诵我写的诗。

秋天的公园是一个充满诗歌和音乐灵感的世界。在我忧郁的情怀里，石牌岭的四季和武汉风景气候，是我记忆中最眷念的乡愁。

武汉是一个亚热带季风气候很典型的长江中下游省会，张之洞是这座城市现代史的开创者。武汉有许多新中国第一代重工业国企，江城独特的三镇隔江地貌，风景无限，壮丽的长江大桥像鬼斧神工的杰作，在龟山与蛇山之间横跨天堑，形成千桥之都的象征，与天下第一楼的黄鹤楼交相辉映，气势磅礴。

九省通衢的武汉市内山河湖园星罗棋布，全国独具一格，每一座山，每一条河，每一片湖，每一处公园，在武汉人的语言和思想中，都有千丝万缕的历史联系，它们与城市整体文化记忆密不可分，荆楚大地的山水情结也融入了武汉人的生活与性格。我也深受影响，美丽的家乡，在我的潜意识中形成了早期的文艺审美观与人生观。在这一时期，我继承了我亲叔叔的文学衣钵，我总是梦想在自由广阔的天地间做一个无拘无束的游吟诗人，浪迹天涯，纵横四海，足迹所至，便能这般潇洒吟咏，即兴赋诗：

激情澎湃的长江啊！

古往今来让人感慨不尽……

那里的生活，对我往后的人生道路影响深远。在我充满天真幻想的青葱岁月里，诗歌和音乐像甘露浇灌我的心灵，我天性多愁善感的悲悯情怀，向往奇思异想的远大前程，我总把自己的人生想象成蒲宁笔下的阿尔谢尼耶夫和罗曼·罗兰笔下的约翰·克利斯朵夫，那样充满无限的高尚理想。每当我沉浸在音乐和诗歌的纯粹精神中，或独自漫步于凄美萧瑟的秋意中，凝视缤纷落叶，就会感受到这种情感力量，像巨浪在我的思想中激荡。

我记得，公园里的秋韵总让人陶醉于漫无边际的荒凉之美。

我曾在语文课堂上，声情并茂，优雅朗诵普希金的诗《致大海》；我曾在月光下，长江大桥上，对歆瑶骄傲地喊出我拜伦式的英雄主义梦想；我曾和朋友在夜阑人静互相倾诉心事。可现在，那些金色年华的往事，都成了忧伤的青春回忆。

我一生中历经坎坷的道路漫长幽暗。

我幼年深受父母的文化教育濡染，到我十七岁念高二，表现出热爱诗歌创作的天赋才情，使我渐渐从自我认识中树立了文学理想，我相信自有天意引领我，在我早期的文学梦想实践中，我总在内心探询信念，我曾自命不凡地认为，命运注定了我非凡的人生道路，注定要我成为一个伟大的作家，不然，我在这世上活着有什么意义呢？

人生来一无所有，沧海桑田终归虚无。

有什么比这在世的幸福更值得我们留恋？在人生道路上，只有梦想的使命感给我强大的勇气和信念，使我无论遇到任何挫折时都不会向命运投降。

超越一般人的自律，并未使我在别人面前显出清高自负的傲慢，而是在心里怀着无比炽热的远大理想，默默耕耘，心无旁骛地钻研，在卷帙浩繁的诸子百家著作和诗歌创作中，领略笔断意连的书法意境和字字珠玑超然物外的儒道至圣哲理，每逢触景生情，我便会自出机杼，信笔拈来，或寄情于兰亭序行书临摹，以排忧解闷。

在我幽静的记忆深处，我的心灵总对那些寂静荒凉的地方有着无法形容的独特感情。有时，在秋韵幽雅的钢琴教室，夜晚意象中，我独自凝眸窗外落叶随风的画面，就会联想到花间派词人南唐后主的文人情怀，立刻用铅笔在五线谱上即兴写下诗句：

秋风扫落叶，无言最悲凉。

有时，在晚自习后的图书室意象中，我独自观赏山水梅园画面，执笔运腕，临池书家墨迹：

明月松间照，清泉石上流。

这就是我孤独性格的写照：忧愁、空想、轻狂、叛逆、感性、文雅、细腻、敏感。然而这种道骨仙风的内涵，在我的青春期尚未修成慎独

境界，那时，我尊崇竹林七贤的隐逸人格和儒雅生活，如今回想，感觉
自己像一个神秘的怀疑主义者，缺乏人生经历和锤炼，多么不切实际的
理想主义啊！那时的我，总在作文里把经籍撰著和诗词歌赋当成海阔天
空的高谈阔论，那些都是虚幻，只有对未来的憧憬是我感受到的最真实
的幸福。

第六章

纯真年华

如果有人问我，那些万事流变又周而复始的年月印象，哪一个季节能代表我的美学价值观呢？让我满怀憧憬地告诉你吧，我愿时间永远停留在这里的冬天。

在四季循环的轮毂下，冰雪在我心中永远象征圣洁、睿智、桀骜、欢快。冬天有至真至善至美的实质。

回忆我人生的高中时代，冬天的石牌岭公园，就是这样一个地方。比起我童年在辽阔的梁子湖和旖旎桂花村生活时所见过的隆冬大雪，这里更能体现出独特意义，虽无烟波浩渺的博大情怀，亦无大自然绿色之邦的幽深古朴，却是我终生醉情于追求临摹帖学派书法和诗歌创作人生的梦想摇篮。在那里，我饱读诗书，品学兼优，天资聪颖，与老师和学生会干部之间交往甚密，在校际联谊文艺赛事和社会活动中，受到高等教育机构学院派知识分子和全国道德楷模的耳濡目染，活跃于全省重点中学的歌唱和作文比赛中，我屡获嘉奖，无疑是老师和同学们眼里怀瑾握瑜的俊彦之才。这让我对以后的人生充满了信心和激情。想不到，竟然连校长也指望保送我入读名牌大学为母校争光。我受宠若惊，这更让我在心里感到高兴得快疯啦，自以为必将不辱使命。那曾经是我有生以来第一次怀着荣誉感拟定的人生目标，它是我梦想成为作家的最初原因。

我那迷途不返的父亲，也会时常陪同欧阳芳出现在我表演活动现场的各个角落里，关注我的精彩表现。但我并不因此而感激，我那时傻得真够执拗！一点悔愧都没有，仍旧对他们恨之入骨，大逆不道。我与父亲产生严重分歧的那两年在高中寄宿生活，或许是我一生中对父亲最大的遗憾。我的诗人性格与尼采思想基本是那时候定型的。从我迷惘的少年时代到胸怀大志的青年时代，所形成的宿命论、人生观，命运似乎注定要在年深日久的生活磨炼中，将我变成一个积极的虚无悲观主义者。

一个人从生到死的历程，如何超越命运的虚幻无常，并从生活中领悟那永恒不变的本质，达到精神稳定，并保持独立完整的人格呢？这就是我理想人生的乌托邦。

我在纯真年华时萌发的人生哲学思考，直到如今我已年过半百，才修来内心超然物外的幸福安宁。

当一个人经历太多，厌倦繁华之后，对外面的世界失去了天真美好的向往，才会转而隐居内心精神世界，追求清静，融入琴棋书画和诗词歌赋的古朴意境，做一个修行者，临池学书、阅读写作，无欲无求，回归自然，不问世事，但闻风雨声。

我的人生就是这样沿着苦难的足迹，在异乡人迁徙的洪流中孤独求存。

我已不再和往日的梁子湖朝夕相处。想起那时，母亲洁白的连衣裙、萦绕在宅院君子兰上的彩蝶、外婆的笑容、五星小学、桂花村的炊烟、蔡聪和我在桑树下祈愿的傍晚，这一切的变化，被时间撕破了山林和田野的记忆，这一切变化，像涓涓细流，在我故乡忧郁的灵魂里，随着成长的方向，渐渐流入广袤无垠的大海。

　　那时，我对父亲的叛逆和我在校园学习生活的表现，判若两人。寄读生活经历是横在我与父亲之间一道无法逾越的巨大沟壑，它是我青春期性格中某部分感情障碍。

　　校园回忆中也有很多快乐时光。

　　人生而爱美，那里的冬天最符合我的雅兴，中国古代文人墨客寄情山水创作的诗画精品中，多以梅花和寒雪具有象征意义，比喻超凡脱俗的人格境界和隐逸遁世的社会理想。校园诗情画意的冬天生活景象，赋予我无穷无尽的文学创作灵感。我之所以对作家的光荣使命崇拜至极，是因为作家是人类心灵的伟大建筑师。我至今只要一想起当时内心产生的震撼，就会激动得无以复加！

　　我出生在一个富裕的乡绅大宅院环境里，从小生活无忧，接受高等文化程度的父母的家庭教育，尤其是父亲的古典情怀和爱国思想陶冶，我自认为继承父亲未实现的作家梦，是天将降大任于我的光荣使命，这遗传因素在父子亲情中是我们的心灵纽带，难怪我一生执着于作家理想。可是后来，我又为何放弃作家梦，而成了歌剧艺术家呢？这个疑问我至今无法解答，或许是命运的安排吧。

　　那时，我年少志高，崇拜浪漫主义文艺，在诗歌写作上表现出才华出众的天赋，但也不免流于缥缈的幼稚幻想。我根本没有意识到自己的文学功底有多么浅薄。直到我读大专以后，我等了三个月，终于收到出版社的退稿函，我伤心欲绝，泪眼婆娑，曾一度萎靡不振，整天一副魂不守舍，若有所失的落寞心情。好像整个世界都在顷刻间分崩离析，我中学时代那些不成熟的作品原来都不值一文！我漫无目的，独自坐在公交车上哭着游荡，寄希望多年的作家梦就这样破灭了。我决心从此不再写诗！

　　如今，每当我怀念不已，翻寻审读那些中学时代随性挥洒的钢笔字行书诗集手稿时，那些卷帙朴厚的泛黄旧纸的味道，讴歌爱情向往自然美景的诗句中，辞藻韵律生疏蹩脚的模仿作品，仿佛将我带到往昔石牌岭公园，那四季景致如歌如画的高中校园生活中。

冬天，学校文艺联谊活动丰富多彩，主题都是歌颂武汉的幸福生活和名胜古迹。

我校代表每年都会受邀，参加大学春节文艺演出晚会。我站在灯光璀璨的合唱团舞台上，深怀爱国历史情怀，激动歌唱校歌时，歆瑶则是在幕后工作，她能说会唱，却把机会让给了我。

当时我们正读高中二年级下学期，寒假过后就要面临高考的严峻挑战了。她十六岁，活泼聪颖，积极热情，娇柔明媚，正像一朵含苞待放的嫩蕊，充满青春朝气，无时无刻不在吐露着生命的芬芳。我十七岁，瘦高清俊，矫健内敛，忧郁敏锐，才华横溢，无时无刻不在钢琴房里练唱美声，或在幽静的阅览室读书作诗。

在电视台主持人一番典雅隆重的开场白过后，我们即将面对德高望重的教育机关单位领导嘉宾们那灼灼目光和校际师生振聋发聩的掌声。我不由得为这胸有成竹的自豪时刻，感到激情澎湃！

我和校际学生会舞蹈艺术系徐蕾学姐同台合作表演时的舞台盛况，是我学生时代记忆中最成功的一次演出。这部童话诗剧选用传统爱情故事题材，内容生动新颖，容易引起观众对善恶、生死、爱情和悲喜的激烈感想，舞蹈动作和语言意境妙不可言，因此导演、演员、幕后团队的努力合作与专业训练尤其重要，舞台风格犹如神话，充满戏剧色彩，体现的是以爱为主题，刻画善良战胜邪恶的英雄救美故事，配乐古典浪漫，演技糅合了抒情男高音和现代脚尖舞的表现意境。

这是我人生中第一次在空前盛大的艺术舞台上与大学才女登台表演我自编自导的童话诗剧。

在我的视线内，歆瑶聚精会神地观赏。故事情景波澜起伏，我忘乎所以，竟浑然不知当我搂着徐蕾的柔软细腰，轻唱咏叹调对白时，无意假戏真演，错将心中爱意转移到目光含情的女搭档身上，一个不经意的细节过于流露，差点让迷入戏中的学姐误以为我这股强烈的内在冲动对她隐含着暧昧之情。然而，她机智地暗示我，别让观众奇怪我们脸红的配合，但我忽然发现歆瑶的身影早已不见。

我心里懊悔极了！学姐比我更快速回到客观现实，一般而言，大学文艺生都是家境优渥且相貌标致的才子佳人，她的美貌更无须赘言夸赞，凡人只稍看一眼她的花容月貌就会瞬间被俘虏，而她的感情世界又受到父母严格监护，本来不那么平易近人的她，总不免让人伤感，望尘莫及，她几乎像隐形的花香一样，飘散在这座典雅学府的忧愁空气中，我们身份悬殊，萍水相逢，纯属偶然，朝识暮别，便无来往。只因当初承蒙朱老师引荐和校际领导赏识，才使我们偶然成为舞台剧男女主角。我们的排练过程非常辛苦，但惟妙惟肖的童话诗剧表演，令观众盛情喝彩的掌声犹如雷鸣震耳，也令我们如愿收获了成功。我们闪耀舞台的默契和胜利的喜悦目光相遇那一刻，几乎在我心花怒放的眼里产生了迷幻般的醉意。她的脸霎时一红，笑靥让人醉眼蒙眬。幸好我意识到了尴尬，若不是警觉心从中作梗，指不定暴露了这瞬间燃起的火焰。可悲的是，歆瑶绝不会轻易饶恕我的过分演戏。我镇定自若，收敛妄想症，显得有点不自然地退回幕后。迎接我载誉归来的第一个人却不是歆瑶，她自顾自忙着收拾东西准备打道回府，这让我感到有点怅然若失，一阵暴风雨来临前的荫翳弥漫在我的心头，我猜，歆瑶看完整场演出，恐怕是早已揣度出我脸上浮泛的幸福涟漪是何意义了。她面无表情，随后焦躁忙碌地独自向着校车大巴疾步而去。我的心荒凉而恐惧，不敢试图说服她谅解我，我唯一能做的自罚就是失落和关注她的举动，心存幻想趁她心情好点时再大献殷勤，定能和好如初。可我无论如何对她好都无济于事了，之后有一个礼拜的光景，我们在同一间教室上课，却形同陌路。有一阵子，我明显患了茶饭不思的抑郁症，整夜辗转反侧，忧愁迷惘，深陷无何有之乡。无论我如何向她证明，我的忧郁憔悴或百般痛苦都无法打动她的心。回想曾经，她对流星暗许的心愿，那满怀期待的天真神情，像月光下的满园花香，吐露着纯情少女的心声。

冲动战胜了理智，我决定豁出去了！只为博取同情。我灵机一动，想出一招苦肉计，立刻变得喜出望外。

"好吧！如果这样做，能使你饶恕我。"我默念道，"这勇敢无畏的惊喜之举，定能融化她心里的冰霜。"

课堂上，她毫不理会我的感受，我趁人不注意，将小纸条揉成团扔到她的书桌上，她连看都不看就将它鄙夷地丢进书桌里，我很是懊恼，又重新写了一张小纸条，这回，她眉头深锁，犹豫了一会儿，终于遮遮掩掩拆开来瞅了瞅，上面写的是：瑶瑶，我乞求你！请不要用你的误会来折磨我痛苦的心！

她无动于衷，没回信。

晚上六点钟是晚自习开始前的热闹节奏，校门口篮球场上、中央运动场上和教学楼里，到处都是热情活泼的少男少女。我意志坚定地走进广播室，心想，今天是决定我命运的时候了，让应试的教条主义和校长禁令都见鬼去吧！即使满盘皆输我也要问心无愧，我要对全校大肆宣扬！

夜空中，月亮像一颗璀璨的珍珠，镶嵌在海蓝色的画布上。

我说谎骗取广播室执勤员主持人的钦佩，她夸奖我勇气可嘉，称赞我居然自己跑来做嘉宾，让全校师生听我一展歌喉，她哪知道，因为她的无知而纵容我冒险挑战校长的权威，将会带来什么后果，对此我很抱歉。希望我的叛逆性格不要引起道德批判。

此刻，就让命运来审判我吧。一种真情实意的崇高精神在我心里崛起，使我更加感到凛然无畏。

走进灯光柔和而明朗的玻璃隔音室坐下，桌上陈放着很多电子录音设备，我戴上耳机开始讲话："同学们，晚上好，我是李怀恩。很高兴我能与大家共度今晚愉快的校园时光。此情此景，我想起一位可爱的姑娘，可是因为她的误会让我深感悲伤，为了祈求她的原谅，我用尽全部努力仍然徒劳无功。今晚，我想请求她原谅我，如果我的极端个人主义证明方式能打动你的心，我要忠于内心！今晚，我想不计一切后果地大声告诉你，我爱你！你听见了吗？我爱你！"

这时慌忙从洗手间跑来的执勤员对我惶惶不安地说："噢，天哪！你欺骗了我对你的信任！这下麻烦大啦！我被你害惨啦！请你立刻出去！"

她把门"嘭"的一声关上，接下来不知会发生什么事情，但我丝毫不害怕，反而狂喜不已。

很快，校长就亲自把我叫到办公室去了。

"事已至此，我接受处罚，但我绝不认错。"

我两腿瑟瑟发抖，嘴上却义正词严地说。

"我已经没必要再批评你了，只想将心比心，给你一个建议，古希腊哲学家赫拉克利特有句格言：人的性格就是他的命运。我能理解文学艺术青年，大多都是刚愎自用的性情中人，我希望你以后所做的任何决定都不要过于轻率。你本来是我的学生里最受器重的佼佼者，但很遗憾，你被开除了！祝你前途无量。"

我差点哭出声，但强忍住了激动的悲伤！如释重负的结局给了我的心灵一点安慰，面对我曾爱戴的书法导师张校长，我说了句："祝您福寿康宁。"

我自惭形秽地孤零零走回宿舍。

"我该怎样面对父亲的反应呢？明天呢，以后呢，我该怎样度过啊！"我苦苦思忖着，徘徊在黑暗中。天一亮，我收拾好行李，一路走一路观赏风景。

清晨的空气花香四溢，蓊蓊郁郁的校园里纷红骇绿。此情此景，往日时光在我的眼里变幻成缥缈的离愁别绪。我满腹忧愁，一回到家，就愧疚地坐在父亲和欧阳芳面前，直截了当说清事情原委。

"人一生活着最基本的追求就是尊严，我指望你将来不再像我一样做人没骨气，读书成才是你这辈子为挣脱底层枷锁所承受最轻的苦。万般皆下品，唯有读书高，考取功名是你现在唯一的机会，少壮不努力，老大徒伤悲，你今后有人生目标吗？你卑微地存活谈什么尊严？！你这样做有什么意义呢？"

"违背心意地活着又有什么意义呢？"

"起码不像你这么没出息！"

"我是个有追求的人，你根本不懂比生活更高尚的东西！"

"你就是个败家子！废物！马上滚出家！"

我悲愤交加，把筷子往桌上猛地一拍！拿着行李箱和背包升起离家出走的怨念！若不是欧阳芳阻拦我，从中调解，我真想去流浪！她心平气和，两面相劝，说尽道理才让父亲慢慢冷静下来。我怆然泪下，耷拉着脑袋坐在沙发上，她搂着我的肩膀，安慰我刚毅不屈的情绪，直到我们都恢复理智，她又说服我们继续共进午餐。

"一条路走错了，就选择另一条路，你只能靠自己走完，永远不要放弃希望。既然你不是一块读书的料，那就去学一门手艺吧，康德曾说：建立自我，追求无我。现实的基本生存法则是一切高贵理想的决定条件。未来的路就在你脚下，你的命运就看你自己怎么掌握了。"

我已经被太多烦恼折磨得心力交瘁。根本没准备好心态去适应新环境，入读职业学院投入学徒式职业生涯，将标志着我的人生成长阶段正式开始成年时期，那是怎样一种新生活的体验呢？我茫然无知。

每当夜幕暗沉，我踌躇满志，独自漫步在喧嚣的亚贸街，走过街道口天桥，伫立在施洋烈士雕像前，脑海中一遍又一遍回想起斑斓的往昔岁月。

远处，街上依旧灯火辉煌，公园里却空无人影。周围都被黑夜笼罩，葱翠茂密的松柏，像地下冒出的巨人手掌伸向夜空。幽旷静谧的密林像一本书，影影绰绰，虚构出玄幻缥缈之境。置身其中恍如隐居世外。纯洁的月光下，歆瑶出现了。

深夜公园里四周静悄悄。

她问我后悔吗？我仰面朝月亮哀叹道："冰冻三尺非一日之寒。与其忍耐，不如放纵。我厌恶一切教条式生活，痛恨一切扼杀心灵感情和创造天赋的规章制度，我有权去追求尊严和爱情，可恨啊！悲哀啊！不屈服，就只能接受被淘汰的命运吗？简直没道理！"

"好啦，别生气。你这股倔脾气得改改才好呢，难道超出你忍耐能力范围内的困难，就非要我行我素任性大闹一场，落得无法收拾的地步才满意吗？你要学会克制情绪，驾驭自我才能保持理智。"

"我天性如此，精神受到压抑就要用行为解除，这没有任何错，因为按照本性追求的幸福就是善。古罗马哲学家马可·奥勒留也曾说过，凡是符合本性的事情，就都值得去说，值得去做，不要受责备或流言的影响，如果你认为说得对，做得好，那你就不要贬低自己。别人有别人的判断方式，你有自己的特殊倾向，不要去理会他们。径直走自己的路，按照你自己的本性，遵循自己的本性。二者只有一条共同的、唯一的路。"

"你满腹经纶又思想超前，理论上有凭有据，头头是道，我争不过你，或许隐居在大森林里，过一种自然主义生活比较适合你这样的哲学家。"

"你的意思是说我不读书就没前途了？伟人曾说过，历来状元有几个是真材实料？同理，不读书未必无作为。只要是个人才，做什么都会成功。说不定，我将来会扬名天下呢！"

"希望你将来会成为一个超级厉害的传奇人物。"她的莺声燕语悠悠回荡在园林之夜。

第七章

大学回忆

辍学后，我又回到家，开始慢慢适应早已疏远的家庭生活。

两年高中文化艺术学习和校际交流活动，教会了我谦虚礼貌和人情世故，使我的性情变得更加成熟；持之以恒的体育锻炼，使我的骨骼肌肉明显增强。我已经不再是那个孤僻傲慢、瘦高羸弱的小男孩了，岁月磨炼了我的意志，我的身高、体格和逻辑思维已具备成年人的水平，酷似当年英俊偶傥的父亲，外表堂堂，长相清俊，身材匀称矫健，心胸宽广。

清晨，耀眼的阳光仍未烘暖湿滑的城市街道。我拖着行李箱，即将坐公交离开红钢城。皑皑白雪覆盖在公交站两旁峭立的雪松上，晶莹剔透的冰凌花像儿时外婆家屋檐下悬挂的一长排冰柱。

等候已久的歆瑶身穿清爽的蓝白色冬季运动校服，手捧兔绒围巾，她远远看见我走来，兴高采烈地站在马路对面向我挥手呼喊。

在我读中专的第一年里，每个周末，她都会专程赶到青山区看望我。今天是寒假的第一天，我们坐在书店楼上咖啡厅的窗边，安安静静地聊天。

下午两点，我们在红钢城公交站牌下等了半小时，才终于挤进尾气熏天的401路班车。我们扶稳扶手，站在摩肩接踵的后门边一动不能动，密密麻麻的人群随着颠簸路程一会儿摇摇晃晃、一会儿上上下下，煎熬了一个小时才到武昌火车站，转车到石牌岭站就没那么辛苦了。每当我快到站准备下车时，她都会笑容可掬地不停向玻璃窗外渐渐变远的我频频挥手，直到孤单又回到我身边。这时的街道口非机动车道和亚贸街集市，正在上演自行车大国电影大片的场面。

人群中，一个衣衫褴褛、驼背瘸腿的乡下老伯，抢客拉货卖力踩三轮车挣口饭吃的羸弱形象深深打动了我的心。

我作为一个茫然的主观存在意识，三轮车夫的背影仿佛让我想起父亲刚带我进城谋生时孤苦无依的创业情景，他也是这么熬日子挺过来的呀！想象若干年后，父亲行将就木，我却担忧他的健康状况，而愁于无能为力时就突然理解了血脉相连的父爱。那一刻，悲伤的泪水浸湿了眼睛。父亲含辛茹苦的养育之恩融化了我对他冰冷的误解。

选择中专技校升读大学模具数控专科，是父亲深思熟虑后的决定，我在这种事情上毫无工作经验可借鉴，因此，我很容易就接受了意见。寄读的第一学期，机械制图课和数控机床技能培训比赛是我学习生活的常态，周末兼职青山船厂气保焊学徒是我人生中的第一份工作。除此之外，晚上我在电脑室上网看电影和在图书室写诗读史，唱歌和跑步占据了我的清晨时间。劳逸结合的自律提升了我的品格，磨炼了我的意志，工人钢筋铁骨的抗压耐力和务实独行的品格驯化了我的桀骜暴戾，增强了我的体魄，雕塑了我的成长。我总是不断制定目标，追赶时间，求思进取，勤工俭学；在制图编程训练中一丝不苟地钻研；在宿舍的床上规划职业生涯；在图书馆博览群书，学涉中西；在船厂的车间从师学艺，任劳任怨。

勤奋学习和卑微打工的孤独、平凡岁月里，虽然寂寞劳累却积极充实，在我大学时代的成年阶段，我仍然感到迷惘，梦想变得越来越隐秘。有时，我好想抛弃一切，放纵自由，做一个我行我素的自由主义者，像游吟诗人陶渊明一样，过一种自给自足的隐居生活。但我还太年轻，仅此而已，我风华正茂，精力旺盛，贪恋这人间一切美好、快乐的事物。世界无限精彩，人生却如此艰难。命运的真相颠覆了我过去年少无知的想象，社会生存的法则初步奠定了我成年以后的思想观念基础。就城市文明哲学史发展出来的自然法和天赋平等学说而言，或许当代普遍观点认为，成年意味着成人体验，不再受法律禁止。但作为一个斯多葛派折中主义者，成年却是我人生的新上升阶段，是我追随柏拉图理念说，鄙弃消极快乐，修炼道德情操的七艺塔。

时间过得飞快，转眼间，我像脱胎换骨似的变成了大学生，同时歆瑶也正在专心致志地冲刺高考。

回家的感觉很愉快，开门迎接我的欧阳芳第一次听我大方改口称呼她"小妈"，惊喜的她当着父亲的面踮起脚尖捧住我尴尬的笑脸，宠溺地在我脸上奖励一个香喷喷的唇印。父亲还是老样子，但他为我接风洗尘而烹饪满桌湖北菜的温情，让我重新感受到了父慈子孝的温馨。父亲谈到我的学习生活和文艺爱好时，给予的建议、鼓励以及深刻中肯的就业分析，持续巩固了我们的家庭感情。

改变后的新生活，曾恩赐我一段珍贵的回忆。

再度怀念那短暂的幸福时光，往昔岁月仿佛美梦即将幻灭。苦难降临前的和谐影像，真实不虚，无忧无虑的寒假和红红火火的春节是我最难以忘怀的日子。

那是青春在我的感情里留下的悲伤离别的、最后一段刻骨铭心的回忆。

多年后，当我不惑之年，功成名就，携妻归国，某天独自驾驶轿车访问石牌岭中学，重游故园时，我又一次想起从前，抱着客观开朗的心态，我发现，年轻时曾留下的成长印迹依旧感动我的心灵。在我人生的金秋时节，冥想往事，昔日那幽静的红楼公寓小区，枇杷丰盈的花园，年轻活泼的青春气息，古韵绕梁的京剧社，综合教学楼前，篮球场和中央足球运动场，树荫下的乒乓球台，还有停车场边，梅园亭廊和高耸茂密的杉树林……我对石牌岭公园的印象依然记忆犹新，这里美好如初，到处都保留着我的青春记忆，仿佛昨日重现。

现在体会到的恬淡怡人的自由，是我那时无法领悟的精神境界。

还有原来的花景树艺造型，生机盎然，千姿百态，到处都是立体画，一派道法自然的园艺，令人赏心悦目。我漫步在人迹罕至的曲径通幽处，野生花草树木一片欣欣向荣的景象，经年失修的小木屋成了鸟类和昆虫的伊甸园，旁边风蚀残损的仿木水泥桌凳上爬满龙葵草。熟悉亲切的感觉，勾起我曾在此处的每一场回忆……

第八章

艰苦岁月

幻灭虚像曾放逐我在迷失中体验悲欢离合与反复无常。

相对于对过去的记忆，父亲广邀朋友，在自家客厅举办情人节晚宴，见证他向欧阳芳正式求婚的场面，又将我孤独忧伤的阴影转换到热闹欢快的光彩中。

两极平衡的精神状态形成和谐的憧憬，让我曾相信否极泰来的顺境会慢慢展开幸福生活的画卷。

是啊！我曾相信。我也曾绝望。

很快，原本觉醒的父亲，又被他那帮狐朋狗友轻易引上歧途。

破产危机的深重苦难接踵而来，家破人散的惨痛厄运，摧毁了我迷茫孤独的大学时代仅剩的希望，最后值得我眷恋的人生价值和意义是什么呢？寻找这个答案，在起初的探索中，萌生了我向往漂泊闯荡的浪子之心。

回想父亲嗜赌如命的那段穷苦日子，我目睹了他事业蒸蒸日上的时期，从情场得意到身败名裂的命运。

我记得父亲曾经批售云南黑松露和海鲜干货的艰苦创业热情，在他结交的三教九流之中，有赌场高利贷债主，有夜总会酒托女，有火车站票贩子，还有地痞流氓和小偷。

父亲为了筹钱翻本，在工地打小工，顶着烈日搬砖、扛水泥，在管道公司起重机上，冒着高空危险刷油漆，在武昌火车站，向旅客讨价还价出卖苦力，伛偻着腰，挑扁担扛行李的模样，我至今难忘。

人们憧憬的幸福，往往是比痛苦更悲伤的短暂虚像。

在那些年，父亲人生中最黑暗的时期，我还记得雷雨交加的梅雨季，长江洪水泛滥，淹没了龙王庙的灾难场景，联防部队与军民团结一致，夜以继日地抢救生命和财产，他们用血肉之躯，充当水坝和救命稻草，力挽狂澜，拯救了这座英雄城市。抗洪过后，城市百废待兴，重修水电设施、道路、房屋，安抚民心，恢复生产，都在紧锣密鼓中进行。

天有不测风云，人有旦夕祸福。许多商家因为损失惨重，血本无归，投资风险大，行业萎靡，批发市场的商户接连不断撤资，父亲的生意因遭受市场拆迁的打击而倒闭。出售不动产后，加上流动资金和定期存款一共筹集五十万元，靠这一笔赌资，父亲又赌输了全部。

我记得他走火入魔、一掷千金、赌博丧志的躁郁症境遇，那种失败的惨痛感，让我觉得就像被恐惧和悔恨吞噬了他的灵魂。我还记得穷途末路的赌博顽疾加重了家庭暴力。欧阳芳怒气冲冲朝父亲嚷嚷着要取消婚约那天，我最终还是没能挽留她，新生家庭毁于一旦。父亲狠狠在她脸上抽了一个寒彻心底的耳光！从此以后，我再也没见过这个女人。

剩下的荒诞结局就像家里不堪入目的荒凉，父亲欲哭无泪，双手抱头，背靠旮旯，浑身瘫软坐在地上。一阵阵仲夏夜晚风，从寂寥夜空吹过窗帘，想要拷问他的灵魂。

"相信我，切莫悲观，我们今晚就逃走，重新开始生活。"父亲无精打采地对我说。

破产后，我们继续住在房东家，撑了半年捉襟见肘的日子，每天为房租和一日三餐发愁。衣服破了缝，鞋子捡来穿，清粥腌菜当三餐，烂棉衣、破报纸当床垫，书籍裹布当枕头，穷困潦倒，相依为命，家里破破烂烂。为了补贴家用，我兼职两份工作，每天放学后就在餐厅打工，周末仍然在船厂做学徒。唯一关怀我们的人只有房东董叔，他托熟人介绍父亲到一些烈日炎炎的高楼建筑工地做小时工。在灯红酒绿的繁华城市里，建筑工的处境像蟑螂，过着肮脏阴暗的生活。父亲没有选择，如果想要存活，他就必须为了房租、温饱和高利贷拼尽全力打工还债、交房租、买米，等等，而且都是些最辛苦、最廉价的体力活儿，比如搬砖、扛水泥袋、刷油漆、搭钢架、高空悬吊作业，按十二小时，日结工资，可拿五十块钱，勉强能维持生计。这就是赌徒的命运，而他却总是用"天无绝人之路"来安慰自己。生活总是入不敷出，饥一顿饱一餐，每天生活在寝食不安和烦忧焦虑中。

绰号"皇帝"的地下赌场债主怕我们半夜搬家跑路，便派三个讨债的地痞流氓时刻监视我们，每隔几天就拉帮结伙闯进家门，搜不到财物，就对父亲拳打脚踢一番，用尽各种粗暴侮辱，逼迫父亲偿还三万元债款和高额利息共六万元！

我的学校离家远，父亲对我有所隐瞒，房东一见他们来，就先报警再悄悄打电话告诉我，等我忧心忡忡旷课回家，看见父亲鼻青脸肿，坐在地上抽烟时，我怒不可遏，恨自己无能！父亲却骂我多管闲事，不准我再旷课，赶我出门。债主变本加厉勒索父亲，威胁我们在限期一个月内还清成倍增长的五万元利息，我当面咒骂恶人，却招来拳打脚踢，父亲被他们摁着头颅，跪在地上不能动弹。我只能用眼泪和尖叫表达愤怒和痛苦。我恨透了这帮社会败类，他们迫害父亲的手段比仇人王坤鹏更卑鄙。愤怒和仇恨在我的眼里熊熊燃烧，眼看父亲倒在地上，被那些丧尽天良的混蛋欺凌，我心如刀绞，奋不顾身冲向恶人，用牙齿和指甲誓死保护父亲。骚乱中，我没意识到歹徒的匕首已刺进我的腹部，待醒来后才发现我正躺在医院的急救室里，眩晕的灯光下，我浑身麻木，感觉不到医生在抢救我。醒来后，父亲喜极而泣，紧紧握住我的一只手，惭愧不已，低头忏悔。

病床旁边围着姑妈和外婆，医生安慰说："请您放心，手术已顺利完成，孩子生命无险，幸运的是，伤口情况也很乐观，半年之内就能康复。这几天需要住院医疗。"

案发后，地下赌场的"皇帝"一伙犯罪分子全被公安机关依法惩治。

我记得在那段艰难的时期，剩下的最后几天，那是一个冬至的深夜，房东一家人早已入睡。我们像老鼠般偷偷逃租，迁居到一个四周有辽阔湖泊和田园环抱的沙湖村老社区。在那里，生活终于又恢复了平静。我至今还记得那种悲凉时刻失去尊严的切身体会。

我记得很清楚，逃租搬家那天是凌晨四点钟，夜空幽蓝，月如霜，我第一次感受到整座出租楼和群建村是如此寂静无声。街区院墙内，那棵枇杷树沙沙作响，巷子里听不见一只猫和狗的动静。夜里凉飕飕的，盏盏路灯照亮坑坑洼洼的蜿蜒小道，令人心惊胆战。这时，踮起脚尖进门的父亲终于将整栋楼和邻里街坊做了一番侦查，确定不会被人发现后，他悄悄说："出租车来了，你跟在我背后，轻轻地下楼。"父亲慌慌张张，小心翼翼地对我说。像做了什么亏心事，他鬼鬼祟祟，一手拎着红木箱，一手拿着手电筒，我背包提桶，在夜色中逃离出租楼，逃离苦难。

命运啊！让我们流离失所吧！让我们承受道德和良心的谴责吧！让我们随波逐流吧！那又何妨！

在这样一个伤心绝望的时刻，我看不清任何生活的希望与人生的意义。当我回头望向出租楼时，我回想起，昔日我刚来到这个陌生城市与父亲并肩奋斗的创业光景，欧阳小姐和父亲的荒唐情史，我在石牌岭公园的高中生活，朱老师教我唱歌的钢琴房……想起这些，我不禁潸然泪下，我想，那是我第一次为失去家园和原本的生活而流下伤心的眼泪吧。

车窗外吹进一股凛冽寒风，刺痛我的眼睛害我流出泪水，徒增我心底的悲凉。出租车已行驶半小时，父亲只顾抱着头，在副驾驶座位上一语不发地抽烟，他心里的愧疚与忧虑该有多么深重呀。对于出租车师傅而言，他最关心的就是专心致志开车。

我回头望了一眼渐渐消失的后方，过去的记忆变得越来越虚幻。在我们身后的是驱逐，还有一望无际的黑夜。

第九章

废墟之城

天蒙蒙亮。

阴冷的雨雪在我内心哀戚。

迁居新家以后的日子里，我们在此平安度过了三年的避难时光。我的生活开始融入根深蒂固的市井俗气。我每天五点起床，坐班车上学，晚上回家吃完饭，独自走街串巷。

我常想，这里的治安管理混乱吗？晚上有秘密赌场祸害人吗？居民习性懒惰吗？房东一家人的经济来源靠什么呢？我首先想观察的是风俗环境和人际关系。

在我的第一印象中，石灰堰村是破旧嘈杂的城中村。这片区域以起义门为中心，向白沙洲主干道周围的明伦街和武泰闸辐射，形成武昌人口最密集的工业、生活混合区。

石灰堰紫阳湖公园，明伦街礼拜堂，武泰闸大型菜市场，张家湾红灯区，烽火村钢铁市场，白沙洲工业园，都是这一地带最有活力的地方。

父亲靠半年打工挣来的两千块钱，预付一个季度的房租一千元，第一晚，我们睡得很踏实。

冬天快要过去了。

久违的清闲和自由终于迎来随遇而安的生活。

黎明的曙光渐渐明亮。

太阳照旧重焕光彩。

在房东家门前的空场地上搭帐篷、摆铺子卖面食早点的陈阿姨正在引燃煤炉里的黑炭，她丈夫曹国华嘴里叼着烟，骂骂咧咧地用粗壮的胳膊抱起色拉油桶往锅里倒油。他粗里粗气，一边咳嗽、吐痰、又吼又骂，不停焦急地挥动他那像猪蹄膀的胳膊捞油锅里炸黄了的油条、面窝，一边自大骄横，对陈阿姨颐指气使，发泄脾气。这就是我的邻居夫妻俩，男人的户口属于武汉本地，女人来自荆州山村，身份上的优越感更牢固了他男尊女卑的成见。曹家有一女名叫曹美英，就读于武汉电表技校，加上公公婆婆一家老小共有五口人。在他们这个家里，忍气吞声和逆来顺受是女人对抗男人语言暴力的家常便饭。赡养开支和子女学费，地摊税和场地租金，是曹家咬牙维持省吃俭用生活状况的根本原因。而承担所有压力的顶梁柱，全都靠无私奉献的农村妇女陈阿姨。

房东奶奶经常和父亲志趣相投地研究彩票，也经常为陈阿姨感到不值，父亲高度评价她说："这年头，哪还有她这种老实本分的传统女人啊！好女人都绝种了，可惜呀，她真是嫁错人了！"

"她男人真不是个东西，懒散成性，整天打牌、钓鱼。我听说她有个秘密事，前阵子她和一个四川老板私下聊了会儿，我估计那男人八成是对她有意思，她多勤快呀，是个贤内助。可惜最近又莫名其妙没情况了。唉，你们猜，她是不是要离婚啊？"婆婆煞有介事地偷偷说。

除了彩票，陈阿姨是他们最乐于谈论的话题。

生活是不确定性的自为存在之人，对自在存在之物的经验感知。

人们总是一面期望，又一面害怕，徘徊在动与静两个虚极之间。

而陈阿姨则是处于两者的平衡状态中，甘愿得过且过的一个实实在在的人。

这里的一切都如此顽固，起义门城墙上历经百年沧桑的残垣断壁，灰暗斑驳的混凝土结构民房，游手好闲、扯皮拉经的本地守房奴，昏天暗地打麻将的深巷翁嫂，墨守成规的社区生活，浑浑噩噩、不务正业的年轻人，玩物丧志的紫阳公园舞戏爱好者，城中村的实质意义在我的印象中，充斥着泥古不化的家庭、婚姻、人生观。这种落后的生活面貌在其他地方也很普遍。陈阿姨一家人是我记忆中真情描写的典型现实人物素材。从她身上，我体会到一种吃苦耐劳的勤俭朴素品德，忍受现实不满情绪的责任和保守人格。她的人生启迪我，即使命运安排一个人长年过着悲哀的平庸日子，也始终不抛弃仁善慈孝的本分，不怨天尤人，安贫乐道，不对亲友和邻人发泄情绪，而是由外转内，坚毅守节的隐忍美德。

冬天的寒风凛冽刺骨。

源远流长的长江汉水和星罗棋布的湖泊园林，银装素裹，蔚然磅礴，犹如雪域仙府。

命运用衰老和风雪嘲笑老态龙钟的房东刘太婆，她年近古稀，老眼昏花，自言自语，疑神疑鬼，暴躁高傲，目空一切。常魂游堂屋，鹰眼洞幽烛微。偻背瘸腿，烧香拜佛。颓靡的昏黄钨丝灯，像这死气沉沉的肮脏民楼，她的自由意志坚不可摧，贪婪吝啬，幻想长生不老药，蔑视天道人法。

我不知彩票有何玄奥可钻研，竟使年在桑榆的文盲，比废寝忘食、悬梁刺股的专家学者更勤快，纵令数九寒天，亦然矗矗测算。我眼里的彩民无不如此，但印象最深刻的还属房东婆婆，她烟不离嘴，放大镜不离手，驼背伏案，殚精竭虑，像数学家计算开奖号的排列规律。老而弥坚的钻研精神令人服膺。她即使猜算百年也不得财神爷眷顾，就像我的父亲，他买了半辈子彩票却从未中过大奖。还有同病相怜的老书生和曹国华莫不如此。至于新闻公布特等奖赢家是否真实，他们也同样唇枪舌剑，议论了半辈子，父亲总想让我相信他的话：人的命运啊，就像买彩票，亿万大奖可能恰巧就是你猜对的球号，却在没下注那一天错过，坚持才会赢。

尽管我从不相信，却感到其志可嘉，证明我不必担忧他会自暴自弃，我很高兴他依然勤俭励志、适度自我约束的乐观态度。我竟也受到鼓舞，迷信他有财运，要不然就是上天自有安排。俗话说穷不过三代。我的座右铭是"天生我材必有用"。父亲更是喜欢写《假如生活欺骗了你》作题壁诗。彩票之梦给我的想象犹如《百万英镑》的戏剧人生。穷人们一攒到钱，就会死心塌地、慷慨解囊，为彩票福利事业做贡献，多亏这功德无量的伟大发明，那些不思进取的宿命论者才有了生活的勇气和梦想的恒心。他们宁可信其有不可信其无，相信总有一个幸运儿借此飞黄腾达。无数人趋之若鹜，被鬼迷心窍，嗜赌如命。

安兰德启示我们：凡是符合以经济建设为中心，而不懈奋斗的目标，都是时代价值观定义下的英雄使命。

房东刘太婆和她志同道合的租客们像斑驳陆离的海洋大家庭，各善其长，各自觅食，各自隐藏。

老话说得好：各人自扫门前雪，莫管他人瓦上霜。老书生即是这种安于一隅的布衣黔首。他操一口四川话，每与人交谈就会眉飞色舞，手舞足蹈。若论逸闻野史，无出其右。老书生的绰号由此而来，熟人皆知。他品性斯文，像阴阳怪调的阉人，鸠形鹄面公鸭嗓，贼眉鼠眼玩笑旦。或许是二十载会计文职致使他羸弱雌伏，无论白袍秀士或老弱妇孺皆与他相处融洽。我视其为奸佞贼子，唯恐避之不及。他那副藏在老花镜后鬼头鬼脑的精明眼神，像波斯夜猫骇人，东邻西舍皆知老书生的癖好是半夜闭关幽室倚窗读书，我每经后堂如厕，睥睨眄视窗前灯下，他那狰狞阴笑惊悚恐怖，如古刹神佛动心骇目！我吓得魂飞魄散，疾走如奔！久而久之，害我蒙上一层阴影，遇其人便噤若寒蝉，更使我惊异的是，众人都发觉房东嬖妹三姑与老书生暗中藏有暧昧关系。寂寞本如雪，无奈刘太婆幸灾乐祸，风言风语，凭空造谣，煞费苦心只为牵线搭桥，就对老书生坦白三姑平生未许人，目的是借他化解三姑多年的阿尔茨海默病。不料三姑惶恐不安，讳莫如深，佛头着粪令她蜂目豺声！风波乍起，乌烟瘴气。

半死不活的出租楼囧事一箩筐，自此，三姑所到之处，犹如风声鹤唳。两个老怪物，孤鸾寡鹤，髀肉复生，这事就此告吹。

老书生是租客中的"三朝元老"，性温诙谐，笑口常开，只有在坐家女三姑面前显得胆小如鼠，口齿木讷。她疯言癫痫，貌甚丑悴，久患胆结石病，寝食难安，幽闭失魂，精气不调，骨血湿寒，整日魂不守舍，一副半生半死模样，不知人生五味。同病相怜的房东老姐当如大旱望云霓，家风阴盛阳衰，财运不济，刘老太固执己见，奉行《黄帝内经》滋阴补阳法，欲以重振家风，刘老太钦定风趣横生的老书生做入舍妹夫，自然是众目昭彰的天作之合。

房东长子吴启刚，平日佯装事机素暗，岂能让老书生觊觎他继承的房产，于是小人之心、凶相毕露，母子变慈孝为瞋目切齿，儿媳孙女无不痛恨嫉妒，亲戚纷至沓来、同仇敌忾，聚众滋事，盘盂相击。夜幕星河下，焚琴煮鹤，邻里街坊观者如市，甚嚣尘上，闹得民警前来斡旋调解，房东一家恐将分崩离析。

父亲充耳不闻窗外事，粗茶淡饭津津有味，只要事不关己，天塌下来他都不管。他常在饭桌上教导我，避害就利，自知不骄，善良上进，遇人遇事谦卑宽容，眼明心静，处众泰然，察己知人。一言以蔽之，远离是非与世无争，安心定志，莫庸人自扰。

俄顷，父亲喊我归寝。漫漫寒夜，聒噪声渐渐平静，警民俱散，徒留太婆痛心疾首，徘徊堂屋。三姑心神俱焚，手脚癫痫，遁入阴森酸腐幽室，涕泗呜咽，扰人失眠。哀痛声不绝于耳，直到翌日清晨。

湿漉漉的后堂窄廊红砖墙上，菌菇滋生。城中村腐朽民房大抵相仿，长满苔藓，蓬门荜户如同古老村寨，污秽坑洼的街巷交织如网。时间的痕迹如秋叶林中一位古稀之年的老农，孤独哀戚。

冬天是写给逝者的一篇谏辞，春天的跫音仍未臻臻来临。

石灰堰村每年此时都有蛰伏深巷门口的垂暮老人撒手人寰，祭奠仪式自然是披麻戴孝，磕头轸悼。但今晚的丧事却伤风败俗，原本喧名颂德、哀号作揖的追悼会，哗然变成谐谑逝者生前的音乐会，饕餮丧宴，轮杯把盏，敲锣打鼓，日夜欢歌，何以见得发心孝道？

暮色苍茫的青砖红瓦村，像残垣断壁上破旧漫漶的挽诗。情随事迁，满目疮痍，宛如老妪衰朽惜残年。

在推土机和铁锤的入侵中，坍塌的不只是民房，还有沦丧的道德和泯灭的历史遗迹，渐渐地，记忆像那些逐年归葬棺椁的灵魂，消殒在拆迁浪潮中。

记得三年后，曹爹爹滑倒病逝，房东孙女吴亚琼远嫁四川，刘婆婆一家四口搬进白沙洲烽火村小区还建房，大家自此以后互无往来，若是偶闻音讯，也不过是嗟叹怀想罢了。

我还记得后来某一天，青云蔽日的立秋街市人群中，父亲撞见多年未曾见面的房东儿媳，两人惊喜寒暄，匆匆浅聊则散，父亲怅然若失，返家告知刘婆婆悄然无息与世长辞的消息，我既闻不悲，默然不语，惜悯之情却哀思如秋意，逝者如枯叶飘零在我回忆的水面。追忆房东奶奶生前，犹如水中镜月映现在我的脑海。

父亲同我租住在起义门城中村的那些年里，我们如何艰难度日，犹如杨柳青木板年画，往日那些形神各异、狭隘怪诞、善自为谋的邻里故事，像废墟消逝在城中村的记忆。

我还会想起众多邻居中最可悲的宋婆婆，她那混账儿子竟让老亲娘屈辱地苟延残喘。曹爹爹喜怒无常，鬼脾气，暴邪名堂多，谁都嫌恶他们，这一对怪里怪气的老夫老妻，只要孽子不在面前时，谁都镇不住宋婆婆，这怨声载道的唠叨鬼。同在屋檐下，我的心灵和神经饱受摧残。

家道败落的经历让我深有体会，命运天注定，宋婆婆的悲哀就是如此。她除了怨天尤人、逆来顺受，又能怎样？若在愁雨阴室内，她就变成了口中雌黄、骂不绝口的怨妇；而在风和日丽下，她却还原了颓靡痴钝、冷若冰霜的本性。天伦之乐从来就不是这类人的福分。她生性乖戾刻薄、贪婪自私、慵懒冷漠、奴性悭吝。然而在曹国华和房东婆婆面前，她又总是装作卑怯收敛怨气。她衡量人的态度取决于地位，她没钱没房，半身不遂，偏要妄自尊大，害她离群孤僻，不近人情。

油垢斑浊极其抑郁的堂屋里，一间腌臜的小单间，是她苦度余生的囚笼。她不是嫌贫嫉富，就是无病呻吟地惹人厌，如果怀疑有人背对她窃窃私语，就会怒目磨牙。窃听八卦、揭人短、添油加醋、挑拨离间、是她最大的乐趣，见到老鼠吓跑家猫，她就捧腹爆笑，害自己咳喘吐痰擤鼻涕。见她儿子驾摩托车莅临寒舍就奴颜婢膝，无怪乎曹老爹总是孤单病躺在床上，阴险嗔怪道："老子快死了都没人照顾，老天爷呀！我真后悔生了你这个没人性的畜生！"

说者撕心裂肺，而闻者不以为然，这才叫冷酷无情。

时变境迁成往事，我曾在紫阳公园结交的音乐教授和良师益友，无不是謇谔俊彦之才，他们的品格与我从前熟知的阶级截然不同，"培塿无松柏，薰莸不同器"。我的交际圈向来仅限于中等学校里的文艺青年，自从恢复练歌后，音乐缘分引领我见识到了教授和艺术家的更高层次。我生活在这杂秽非类的浊流中，深感怀才不遇。每当瞻睹凝思父亲临池的题壁诗书法：

天将降大任于斯人也，必先苦其心志，劳其筋骨，饿其体肤，空乏其身，行拂乱其所为，所以动心忍性，增益其所不能。

诚笃豁达的箴言如山河壮丽般激励我！君子固穷，志在勤勉，顺应逆境，独善自身。

当我彷徨在这露蚕风蝉的夜晚静候曙光重现时，我感到欣慰的是，我从未放弃过文学和音乐梦想，眼前的一切困惑都是暂时的，只是悲观色彩的虚幻。

冬天快要过去，春天即将来临。

我坚信，希望的种子将从封冻的腐殖土中开出姹紫嫣红的花园。无论命运将我囚禁在孤独中，或置于群氓中艰苦度日，我从未懒惰或怀疑书法、文学爱好和歌唱家梦想。颠沛流离的青春锻造了我的钢铁意志，平庸劳苦的冷酷生活锻造了我的心智和体魄，我变得勇敢睿智，慧心谙世。

我时刻注意自己的形象品行，不沉迷于周围异性的亲昵暗示，避免幻想温柔乡而偶感惶惑。我时常利用周末的闲暇时间在省图书馆借阅书籍，研究《上帝之城》的原罪学说和《梦的解析》心理学，直到傍晚才回家。

印象中的首义路公园人影绰绰，从阅马场公交车站望向红楼，苍茫琼宇下，黄鹤楼古韵颇具日暮乡关的意境。我陷入了先验唯心论的云雾中。书非借不能读也，阅马场省图书馆舒适安静的借读室和古籍文献馆，勾画出我寂寞遐想的成年思想世界。卷帙浩繁的经籍撰著和名人大师的文史政哲，像俗世间的灵修堂，赐福我灵魂的慰藉，启迪我的哲学智慧。无论工作多脏、多累或雨雪霏霏，都不能阻碍我学习文化的热忱。我渴望汲取知识。在起义门生活的那段成年时期，图书馆是我最依赖的精神净地，在那里，我如饥似渴、博学群览，莎士比亚、莫里哀、雨果、蒲宁、川端康成、纪德、巴尔扎克、陀思妥耶夫斯基、托尔斯泰、乔伊斯和浪漫主义诗歌、魔幻现实主义小说、安·兰德放纵自由主义和德国唯心主义哲学，我一辈子也读不尽这里的书啊！古人云："吾生也有涯，而知也无涯。"屈原说："路漫漫其修远兮，吾将上下而求索。"读书的智慧启发我思考人生的真谛和世界的意义，这让我感觉精神幸福。每一次读到一本新书，都是一趟奇妙快乐的旅程；每一次不期而遇的停留，都是混沌静谧的一道心灵反光。

我这时就已觉悟了一个道理：于我而言，一个理性的成年男子，在任何诱惑面前都应时刻谨记训练有素的自我控制能力。所谓克己复礼，君子比德于玉，善莫大焉。或许因为我生活在底层，所以我更想明白深刻的人生道理。青年人独善其身的处世之道有哪些法则呢？我以自身品格修养总结出经验：不世故，不志穷，不贪婪，不焦躁，不傲慢，这些是真正可贵的高尚美德。一个人的价值取决于德行。我在岁月洗礼中经历生命的跌宕起伏，领悟神圣的心灵。因此，我欣然接受孤独和磨难。这样想，我就没有了困惑。

思考能警醒，信仰能赎罪。

实际中，我做人做事既有准确的目标又有很强的目的，原因很简单，聪明人讲求合理。不在同一地位或同一心灵层次的人不适合交朋友。男人要多和有思想、有修养、有文化的人交谈，多请教长辈们的人生经验，才能获益匪浅，不要沉迷女色和酒肉之欢，要多读书多见世面，还要具备善于发现美的眼睛和心灵。成年人要学习的东西还远不止这些，掌握知识、改变命运的道路从来都是真理，修养德行、追求完善的关键是自律。

我记得有一次机缘，改变了我成年初期的思想。

一天，我与父亲登洪山游宝通寺，深山嵯峨，清幽空阒。

路经烈士陵园，苍松翠柏中怪石嶙峋。山墙佛龛中神佛古刹，罕见一块磐石上篆刻禅语，佛曰："生死轮回淫为本，六道往返爱为基。"我向父亲解读，他踽踽独行，冥思苦想，不解奥义，直到我们登顶洪山塔，怀古望今，偶遇方丈，求得玄奥，我才茅塞顿开。我归纳悟出道理，用我自己的话说："人生痛苦莫大于情义。何谓情也？亲情、爱情、友情、常情、性情、同情，都属于人类的道德基础。何谓义也？儒家定理为忠、孝、仁、义、理、智、信。"智巧是迷惑和贪欲的根源，情义是人类理性进化史的低级阶段。《道德经》有言："为学日益，为道日损。损之又损，以至于无为。"无为而有以为，无有入无间，天下莫能与之争。于是，我知道了无为之益。我以为已经理解了圣人无情的境界，思想超脱了伦常纲纪的桎梏。我以为体会到了无牵无挂、避世绝尘的豁达精神，随时可以过着枕石漱泉的风流名士隐居生活，无奈这世上还有太多身外事难以释怀啊！世人察察，我独昏昏，俗人如登春台，我独顽似鄙。世人皆醉我独醒。那种理想的琴棋书画的梦境，我只有望而生悲。我多么羡慕庄子那种文人雅士隐居山林逍遥自在的人生啊！然而，现实的我却如此孤独惆怅。我极目远眺，神定气闲，无比崇敬博大精深的儒释道学说。

我的高贵的生活梦想和早期的艺术生涯都形成于这段思想聚变的时期。青年的钢铁意志无疑与道家的无为学说背道而驰，安·兰德的放纵自由主义和尼采的超人哲学激励我奋斗不息，我要成为一名伟大的歌唱家！有了人生目标崇高的信念激励我与命运斗争，我的孤独充满了力量！胸怀大志的我徘徊在现实与理想之间，坚韧的毅力和恪守成规的自律自强，秋实冬酿的成长和岁月的雕琢磨砺铸就了我的强者之心。

寒暑假兼职高档酒店会所的服务员，是我初入社会的浮华经历，进出富人区各种奢靡府邸或艺术公馆，见识各种各样的明星商贾、俊男靓女和魏紫姚黄的生活场面，刺激了我的幻想。纸醉金迷的衣香鬓影和饮食男女纵情欢乐的迷惑，像五光十色的珊瑚海中一首旋卷飞舞的银鳕鱼交响曲。

为谋生计，我砥砺廉隅，被人使唤端茶倒水，心中杂糅的嫉妒和孤独无人能懂。社会上层建筑的权贵名流和心目中羡慕的才子佳人丰富了我的想象，积极的人都向往优雅的生活，唯独我一穷二白，碌碌无为。难道我一辈子就这样庸庸碌碌，变成一个平庸的人，毕业后应聘工作，兢兢业业地步步晋升，结婚买房，攒钱还贷，生儿育女，养家糊口，像奴隶般忍苦耐劳？想想我就感到害怕，可是我的机遇和出路在哪里呢？

时间的压力越来越紧迫。

念完大专二年级的上学期，转眼又到盛夏，果实琳琅满目的漫长假期。青壮年最明显的变化就是快速成长。这个年纪的我，已有了片面的工作经历和社会见识，也认识到自己的缺陷和优点，我一面自我批判、一面自我欣赏，在谨言慎行的人际交往和性格意志的总结反思中，我谦虚学习上流社会的审美情趣和交际礼节，穿西装打领带，风度翩翩地为窈窕淑女献殷勤，还练就了花式调配鸡尾酒的炫耀技能。

我不仅刻苦工作学习，还利用闲暇时间提升文化艺术修养，这主要体现在我将辛勤打工赚的钱投资在舞蹈培训班和琴行的钢琴课上，提高综合素质方面，父亲对此保留中立的看法，班主任也对我屡屡迟到请假表示谅解和宽容，事实证明，我的付出是有回报的。

回忆我的房东一家人，我最难忘记刘婆婆。起初，她总对父亲赊欠房租大为恼火，在我们最窘迫时她尖酸刻薄，催逼我们卷铺盖走人，若不是父亲平日与房东一家人关系融洽，尤以专书法通辞令彰显才华和幽默，又常在太婆生病或钻研彩票时表现出仁德，她才不会对穷租客讲仁义道德呢。今后，在我一生中的漂泊岁月里还会遇见更多和她一样可恶又可悲的愚人，他们的心性已被命运锈蚀腐朽，刘婆婆就是典型的例子。雍胖偻背的大个子房东婆婆出身大户人家，旧时她专长车工技术，创新专利、屡建功勋，领导慧眼赏识她的模范美德，于是，半老徐娘与厂长结为伉俪，生儿育女、家道小康，不幸，车间行车作业时，坠物砸中厂长头部，他当场殒命。哀哉殇恸！可怜妻儿泪沾衣，先考英年早逝，留下半生积蓄和这栋房产，她从此辞职回家，管理家务抚养儿女，至今三十年已过，这栋城中村钢筋混凝土结构的旧楼价值已翻百倍，再过两年，只等白沙洲大桥建设接近起义门，她就名副其实成了众人羡仰的拆迁暴发户。

都说老之将至乐天知命，可刘婆婆近来忧虑重重，一是她和三姑积年病体医治药费，二是丈夫罹难赔偿金和她自己的工资旧账至今悬而未决，尝尽人间凄苦，终无结果，耄耋之年，恐将遗愿带进棺材。

正当她意志消磨而日渐息事宁人之际，不知从哪儿来的一个鹤发童颜、凛然正气的奇怪租客，又鼓起了她的决心。骨瘦嶙峋而气质威武的胡志强师傅自称仙桃人，无妻无儿，暂住武汉打工，是个幼儿园炒菜的师傅。房东一开始对他并不怎么关心，可过了两天他们就相聊甚欢了。只因老胡是个故事大王。在我们认识一个月的短暂日子里，这位新邻居给我们留下欢声笑语的孤寡老人印象。他讲话的动作表情夸张滑稽，富有极强的感染力，见识广博令人叹为观止。

胡师傅的乐观精神比灵丹妙药更能治愈愤世者的悲观情绪，同病相怜的房东婆婆激动地握住他的手说："我们这两个爱聊天的老人家真是相见恨晚哪！"

当即，他俩哈哈一笑成了心腹之交。

可到了交房租的日子，大家听陈阿姨说，老胡欠了房租不辞而别了。从此，我的奇思妙想也被他带走，房东也终日郁郁寡欢。

多少个夜晚，我辗转反侧，前往祖国首都的幻想时常在我的脑海中浮现。

倔强的七旬房东老太又开始发疯啦！楼上楼下邻里之间无不厌烦透顶！

这年头世风日下，父母须有财产，儿女才孝顺，贫贱亲戚离，富贵他人抬。假如太婆一贫如洗，无房无财，她那些自顾不暇的儿女和低保户妯娌们不逼她进养老院才怪呢！刘家亲戚莫不如此，自私自利，薄情寡义，人家逢年过节张灯结彩、礼尚往来，刘家亲戚一年到头庆吊不行。吴家淳朴敦厚，自食其力，倒也素心如简，刘家表面情同手足，背后钩心斗角，权衡两家继承人的矛盾，明显是太婆百年以后，谁将从房产拆迁分利中争夺最大的份额。房东自然明道若昧，白发苍苍、风烛残年的老人早已看淡世间的虚情假意，那她为何还如此执念俗尘的荣辱得失？这是因为她本性顽固不化啊。父亲佩服她像慈禧太后，我同情她像吕后，老骥伏枥，志在千里。十年如一日拜观音，迷信彩票大奖。她的志坚行苦，百折不屈。是怎样的傲骨支撑她蔑视岁月荼蘼呢？你只需看她狡黠诡辩的天资便佩服不已。

人是一种敏感神经高度发达的脆弱矛盾体，聪明的人烦恼无穷，只有老死才能安息她的灵魂。谁关心她的孤独呢？并非生老病死的悲观情绪和逞强立威的家族之风泯灭人性，而是缺乏爱和理解的关怀历练了她满腹狐疑的心眼，她的聪明像阒暗中深不可测的猫眼，映射出神秘古老的西域怪风。结合我对现代大众心理学的分析，她的毛病是原始的自我保护意识本能转化而成的精神病弱反应。她经常犯歇斯底里症和阿尔茨海默病，发起神经时鬼哭狼嚎、拜天拜地、胡念咒语。

久居融洽的满楼租客们无不敬畏又同情她，你只需看他们寒暄照面时假以辞色和背后莫衷一是的偏执就懂了。

刘婆婆和气时又童心未泯，煞气时狰狞阴笑，精神分裂妄想症的个性令我厌恶透顶。可怜的孤家寡人哪！连顽皮捣蛋的垂髫稚子都胡编乱造，污蔑她和夜半烹宰婴儿的孙二娘是一伙儿恶魔，唯恐玩游戏时惊扰她的清静之地而鬼祟绕道。她真是如此冥顽不灵、不修边幅、古里古怪的老巫婆吗？我不敢盲从主观臆断，这不符合长幼尊卑、仁义礼信的准绳，记忆中，最深刻的印象是她烟不离手的凝神静气和高深莫测的孤傲背影。相比那些苟且偷安、行将就木的糊涂老朽，房东更加老当益壮，她像浑噩的虚构世界里探幽寻光、单枪匹马的社会理想家，她这一生像在命运的荆棘沼泽中勇往直前的荒诞写照。人们都不理解她为什么偏要跟生活较劲斗狠，议论她是个老怪物。我心里比谁都清楚，她追求的不是金钱和地位赖以保证的自由和尊威。她的空虚和悲哀源于忠信和关爱的缺失。但外界的假象和冷酷的社会不允许她以弱示人，她本能地练就了通晓万物奥义的能耐，可她又为何固执不懈、枉费力气挑战俗世呢？时间最怕安享生活的人，生命就是一个人的战争，她不信命运更不信任何人，蔑视死亡，不服老，不惧艰难困苦，高傲自大，倔强倨傲，脾气坚硬如巉岩，她要主宰命运和自由，而这些生存权利欲造就了她感情荒凉和精明老辣的性格。她非如此不可吗？她必须牺牲自我重建家族兴旺。她一个古稀之年的老太婆，还有何资格敢与命运斗争？除了一栋破楼房和她那一点可怜的自尊心，她还能活几年？

　　三姑比她老姐更悲惨，老年痴呆和痛风病已害得她颓靡秽溃，唯一的老姐一面盼她早死投胎，一面为她虔心求神拜佛，毕竟是她亲妹，没钱没医保，又看不起病，只好求治于朴实的江湖郎中和私人小诊所，总希望菩萨祝她好运，能找个医术高明、收费平价的好大夫，花点小钱就能药到病除。可菩萨也不知何时才能听见她的心声，老姐妹俩千辛万苦寻遍全城的药店诊所，听遍奸佞谗言，一年到头把脉针灸，尝遍中医汤药，却沉疴难起，终于领悟，鱼龙混杂的庸医和五花八门的独门秘诀配方都不过是花钱打水漂的无底深渊。刘太婆攥紧荷包不敢造次。夜半雷鸣电闪，风雨交加，三姑老泪纵横，烟雾腾天，捶胸顿足，戟指嚼舌，刘婆婆本来怜贫恤老，更生妇人之仁，老书生率尔谏争如流，刘婆婆扒耳搔腮，一副烟不出火不进的神情，似乎自嘲叩阍无计，低眉倒运，不但痼疾难治，且落人笑料，思来想去，终于明白，房东就带着三姑去市三甲医院挂专家号。有人暗中跟踪回来传开了她们的笑话，说老姐妹两人对西医的无知程度简直是泥古不化，一生只来过这一次现代公立大医院，她们互相搀扶，一瘸一拐，在晕头转向的行列中排队挂号问诊，神乎其神的体检仪器和手术室令她们惴惴不安，刚一听医生说这病要做"解剖"手术后交费才能住院观察治疗，太婆惶然愕然，瞠目结舌，定眼诘问三姑，辱蔑这是草菅人命的邪门巫术，像当年狼顾狐疑的曹操拔剑索命华佗，老家伙抬起拐杖就往女专家的办公桌上猛拍示威，教授惊恐吓跌眼镜，镇定疾呼保安，老古董俩趁机逃之夭夭、狼狈不堪，若有人问起那时的情况，只得讳莫如深，此后必定永生不敢再登堂看医。笑话一传开，三姑羞愧得无地自容，她日夜身藏阴室怕见人，尤其看见老书生，就比老鼠瞅见猫还躲得快，这下，我们都明白无误了，她最在意的感受是贺彬这个老滑头以何种目光审视她。我敢打包票，这一定关系到三姑以后的幸福啊，此时，大家心照不宣，默契相投，一致为她感到害臊。

"三姑的春天来临啦！"

众人窃窃私语。老书生真有他的一套，这个洞察秋毫、巧言令色而深藏不露的机灵鬼啊！蒙骗熟人之久可想而知，若不是三姑愈发春情高涨，才露出破绽，凭谁都难以看出她早已有了意中人，而且还是个意料之外的阴阳怪调之人，岂不令人哑然失笑？曹国华整日对他胁肩谄笑，更荒唐的时候是房东自嘲自乐，大家平日自顾不暇，现在成了交浅言深的催婚人，我讨厌他们将自己的快乐建立在别人的痛苦之上，实乃小人度君子之腹。房东儿子吴东林从不好管闲事，但也从没管过好事。房东听进他的谗言，污蔑老书生是暗中勾结的奸细，还说他们是一丘之貉，他们里应外合，日夜监控他。婆婆想借一招"美人计"验证猜疑真假，我恰在二楼阳台临写《米芾苕溪诗贴》时，隐约发现婆婆对三姑鬼祟耳语一番后泄露出狼狈为奸的贼笑，待老书生下班，踩踏蹩脚的毛驴般老式自行车回家后，房东佯装假惺惺的慈悲面容笑盈盈秘语道："秀才呀，你好人帮我做个好事，三姑卧病在床郁郁寡欢，你进屋里陪她解解闷吧？"

"婆婆你真幽默啊，我不是医生，怕弄巧成拙。"

"你想咋弄都行，她的心病需要阴阳调和，黄帝内经都是这么说的。孤男寡女共处一室，我替你保密，爽快吧？"

这老谋深算的诱惑，让老书生着实感到匪夷所思、防不胜防。他看人入木三分，但又是个识抬举的诸葛亮。他思考忖度时，习惯低头拿手指头推推老花镜，这样既不暴露他的聪明，又能掩饰猥亵奸笑。如何打消老狐狸的疑虑，以免冒犯她不可一世的财主尊威，而不失君子之德呢？他优柔寡断，仰观门楣揶揄道："咳，我的老祖宗啊，莫要人不说，除非己莫为。有病看医合情合理，我这把老骨头恐怕折腾不起啊！你找隔壁家老李，他身强力壮，会解风情，包治百病。"

"尽给我瞎扯鬼名堂！我家三姑是名副其实的黄花大闺女，大便宜不占，你傻呀？"

她眼神睥睨地瞅瞅他说："你那把老枪怕是生锈没用了吧？"

"污言秽语！是不为也，非不能也。君子坐怀不乱，色而不淫。"

老书生唱戏似地摇头摆手，举止令太婆无言以对。理亏词穷情急之下，太婆不由分说，硬是连推带拉劝他："好歹你也进屋去瞅瞅呀？你怕她鬼附身呀？"

"成何体统，莫推推搡搡啦，我就按您的吩咐效劳行不？"

老书生这时像只老鼠进了猫笼子，战战兢兢，强颜装作泰然自若。

他踌躇满志，轻推闺门，眼睛贼溜溜地往里探索。

我饶有兴致地竖耳偷听这滑天下之大稽。

满是霉腐味的后堂楼道口半明半暗，刘婆婆拄着拐杖，侧耳细听，暗暗窃喜，老书生参见三姑的画面难以想象，他定是走近时，瞧见她六神无主，蜷缩在黑黢黢的床边时，以为厉鬼索命，惊恐得魂飞魄散吧，立刻见老书生逃命似的健步如飞，不声不吭，一头蹦出秽暗之门，不料发生令人忍俊不禁的一幕，老书生撞门的一瞬，正巧绊了老太婆一个跟头。幸好她这把老骨头只是有痛无伤，坐倒在地骂不绝口。我捂脸窃笑，每次想起都忍不住要笑出眼泪。这时屋里只有闻声而来的宋婆婆，听见惨叫声，她趔趔趄趄撑着拐杖，急着来看戏。我当然义不容辞，以迅雷不及掩耳之势跑下楼，老书生搀扶起房东，不住地点头道歉，那副胆破魂散的样子，像手捧碎玉般栗栗危惧。

"我的老祖宗呀！哎呀，我这该死的瞎子，您没伤到骨头吧？您老哪儿疼？"

"行啦行啦，别猫哭耗子啦，我还没老到不中用，搞鬼的！你完事得飞快呀！"

宋婆婆和老书生齐力挽着老可怜的胳膊，像公公、丫鬟伺候她安稳地坐上她的藤椅"御座"。我端茶倒水，好生劝慰。三姑仍傻站在逼仄门口，幸灾乐祸地狞笑，鬼祟痴呆，让人毛骨悚然。房东恢复平静，正经威严地问："好事多磨，白费劲一场。你们看她那样，还有救吗？"

老书生贺彬毕恭毕敬地回答："恐怕病入膏肓，药石无效矣！"

"该死的家族病！钱我全都花光了！就算华佗再世也没指望啦！"

三姑悲怆地愣在那里一言不发，两眼炯炯有神地看向贺彬，他心头感觉阴魂不散，目光躲躲闪闪，转身挪到角落，嘴角和眼皮直犯怵，像做错事的顽童浑身不自在。出馊主意的老姐姐怒发冲冠，扭头朝老妹甩去强横的鄙视眼神，假牙像在嘴里扭秧歌，厌恶至极，猛劲跺脚，厉吼："死不要脸的邋遢废物！愣在那里蠢头蠢脑！装鬼诈尸吓人呀！滚进屋去！成事不足，败事有余。哼，啐！"

老姐的叱辱似雷霆万钧，将三姑"打入地府"，声威亦震慑老书生。他可不愿牺牲看书时间，光看她大动肝火的龌龊相。房东猛然发现身旁只有宋婆婆这个话不投机的老怪物，悻悻然驼背遁迹于冷漠的旮旯里，最后各自以不可思议的沉默方式散场。晚上，大家又以无比和谐的保密方式确保房东的威仪。

黄夜如厕，透过昏沉静谧的灯光，我又隐约瞥见老书生，以及他僵直地坐在窗前夜读时怔怔诡异的眼神！刚经过这恐怖一幕，又倒霉地撞见三姑，她失魂落魄，梦游般长发遮脸，手拧痰盂钻出茅厕，喉咙里咕叽咕叽似的念咒语。我的心啊，抽搐痉挛！每当此时，我踮起脚尖绕过后院回房，就会看见房东婆婆坐在堂屋，她那沉迷彩票的背影何其孤独清冷，曾使我感到年迈体衰的悲哀。

都说岁月不饶人，说什么岁月无情之类的，可我倒是觉得岁月是一位百世之师，教我既要脚踏实地，也要仰望星空，生活不止对物质的追求，更要关注精神和灵魂。

城中村的深夜如此静谧，连做梦都感到不寒而栗。我记忆中的房东是那样桀骜不驯地活在这世上，沉眠在虚无寂灭的春天，芳草爬满她的坟茔，不胜荒凉。她心里没有旭日阳光，也没有薄暮云霞。她一生中从来没有一个缟纻之交，直到我父亲成为她生活中的忘年之交，她才改变脾性。他们互赠信任和爱心，多像素心如简的慈母孝子啊。父亲的才华雅致和诚恳幽默给了她余生中最温馨的快乐，伴她度过命运安排给她最后的三年时光。她的健康情况一直不太乐观，人却变得笑口常开，刚开始对我的专横跋扈转而烟消云散，犹如拨云见日，这充分体现在她对我的慈蔼和欣赏。想起她和当年的董叔，怀念我的两位房东，我历练的心灵犹如静海余晖的挽歌，唱给岁月中消失的回忆。

父亲的仁爱之心拯救了她的孤独。

在我幽静的记忆深处，她生命的最后三年是作为租客的我最珍贵的回忆，亦是父亲最遗憾的情愫。刘奶奶时常在我家与父亲促膝而坐，谈天说地，共研彩票，父亲的人品令房东器重，自然有特别的待遇，其中，默许父亲今后免交房租的将伯之助教人羡慕称奇。她以古道热肠的母爱给予父亲的关切和恩惠令我感怀备至。父亲边做饭边和她聊天，我向来静心临习书法，不受打搅，我们同在屋檐下相处一堂，耦居无猜，融融泄泄。父亲和房东奶奶很投缘，他们的友谊高塔非一朝一夕建成。

有一天，老奶奶请父亲挥墨写一封信，父亲峻峭的行楷毛笔字闻名街巷，从此，每逢房东请教问题，事无巨细都听父亲出谋划策，久而久之，这成了他们的感情交流方式，彼此间的友谊升华到精神上的依赖。两个愤世嫉俗的保守主义者像杵臼之交，煮茶啖饭，感慨人生，情同母子。兴致高昂时声振屋瓦，思想观念的共鸣让他们深信志同道合的友谊。

"现代年轻人崇洋媚外，世风日下，逢年过节都是洋味，除了我们这些老古董，一辈子还铭记传统节日，哪有几个年轻人把华夏祖宗的规矩当一码事？"

房东哀叹，连连抒怀一番后，父亲手捧打火机，敬给她一根游泳牌卷烟，腾绕烟雾显得空气凝重。

屋内闲情雅兴其乐融融，堂外蜩螗百无聊赖。依门谛听的宋婆婆不请自来，她是个不折不扣、人尽皆知的吹牛皮大王，还是个见人闲聊就喜欢喧宾夺主的话匣子。隔壁谈笑风生，她怎能甘愿寂寞？她慢憨蠕动，自恃其才，笑眯眯坐在床边，谁还能不对她的插科打诨表示牵强附会呢？

"你们说得太对啦！但我要说的比你们更清楚。我觉得呀，人与人的差距太不公平啦！"话说一半，她警觉地回头打探一眼，然后继续压低嗓门儿，睥睨一切地说，"爹娘老子还不如儿子媳妇养的阿猫阿狗值钱！"她这是在骂不孝子。

他们爱说啥反正跟我没关系。好比，谁能改变鼹鼠遁穴盗粮的自然法则呢？日月星辰与四季风情并不因宇宙寂暗而失去光和美。但宋婆婆世故厌烦的百舌之声，一定是落得乘兴而来、败兴而归。

"你别再念经啦！牛头不对马嘴，胡说八道！"

房东撵她走。宋婆婆想显示什么呢？她自恃高明、钻牛角尖的神经质人格，究竟是什么引起的呢？我无法从荣格的人格分析心理学，或休谟的人性论中找到答案。她愈发逼人的傲慢和自怨自怜的哀伤，像氤氲雾气笼罩着我。她就是想发泄仇恨吧？她恨自己不能稳稳当当地走路，让人不那么讨厌她，像三姑那样唯唯诺诺，做个哑巴该多好，可怜的老母亲把悲苦的命运归咎于儿子的不孝，她对曹国华的诅咒有多歹毒，就对曹爹爹的冷漠有多狠心。愿她的灵魂沐浴幸福光辉吧，让她不以自己的尊卑好恶去对待他人的品格，也不拿自己的少条失教去当作施舍同情的筹码。

最脆弱的人性是傲慢无知，结论是没有绝对。

宋婆婆的悲哀就是缺点大于优点。老一辈的农村人都是占星家。他们是最接近宇宙奥秘的人，也是最杞人忧天、未雨绸缪的人。在残缺阴暗的生活中，她每天锲而不舍，晨观云霞，夜卜星象，以此调节心情适应作息，儿媳妇一向信赖她的特异功能，认为她比天气预报还要灵验。早点铺的生意好坏多半取决于天气，宋婆婆提供这份劳而无功的服务，显得大材小用，却有关风水财运，毕竟生意差对赡养她的人无益。我听她传授过一点皮毛，至今受用。

她曾说："朝霞不出门，晚霞行千里。天上星星跳，风雨就来到。"

街坊邻居们出门上班、洗衣晒被前都习惯咨询她，仿佛卫星围绕恒星运转，把她当作半神仙，老书生最感兴趣的事情，是询问她阴晴吉凶。尽管如此，她还是遭受着不公平的对待。

那时我还很天真，我读每个人都是一本故事书，唯独宋婆婆是一本光怪陆离的悬疑书。在我含混不清的想象中，如此寒碜怪癖的残疾老太太竟有古希腊哲学家的本领，无怪乎曹爹爹称她为老巫婆。她和恍惚迷离的三姑活像暗藏的蝙蝠，行动敏捷，神出鬼没，充满寒气逼人的秽暗气息。

这栋魑魅魍魉的"老妈堂"，像腐臭的泡菜坛，终年散发着昏天暗地的卤酱味和夜壶的骚臭味。孤僻扰攘的三个老古怪，乌烟瘴气，昏天暗地。可我无法逃避，只能逆来顺受。四书五经里讲的长幼尊卑礼教不可不敬。从她们仨的性格中，我看懂了现代人的精神疾病。

生活经验和读人心智是一门深奥的学问，我在人们眼中是一个文质彬彬、善解人意的听话的好孩子，知者不言，言者不知，不争不骄，不忮于众。察言观色，不露意见。清静无为，慎独自律。

当我虚心倾听他人畅所欲言时，他人也乐于如孩子般对我投以信任和友爱。我从中发现环境因素会改变人的性情。比如成人的童心未泯，有时是天才的个性，有时也可能是智力障碍者。

与人交流吸纳见识和智慧，从人们的心理和生活故事中，我读懂了底层人的心理病。历史存在主义和文艺精神世界像一位虚怀若谷的老师，启迪我如何透过现象看本质，认识世界的关键是要谨记成见和苟同都远离真理，只有襟怀坦荡和客观笃实才是最契合格物致知的朴素态度。生活的智慧源泉像树叶的光合作用，奥秘无穷。我始终铭记于心，念念不忘。我感到，在时代潮流中孤独求索的人生憧憬，如塞尚后印象派油画，以永恒的形式表现古典。仿佛那是可预见的自己，又是难以捕捉的形象，像迷雾中隐约可见的背影，从远处向我不断呈现清晰的面目。只是，那距离很迷茫。我就在云雾缭绕的时间丛林中寻找自己，现在已有了存在的实证，初步形成我的感性意识。我在内心想象着他的世界和我的人生有何关联，那个介乎浪漫主义与道家理想之间的我，像古树蕴含大地的神秘灵性，像放浪形骸之外忠于自我的猎人。我既看不清也想不懂。他时常出现在我的梦里，以某种精神力量支撑我追求生存和发展的目标，指引我、规范我，最终成为我自己。我的每一段人生历程都是一次自我认知。

通往歌唱家的荣耀舞台，照亮我的青春梦想，激扬起崇高情怀。

蔡甸区傍晚时分，络绎不绝的客车、运渣车、菜农摊贩，鱼龙混杂。过路人穿梭在坑洼不平的公路间，灰尘铺满郊野田地和水泥厂。沿街摊贩延绵在荒僻的棚户区两旁。夕阳下的奔波，那是我庸碌的青春。

快到王家湾了，我的心是这样低沉，颠簸拥挤的公交车内载满面无表情的工人、农民和大学生，他们像打蜡的石膏般冷漠，眼神像耷拉的卷帘，佟侗欲睡，像戴着手铐、脚镣的纸人飘飘荡荡。特殊座位上，一位年轻母亲抱着熟睡的幼童张望窗外，温柔甜润的双眼像长在山谷里的葡萄，她的顾眄神采偶尔掠过我死灰的愁绪，恍惚泛起我心中丝丝绵绵的涟漪，多么震撼心灵的风景啊！余晖镀亮了她飘柔的长发，多么恬静的微笑，她像这沉闷浮躁世界里的一朵水仙，母爱多么慈蔼娇美，一个女人从妻子到母亲是多么不容易啊！她久久侧脸望向窗外，我隐没在挨山塞海的人群中，注视她，母性的美丽在我的心里挥之不去。公交车到站了，旋即，我被无意识地引入鱼龙混杂的张家湾夜市，混入人头攒动的潮流中。每当我忙完一天的工作，坐公交车赶回家的路上，灯火阑珊的世界，仿佛一首荡气回肠的英雄主义色彩交响曲，澎湃激荡着我无以复加的诗兴乐感，一个人的孤独也是自由，多么美妙的夜晚啊！多么璀璨的星空啊！我想象自己是一条鱼，遨游于缤纷深广的海底，那里有珠光宝气的宫殿，圣人仙班荟萃一堂，在盛大的珍馐琼醴中，载歌载舞，那里是诗人、哲学家和歌唱家的精神归宿。

街市繁闹的气息，像海底的鱼群翻腾着泡沫。而我四周岑寂，仿佛隐匿在无何有之乡，除了激情迸发的诗意和胸中酝酿的音律，浮生世界本来物外皆空。城市掠影中，那些可见的存在稍纵即逝，我的遐思追溯着历史印迹中不朽的名字，那是张之洞的汉阳传说。时间的足迹像锈弃的炼钢石，退变的街道，后现代人涌上公交车，掺杂着香烟和汽油味。我换乘公交车走入紫阳公园，漫漫深夜，我踽踽独行。观赏水中镜月唯灵论意境，在绵延着广玉兰和樟树簇拥的梅园小路上，湖边参天古木发出窸窣婆娑声，像微醉的巨灵，吟哦摇曳。我思泉奔涌，灵感即来，作诗一首：

惠风拂柳夜清灵，

轩榭连廊月铭心。

我沉迷伫视阒暗中的光影，梦幻像浩瀚星海中引航归港的灯塔。凡有希望的地方，总能拨动我灵魂深处的琴弦。

夏日记忆的纷扰，白昼如水纹荡漾般消逝，意志和表象如空冥夜色，渐渐消逝了。

银色粼波静如水月，我的心灵如迷茫般忧伤，被落魄的彷徨铐上桎梏。褶皱波纹徘徊悠荡，这一刻，我惶惑忧思如憔悴噩梦倒映湖面，多少个孤独夜晚，我曾在此凝视对岸幽深密林，亦真亦幻的湖面，楼影憧憧，我感到前途暗淡。经历生活的苦难，我多么渴望这谜似的夜晚有我的一隅隐居小舍。

夜幕星河幽兮溟兮，这无限深邃的虚空，弥漫人间。

悠长的石灰堰村斜坡路满目狼藉，一辆远光灯刺眼的出租车缓缓驶过。老街道一盏忽明忽暗的路灯照在一只被碾碎脑袋的死猫上，凶手是那辆出租车司机吗？哎！多可怜！那人真可恶！更让人可悲的是这凄切冷雨的夜晚和我疲惫的身心。潮湿发霉的老社区犹如路边老屋水井上的辘轳，它锈迹斑斑，早已变成苔藓的领地，将它从工具价值中抽离现实。当我走过这里时，我感到石灰堰村的命运即将变为铲土机下的废墟，老井上的辘轳象征抽象的死亡。或许它曾见证这家人的幸福，他们曾在午后的屋檐下享受阳光，孩子们围在老人身旁嬉闹；或许很久以前，作为纪念物，一队移民定居到此，延续到我们这一代后，谁也不知道它的故事了；或许它只是一个洗衣做饭用的工具，没有任何意义，纯粹是无人怀念的破铁而已。这就是城中村的命运啊！

历史是我的母亲。

城中村清冷幽静，从工地下班回家的父亲正在油烟熏黑的窗灯下炒菜煮饭，二十余载的单亲家庭，这是我青年时期作为一个新生代农民工的生活写照，父亲骨瘦的肩膀挑起了两代人的希望，在艰难而卑微的境遇里混迹金钱社会苟且存活，尽管现在家徒四壁，无亲无友，但血浓于水的父慈子孝关系从未因此受损，在那段颠沛流离、不分昼夜工作、编织梦想的孤独岁月中，父亲用勤奋、幽默和才华风趣向我展示重建家园的热情，曾给过我莫大的精神鼓励。

这天，是一个特别有纪念意义且值得骄傲的日子，我的父亲，他让我明白家是心灵的归宿，代表幸福最基本的含义。我的父亲，我不知道怎样对你讲，这是我的信念大厦地基，今晚是我付出汗水、收获酬劳最多的一次，我的父亲，原谅我过去常感到不堪生活重轭压迫我，原谅我曾一度为无人理解我内心世界的忧郁而感到厌恨，那段毫无希望的平庸生活，打压我的才情，蹂躏我的青春。我多想无牵无挂，浪迹天涯，就像我那为诗歌而生，永远离弃我们的远走高飞的亲叔叔，但是，我不愿在你每晚做饭等我回家时只剩下你孑然一身的孤影。每当我热衷倾听，你兴致高昂讲着重建家园的梦想，我的内心就像烈酒重温。我的父亲，感谢你养育我，你在我成长期的迷茫黑夜里照亮了前进的方向，我感恩地把工资交给你，就像把幸福回报于你。

澍雨来到薄暮，渗入冻土，邀请沉睡的百花参加春天的芭蕾。打扮一新的植物迫不及待地生根发芽、钻出泥土，湿漉漉的城市散发着扑鼻的芬芳馥郁，迎春花、瑞香、琼花、海棠、牡丹，欣欣向荣，逞妍斗色。

花朝月夕，春夜喜雨，楼台清风惊梦，飘雨淅淅沥沥，我栖身卧榻，凝神静听雨中的优美旋律。多少个孤独的夜晚，我从忧伤的梦中醒来，发现自己依然沉浸在记忆中煎熬度日。朝朝暮暮深情眷念，像钢针扎进我的心里，我已无力再承受这战栗的泪水。屋檐瓦片下的雨滴密如珠帘，邻家院里一棵枝繁叶茂的琵琶树上，雨水浸润累累硕果，黉夜谷雨长巷空，溟蒙风影月华中。我回忆着旧日时光中的自己，将我麻痹的忧伤倾注在诗歌的慰藉中。

俄顷，梦醒时分，我仿佛从三年的沉睡中醒来。在这漆黑幽静的雨夜，渺小的人啊，生活总是逼迫我不得安宁，明天又将起早贪黑，浑浑噩噩谋生计。

这一刻，夜晚独处显得尤为珍贵，只是不知该如何摆脱忧愁。出租屋是我的避难所，思绪的显像管在眼前空无一物。

陈朴寂寞的石灰堰，夜晚静得让人惊惶，仿佛一不留神就进入灵魂出窍的昏沉中，哦，这迷人的自由之夜，请不要抛弃我！请不要抛弃我！

我的脸上不挂一丝表情，渴望走向阴沉的铁窗，走向静默的灵魂之窗，抚摸锈迹斑斑的桎梏，我注视着车间窗外无人问津的工厂，小树林新叶团簇。我的心灵在车床进刀削铁的聒噪声中呐喊，令人苦闷窒息，精神受尽忧思竭虑的折磨。我常不得志，仰望窗外的天空，冥想在这星球上还有多少穷苦的黎民百姓像我一样煎熬度日呢！我们这些人的命运啊，只能靠双手奋斗！

现在不知是何时辰，车间里，只有金属的咆哮声和疯狂散热的工业电扇风，我头晕腿痛，汗流不止，感觉迟顿，永远反复操作车床加工零件。模具钳工杨师傅却在磨床边慵懒地抽烟，让人看了恼火！他是老板的侄儿，而我们却用尊严和血汗挣钱。他游手好闲，而我们只有午饭时间轮流休息半小时，我无聊难受地瘫坐在叉车场铜铸件毛坯材料上，泡过期茶叶喝，久旱逢甘雨般呼吸新鲜空气，禁闭的大铁门内，周末，我们却在加班。外面的年轻人多快乐啊！中班还剩下四小时，快些结束吧，我日复一日安慰自己。疲倦地搭车回到紫阳路老出租楼，空暇的晚上，当破碎的语言和声音回荡在石灰堰的历史夜空，幽静笼罩在陋室审判我的孤独。无规律杂陈的静物像活物在对话。我漂浮的意志变成一只壁虎，从墙内的世界钻出现实，爬过桌镜、稿纸和菱形杯，然后经过蜘蛛网，爬进书内的世界，最后又回到了虚无。

在家的晚上，房东的孙女下班回来，身穿碎花长裙，我听见她熟悉的声音消失在堂屋，往常看惯了的位置，今晚没有父亲的身影。他还在工地加班。房东一家正在后堂屋共进晚餐，这就是我与世界的全部联系，古朴的砖瓦房像一具晾干的老人皮囊，时间里的人们经过我的脑海，汇聚成一张网，捕捞我的思想之鱼。哦，冥想，你这绝对的独居君王，统治着我敏锐的沉默。

翌日晚六点，父亲狼吞虎咽享用一顿我的厨艺作品后，我马上又要坐车回工厂了。

离愁像搁在烟灰缸上燃息的烟蒂，凝固的虚暗吞噬了回忆，七点半的电车载着我戴镣铐的疲惫心灵赶往又一个浑浑噩噩的夜班，我抖落衣尘，梳理萎缩的惶恐，没有感性的世界像玻璃窗内的钨光，我久久站在窗前不舍离去，父亲正在抽烟看电视呢，每天依旧专注预测双色球开奖号，我能想象一切，屋里家徒四壁，散发着难闻的酸腐味，这些深刻的记忆让我想来伤感。昏黄的窗前灯光仿佛提醒我幽暗的灵魂，家里永远明亮。

清晨八点，早班接岗，交接完机床车刀和产品尺寸误差状况后，我沉重地走出来洗把脸醒神，终于解放了！明媚的夏日阳光下，我像披褐怀玉的游吟诗人张口即来："天边光景一时新，万紫千红总是春。"

"忙碌的居民区老工业园电气公司，终于下班啦，世界多美好啊！"

我像刚出狱的自由人无比快乐地大声欢呼。

外面的白沙洲胜利村车来人往，阳光像电磁炉烘烤着精神恍惚的我，整晚熬夜后，我的双腿麻痹无力。多么风和日丽的时光啊，可对清晨回宿舍的夜班员工而言却索然寡味，他们饥肠辘辘，急着跑去沿街门面大快朵颐。

　　回到家，父亲早已为我预留了一顿早餐。睡到下午起床后，我躺在卧榻上，用复读机播放磁带，欣赏塔雷加的吉他独奏专辑，在阳台上晒太阳听音乐舒服极了。

　　落日余晖下，鳞次栉比的砖木结构灰色村落，喜笑颜开的小学生们和自行车铃闹成一片。

　　今夜，我又回归到精神母亲的温柔乡。

第十章

觉醒

随着年纪增长，我的思想和阅历也渐渐扩宽。撇开谋生计和物欲横流的外界表象，我的文艺世界依然清静逸乐如魏晋玄风，值得人沉吟章句，放任自流。即使境遇暗如断齑画粥，也不忘遵养时晦。

我二十岁以前的人生，在某种意义上而论，归结为虚度年华，直到重新领悟天生热爱音乐的禀赋，并从内心脱离贫乏劳苦的庸俗事务，转向艺术领域的高级精神生活，半路出家的歌唱家梦想激发了我的潜能，改变了我的审美情感和崇高意志。我决心发奋练习美声歌唱，立志献身歌剧事业的信念缘于紫阳湖公园结交的音乐学院的良师益友们无私接纳我程门立雪的机遇。

记忆像曙光熹微，熠熠生辉。我一生中最敬爱的音乐导师权叔，他是第一个言传身教，循循善诱，传授我意大利语咏叹调的大恩人。

更弦易辙的迅速长进得益于艰苦训练，也使我认识到从前我唱男高音不懂运用科学方法，自以为是，师心自用，不知丹田虚弱，坚持扩充肺活量挤嗓飙高音的病垢。幸运的是，在权叔慧眼识人、指点迷津的独特教学技巧纠正下，我的男高音气息功底才练就熟能生巧、稳健流畅的基础。更让我领略到天高地厚而深感自愧弗如的是，隐居在紫阳湖而不自彰的那些相貌平平的高手，他们身怀绝技，绝不是表面上看似的太极武术晨练者和退休老教授。我很快融入这群知识分子中，并和多才多艺的健身爱好者们打成一片，由此聚集成一个融合历史思想和艺术友谊的快乐大本营，好一派"鸾翔凤翥众仙下，珊瑚碧树交枝柯"的文人雅士谈笑风生场景，每当这时，郁郁葱葱的园林湖景和神采飞扬的知音识趣围满梅岭亭树，观看我和权叔引吭高歌的画面，无不让人赏心悦目。我与音乐世家、名校作曲系教授金、倪夫妇的师徒情谊也是在此开始的。回想起倪虹老师，她是我今生第二个引路人。

紫阳湖的文艺气氛逐渐闻名开来，主要体现在慕名而来的音乐人层出不穷，其中佼佼者不乏权叔和金倪这样的艺术教育家。因此，我幸运地认识了雍容尔雅、德艺双馨的倪虹老师。

高山流水，音声和鸣的景象历历在目。

她霞裙月帔、抑扬顿挫地演奏小提琴，宛如清溪潆绕般抒情伴奏，我声情并茂地演唱《两地曲》，亭台会友，各擅胜场，显山露水，天覆地载，闲云野鹤、怀瑾握瑜、知音谙吕。观众神摇意夺，赞不绝口。一曲接一曲，一山更比一山高，引来居民游人纷至观摩。金先生乃歌唱家，权叔气宇轩昂，我声如洪钟，青出于蓝，我们师徒三人高音三重唱《弄臣》第四幕小快板咏叹调，那曾经是我在贫苦家境中发奋图强的岁月里，依靠艺术安慰度过的最灿烂的时光。

好景不常留，缘来去无意。

金先生惜才，常邀请我去他家做客，以提高我弹唱的基本功，并承诺引荐我参加高水平的歌唱比赛。我铭记于心，常登门造访，毕恭毕敬，虚心求教，倪老师的热情善良和金先生的风趣幽默令我受益匪浅。父亲更加鼓励我，他语重心长地教育我要先为人后成事，专心致志，天道酬勤。

学习工作之余，我每天黎明时分在紫阳湖师从权叔晨练唱歌，傍晚正装亮堂，骑车至司门口江滩路音乐学院教师宿舍登门学艺。周末随父亲风吹日晒，打工挣钱。每天把时间安排得井井有条。

生活品位似乎正朝着目标上升，一切都让我感到充实乐观。

我孤独的激情，在心灵音乐的幸福精神世界中陶冶情操。含情脉脉的温柔月色和默契相投的朝夕相处，融合成钢琴老师和颜悦色、口传手教培养我艺术修养的情景回忆，她的手指灵敏有力，犹如月下清溪流过寒竹，琴声清脆如玉，歌声声动梁尘。

夜深人静的武昌码头，澄江如练，音乐学院早已灯明楼空，窗外活泼漂亮的大学生，热闹的蝈蟮沸羹，钢琴房里只有我和倪老师在练歌。

人穷志强，力争上游。岁月不居，两年的勤学苦练终于不负有心人，名师出高徒绝不假，比才艺知高下。客观事实证明，我业余学成的意大利语男高音唱法和钢琴弹奏技艺毫不比艺校生逊色。

艺术学院是我朝思暮想的青春梦想圣地。金先生家典雅简约，艺术气氛浓厚，院校同仁和民歌新秀荟萃。我和师生们建立起密切关系，在他们的圈子里广交朋友，弥补了高中往事中未圆满毕业却自毁锦绣前程的遗憾。虽然攻读数控加工专业并非我的兴趣，却在文艺青年的小天地里收获一点虚荣，也未尝不是失而复得。最开心的时刻，莫过于小迷妹们听我弹唱中国艺术歌曲时流露出天真的敬仰表情，在老师家度过志趣相投的欢乐时光，我终生铭记金先生的箴言："好铁不炼不成钢，即使你天赋异禀，可是若不积累舞台表演经验，也不能完美展现艺术的精妙。"

是啊！我需要时机，恰逢武汉广播电视总台举办首届武汉之歌大赛，他推荐我报名参赛，倪老师也振奋信心地说要助我一臂之力！

晚上回家，听见父亲跟着收音机播放的《三套车》深情哼唱，我就知道他正在煮饭炒菜。父亲已是不惑之年，却也是春秋鼎盛。堂屋依旧荜门圭窦，早点铺一家老少依旧昼夜操劳，曹痞子依旧颐指气使，吹毛求疵。传为笑柄的三姑呢，自从失恋以来，就再也不敢碰老书生，好一阵子闭门却扫。

贺彬老死不改伏案书窗的习性。百无聊赖的刘太婆坐在我家的沙发上，手摇诸葛扇，嘴上叼着烟，有一搭没一搭，眼不离人地自言自语。当我豪言壮志、信心满怀地宣布成功入选歌唱大赛节目初赛时，满屋子的人都惊呆了。

既有演艺生涯中成名之路的首秀喜讯，我理所当然想请教权叔的建议。我们照常在紫阳湖小岛水畔古老的杨柳树下晨练，未曾想，此去一别，便是经年。君子之交淡如水，河梁之谊溢于言表。然而自古及今无不散之宴席，权叔调任上海音乐学院当副院长，将于翌日启程的消息自然也早已为金、倪两位老师所知，我记得在那个离别的秋天落霞时分，一大帮学生、老师与校友，还有无名小辈的我专程等候在天河机场为这位德高望重的音乐教育家送行。登机前，恩师情深义重地寄望我勤勉务实，励精笃行，我谨遵教导，感动万分，我肃穆鞠躬，挥手目送他鹏程万里直上云霄。

伯乐一顾，马价十倍。三位老师两年来全面培养我声乐理论与实践的综合素质，我基本达到艺考生的专业水准。大赛日期还剩一个月，我的课余时间充分转向倪老师的音乐室，她与我进行钢琴伴唱规定选曲教学，与此同时，还有金博士在学院演艺厅专心致志辅导另外一些参赛大学生练歌，激动人心的歌唱家梦想，在青春校园里与日俱增。

这期间，父亲在地摊市场上揽到一笔小活儿，需要我临时做三天小工，借口请假后，我大学时代经历的社会底层生活自传，又增加了一篇打工见闻录。

翻开记忆的书页，形形色色的武昌江滩印象启发我冥想塞尚的风景画，仿佛昔日自然光影重现。

我站在黄鹤楼上极目远眺，吟咏崔颢和李白的唐诗，怀念千古风流人物。

古老东方冉冉升起的红太阳，光芒万丈，照亮黎明。

壮哉！繁华三镇，气象万千。这是我一生热爱祖国的信念中，崇高的艺术理想和历史文化情怀在我成年以来最早激发的豪壮胸襟。

一天的工作从黄鹤楼公园的公共休闲卫生设施修缮开始，包工头令我和父亲涂新满园凳椅、垃圾桶，除锈刷漆，安装厕所门窗，回收废铁。我和父亲齐心协力，汗流浃背，蓬头垢面。正午食堂排队打饭，浓荫蔽日，席地而眠，这时我又想起权叔他那敦穆轩朗的魁梧身影，多想有朝一日，我们能在上海重聚啊！他德艺双馨，交际甚广，必将提携我进入艺术行道。

收工回到家，晚饭过后，我独登起义门城楼，临池《寒食帖》，挥毫宣纸，笔断意连。夜来风雨，静听天籁，宿夜未眠。黎明初雾，横幅墨韵俊逸遒丽，结体清迈泰然，提顿点按，刚柔相济。父亲深谙词韵乐律，斟字酌句读后有感，题字盛誉：外师造化，内圆心得，阴阳冲和，独树一帜。

我和父亲的三天工资结算后，又接连三天，我日夜培训考取模具制图和数控编程技工等级证，耽误了练歌。奇怪的是，倪老师的亲切感不但消除了我担心受诘责的羞愧，反而因此高兴我能坚持不懈地积极努力，善解人意与宽容谦和的性情品格是她美丽心灵的内涵。她二十载培养的青年歌手和艺术家不胜枚举，自身亦是师资卓越的海归派作曲家。她能唱会写，知性素雅，贤妻良母，尚德育人。她的才华和声誉，是湖北省人才引进计划中的一枝独秀。金博士出生于音乐世家，曾毕业于英国皇家歌剧学院。他们留学回国后致力于音乐教育事业，同是大学教授，两人同心，情投意合，结为伉俪。虽有荣冠，俭以养德，宁居校舍，弗登春台。清风明月，桃李芬芳。文艺界无不羡慕他们琴瑟和鸣。他们秉持大公无私的奉献精神，使得教育界倍感自豪。且把友谊歌唱吧，让这师生情谊在我们的心海发出清扬的旋律，让音乐梦想腾飞吧！

武汉青歌赛海选现场如期举行，金博士借我燕尾服，公务车载我们同去汉口青年路。电视台三十层大厦高耸入云，我们在登记后，由礼宾小姐领进霓裳翩翩的化妆间，摄影师正忙于幕后花絮的采访。镜中的我看起来俊秀挺拔，彬彬有礼，面容俊朗，衣冠楚楚。舞台下早已座无虚席，主持人言辞慷慨，选手整装亮相，赛程规模和奖项之荣誉堪称全国艺术大赛之冠。评委规定，歌手在三分钟内自由发挥，不限演唱风格，初赛可翻唱流行歌曲，复赛曲目选唱湖北民歌，也可取材武汉人文历史风貌，演绎原创作曲，决赛由最后两位胜出者进行综合才艺大比拼。如此高雅的场面，令我不禁感到颠倒衣裳。倪老师含笑鼓励我说："你的唱功比这些初出茅庐的民间歌手和资质平平的艺校生都技高一筹，不要紧张，好好发挥吧！"

我豁然开朗，信心倍增。比赛开始，选手对号入座。金、倪老师神情自若地坐在评委席上。我紧张兮兮，激动地观赏。这是一场学院派歌手与业余爱好者之间的实力竞争。赛况规范，主调民族风。节目导演组聚焦红地毯舞台，来自音乐大学的选手和江湖艺人齐聚一堂，台上短唱即过，精彩层出不穷。女歌手们争奇斗艳，让观众一饱眼福，她们个个都花枝招展，娇艳欲滴，能歌善舞，真是巾帼不让须眉呀！但是曲调却都千篇一律，绵柔婉转，中规中矩。男歌手大抵多为驻场民谣歌手，良莠不齐，却风格各异，或高亢、或低迷、或抒情、或豪放，他们形象特殊，气质修养明显俗不可耐，鲜有出类拔萃者，但正因此而更加接地气。台下嘉宾跃跃欲试，评委心照不宣，默默打分，观众目不转睛，端坐欣赏，掌声该响起时就响起。

时间临近中午，气氛愈低迷。我虚心静观，胸有成竹。主持人上台说："有请业余组最后一位，男高音选手李怀恩先生，独唱《我像一朵雪花天上来》。"

我按照金老师教给我的绅士礼仪致敬听众。遗憾的是，权叔未能亲临现场。我的老师们喜出望外，点头鼓掌，伴乐直截选播高音唱段。三分钟时限的热情高亢咏唱，发挥极致，炫人耳目，声如洪钟，大方得体，我顿觉万众瞩目，荣光满面。评委团一致鼓掌赞扬，老师们喜不胜收！海选成功晋级，怀着决赛稳操胜券的信心，我心想，电视机前的父亲该有多么高兴啊！返回的路程畅通无阻，旗开得胜，欢声笑语。专车途经长江大桥时，我又一次浮想联翩，陶醉在黄鹤楼与龟山电视塔隔江相望的壮丽风景中，久久观望。倪老师开心地说："我们共有八人，正好每人一句，吟咏崔颢的诗《黄鹤楼》，如何？我先开头吧。"

大家兴高采烈，各擅胜场，依次朗诵：

> 昔人已乘黄鹤去，此地空余黄鹤楼。
>
> 黄鹤一去不复返，白云千载空悠悠。
>
> 晴川历历汉阳树，芳草萋萋鹦鹉洲。
>
> 日暮乡关何处是？烟波江上使人愁。

波澜壮阔的情怀在我心里应景而生。天空自由广阔，鸿鹄高远，江城雄伟，九省通衢，中部崛起，感慨万端。展望未来，凌云壮志。世界之大，异彩纷呈。人生如梦，何不潇洒走一遭？想起我那四海为家的游吟叔叔，想起我家破人散、命途多舛的童年，想起父亲的春晖寸草之恩，我忽然又莫名感到人生渺茫。此情此景，遐思迩想，闯荡江湖的念头在我心中冒出稚嫩的胚芽。

第十一章

音乐诗人

我曾幻想，在文艺联合界一定有我的用武之地。

我们喜归校舍，以茶啖之。金老师在我印象中是一位可亲可敬，殚见洽闻，满腹珠玑的知识分子。他意气风发，德厚流光，与他在钢琴书房四手联弹，我衰多益寡。

夜幕低垂，兴趣正浓，歌声不绝于耳，我梦想着冠军赛破壁飞去，倪老师不务空名，育人为本，她对莘莘学子主张身教重于言教。每当她观赏我辅导师弟伏案临摹字帖《曹全碑》《千字文》《寄侄文稿》，钟王二圣，启功先生的书法，她都会喷珠吐玉，涉笔成趣，形神如菩萨低眉，相得甚欢。她讲起自己曾经从童年到大学专心练习书法的纯情回忆，目光炯炯有神。文化人都有诗情画意的笔墨纸砚雅好，她写的瘦金体宋词是那样笔致劲挺瘦硬，潇洒自如。

她教我弹唱舒伯特的《小夜曲》，琴音悠扬悦耳，歌声缠绵婉转。深夜、树林、月光，幽静神秘而轻盈的 d 小调旋律，情绪柔和明朗，表现一位青年向心爱的姑娘倾诉爱慕之情。一波三折的优柔歌声，水乳交融的钢琴回声，简洁和声手法与频繁转调的丰富艺术境界，别有天地。

我合眼倾听冥想。

随着 D 大调的变化，她的情绪高涨。我听出男主激动万分，虽然满腔热情，仍不得姑娘芳心，由于曲高和寡，求爱者痛入骨髓，备受煎熬，但他锲而不舍，仍然期待爱情。两小节歌曲渲染得出神入化，让我仿佛徜徉在夜曲旋律中。情感来源都是摆脱自我本能的一种反映，审美体验的最终感受，是一种无我的情境。

爱的呼唤在钢琴演绎过程中，不断回旋了两次，既形成了音乐作品本身的平衡感，更给人一种袅袅飘逸的审美感受。随着以 D 大调为主，带有大小调综合倾向的结束句，由强变弱，歌声在优美恬静的夜色里，渐渐远去。

"这歌曲的声调，有迷人的魔力。让人仿佛沉醉在海涅叙事诗《罗蕾莱》的幻境中。"

"诗人和音乐家都富有敏感天赋。我期望，你能在格物致知上以世界大同的眼界追求艺术升华。因此，你务必学而后知不足，遂将功到自然成。"

我疑惑不解地问："我应该从何做起呢？"

她望衡对宇，借喻说："古希腊德尔斐神庙有句神谕：认识世界，认识自己。哲学家苏格拉底常用这句话教育弟子。"

我凝视着她的眼睛，陷入沉思。

老师的金玉良言如时雨春风，浸润了我干涸的心田。

她瞄了一眼右手腕表问："恍然不觉，已到晚八点啦，明日复赛你有信心吗？"

"当然胜券在握了！"

"听听就知道啦，来吧！"

她极富感染力的弹奏魔法，即刻将我胸中酣畅酝酿的黄钟大吕牧放在沃野千里的鱼米之乡。宫羽淳茂，沁人心脾，迤逦不绝。弹指之间，夜静更深，校园里廖无阒寂，江滩依旧灯火通明，轮渡码头粼波幽幽。秋风春月倏尔骐骥过隙，于我心有戚戚焉。

俄顷，校园夜灯全熄，我们意犹未尽，走下楼，在校门口握手分别。

成功晋级的喜庆气氛早已传到家中。父亲夸赞连连，同时又教导勉励我。他的真知灼见饶有拔新领异之理，言语中流露出引以为傲的寄望，更让我抱定坚强的决心，是父亲形衰色老的悲凉人生写照笼罩着他披星戴月、孤孤单单的背影。

战胜命运是我一生中最执着的信念，重建家园、开枝散叶是我的生活目标。

在我和父亲同甘共苦，相依为命的底层生活时期，我最大的愿望，是想给父亲一个幸福美满的家庭，这是我的使命，我要出人头地！我要成为一个鼎鼎有名的大人物！

父亲不可言宣地坐着听我一腔斗志昂扬的理想主义情怀，就连曹英美听了也深受鼓舞。啊！我是多么激昂慷慨，豪情壮语，滔滔不绝！老书生添彩加色，默契煽情，更令刘婆婆和三姑乐以忘忧。宋婆婆坐在堂屋不露声色地剥大蒜，陈阿姨津津有味地一边听我吹牛，一边切配红案料理，大家共坐一堂、其乐融融。

晨曦微露，当石灰堰老街仍然酣睡未醒时，父亲早已骑三轮车去明伦街市集贩瓜卖菜，他总是过着孤行吊影、奔波劳碌的清苦日子。

斗转星移，日居月诸，风萍浪迹，冷暖自知。富贵如土，人薄如纸。那时年富力强的父亲，转眼间变成单鹄寡凫、贫无立锥的老单身汉，他脸上斑驳的皱纹写满了世间的悲欢离合。

前尘往事如云烟，

不堪回首月明间。

那时我也不曾觉悟：我是谁？从哪里来？向何处去？也不曾思考世界大同的人生哲学。

在人间的苦短一生中，我们或许曾拥有最无畏的青春和最伟大的梦想，自以为独一无二，能人所不能，想成为传奇历史的缔造者。直到我们见识真实的人生后，才发现人生如此平庸！一切有限的存在竟是如此虚无缥缈，在永恒的寂静和幻灭的绚烂中，最悲哀的莫过于那些想要改变世界的无知主义者，谁又不是时代洪流中的一粒微尘呢？无数的名人和众生，都带着他们的骸骨和财宝永远安息入土了。

那时我锐意进取，胸中鸿鹄之志孤高自许，我像一块未经雕琢的璞玉，怎能年纪轻轻就觉悟这个道理呢？

古人云："人生在世不称意，明朝散发弄扁舟。"

一言以蔽之，没有人是天生的演员，能表演各种精彩的人生。

我的青春和热情，我的理想和目光，像雄鹰翱翔苍穹。

一战成名的时刻即将来临，我激动万分，怀着黄粱美梦走进门庭若市的广播大厦，风流蕴藉，笃定泰山。音乐厅堂里胜友如云，群芳争艳，如过江之鲫，记者的镜头前，一大群选手欲抢风气之先，博得青睐。金、倪师生俱来喝彩，观众嘉宾满面春风。学院派民歌手南箕北斗，声音如敲冰戛玉，千篇一律；民间歌手良莠不齐，南风不竞，势均力敌。金、倪评委率先垂范，剔肤见骨。我适逢其会，扬声咏唱。一鸣惊人，丝丝入扣。庸中佼佼，崭露头角。

晋级决赛者屈指可数，冠军将是谁呢？

我们师生一行人在金博士的盛情款待下，欢欣雀跃驶往紫阳湖酒店预订的包厢，素来布衣素食的倪教授慷慨淋漓宴请我们大饱口福。两位恩师，我敬佩他们是举止言谈高风亮节的音乐家，光风霁月，芳兰竟体，为人治学乃师德典范！觥筹交错间，我即兴赋诗：

北窗之友今朝醉,
聚散浮生随命运。
莫忘少年凌云志,
曾许天下第一流。

第十二章

心路历程

　　然而，失败迹象从一开始就已露出端倪。

　　我很遗憾地要接受一个放诸四海皆准的普世价值观 —— 各行各业，文凭是真金实银的敲门砖。

　　决赛那天，我大放光彩，独占鳌头，本可夺得冠军，谁知出乎意料，结果竟然以学历作为甄选资格。

　　作为业余组草根选手的我与学院派学员不分伯仲，经评委团慎重商量后由首席歌唱家宣布："如果要在职业与艺术之间做出符合学府宗旨的宏观选择，我们秉持教育兴国和培养创新的原则，一致决定将桂冠授予富有原创精神的专业人士，以期鼓励音乐之花开满江城！那么，冠军是……"

　　那一刻，我失败了！心中燃起的梦想灰飞烟灭！

　　我失意地回到底层，孑然一身地走在大街上，怀着悲怆的千思万虑，诚惶诚恐地走下武昌江滩陡峭的台阶。夜晚江面的斑斓光影，恍惚如死神浮现，他张牙舞爪召唤我的灵魂，我害怕极了！一种本能的抗拒制止我潜意识的行为，我浑身瘫软无力，倒退一步，跌倒在地，在幻想的驱使下，面对强大威严的恐惧和压迫感，我竟如此懦弱！

而鬼哭狼嚎的泄愤会让我感到一丝安慰……

我堕落了！

经过一整晚的思想斗争，在我人格的至暗时刻，我等待着一切来自现实生活和主观唯心意志消沉的打击！

天将明，我疲惫不堪地走在回家的首义路上。人山人海的武昌，依旧是充满生活秩序与经济实体。清晨风平浪静，我精神空虚地躲进紫阳公园，漫无目的地漂泊回家。

此刻的境遇让我的心理状态几乎崩溃，我欲哭无泪，只有深痛的迷茫！

我提起勇气敲门进房，父亲正穿衣梳洗，准备赶往明伦街早市摆地摊。他昨晚应该看过比赛的直播，但只是若无其事地随便问了我两句话，我察觉到屋子里充满拘谨的压抑感，他的坐姿呈两手抱胸的状态，似乎在与自己的思想做斗争。

尴尬的气氛中，周遭异常安静。

抽完一支烟后，他的站姿呈背手仰头，似乎有所隐忍。

为了掩饰自己的嫌弃心理，准备出门的父亲一心二用地忙碌起来，色厉内荏地诘问我："昨晚去哪儿过夜啦？看你一副无精打采的样子。我还以为你想不开呢！"

"我和音乐学院的老师同学们喝酒聊天。"我心烦意乱，期期艾艾地说。

"为什么撒谎？"

"因为没脸败北而归。"

父亲喝口水，抽着烟，用鄙夷的语气说："你这一生都是个废物！"

"那你连废物都不如！"我本能地反驳说。

"岂有此理！闭嘴！"

他露出了愠怒的恶相。

"我偏要说，你就是个没志气的穷光蛋，从小到大，你给过我物质和精神上的幸福吗？上学以来，你履行过做父亲的责任吗？你就是一个赌徒、酒鬼！还记得欧阳芳那个红颜祸水吧？你看看你现在这副窝囊、可怜、卑微的模样，这些年来，我受尽侮辱，打工挣钱养家糊口，你关心过我悲痛的感受吗？你除了打我、骂我、剥削我，你给过我一点关爱吗？我过的日子连条狗都不如！你又算什么东西？凭什么看扁我！你没话说了吧？你真应该陪我妈一起下黄泉！"

"孽子！你非把老子气死不可！"

他一拳头猛砸我的肩膀。

世上幸福美满的家庭遍布地球，为何偏偏让我出生在这个被命运诅咒的悲惨家庭里呢？

我跌倒在沙发椅上，伤心欲绝，以泪洗面。

门外围观的可恨窘境徒增我羞愧难当的愤恨与自卑。我极力抑制情绪，可还是怒不可遏，一脚踹门叫他们滚开！陈阿姨和她的女儿推开门进来劝慰我们，房东和吴亚琼闻声而来，也加入调解小组，从不串门的老书生一只脚跨进门，一只手和和气气地以理相劝。

"我生你养你，供你读书，教你实实在在做人，你却离经叛道、异想天开，自以为肚子里有点墨水就忘了农民工子弟该有的自尊，生活不是做梦呀！过去经历的大苦大悲还没教会你成熟吗？这么大逆不道的话你怎么说得出口呀！我当年落得家破人亡、九死一生的凄惨地步时，唯一支撑我苟活于世的希望就是你，我孤苦伶仃经历过世态炎凉和众叛亲离的绝境，你能体会我浑身溃烂流血，躺在医院里，从鬼门关被救活时那种可怜巴巴的恐惧和绝望痛苦的感受吗？你口口声声责怪我毁了你的人生，可你又做出过哪一点值得我骄傲的成绩来改变家庭状况？我不反对你追求不切实际的歌唱家梦想，但你太让我失望了！"

房东驼背咳嗽，唉声叹气地缓和气氛，开导我说："小李，快点认错，好好反省啊！别再让你爸伤心掏肺，大动肝火，百善孝为先。"

"我建议你换位思考，父子亲，长幼序，尊卑别，人之本。我爸说过，为人父母最大的幸福就是子孙孝顺。你怎么能出言不逊呢？将来有一天你也会当父亲，慢慢变老，与世长辞。换成是你的孩子也像现在这样，公然辱骂、憎恨他的父亲，再回想自己当年是多么对不起你的父亲，那时你难道不后悔吗？"

吴亚琼语重心长的肺腑之言深深打动了我懊悔的心灵。我热泪盈眶地请罪说："我承认错误，我接受批评。爸，你是我生命中唯一敬爱的亲人。我一定要出人头地，让你过上好日子！余生还很漫长，我今后再也不会让你生气啦！原谅我吧！"

父亲心平气和地划火柴点支烟，又如释重负地投入盆景中，大家各自散去。

往常的热闹莫名其妙变冷淡了。大家都各忙各事，不再对我的梦想感兴趣了。虽然荣获季军奖杯，但丝毫没人在意、安慰我失意的沮丧。

回想倪老师在颁奖台上对我说的话，一种释怀的心情在她的母爱中油然而生。

我茫然地走到起义门，坐公交车到司门口，站在熟悉的校门外，百感交集地将两手插进裤口袋里，低头径直来到音乐学院的教师公寓楼下。

我像一个帘窥壁听的窃贼，轻轻爬上楼，犹豫不决，徘徊在老师家门口。

正当我要伸出无力的手敲门时，内心某种声音开口阻拦，我的心一沉，断然缩回犹豫的手。

天气晴朗，鸟儿十分欢快。

在葱翠的蛇山树林里，一条僻静的林间碎石长路蜿蜒到黄鹤楼公园末端，围墙封闭的铁门前，黄兴炮台旧址人迹罕至。

就在这里，我的思想发生了改变。

在这支离破碎的绝望境地，我今后该如何重建生存的意义呢？然而，我必须经受寂寞和挫折的磨炼，在不被众人理解、被生活压迫的境遇中，在我年少无知的孤独时光里，我绝不能自暴自弃，任何时候都要具备高瞻远瞩的忧患意识，站起来吧！切莫再挥霍宝贵的时间和有利的资源在人情世故和饮食逸乐与谈情说爱上，而要致力于学术研究、文艺创作和公益服务的学习实践，否则一生必将碌碌无为，变得心胸狭隘。

须知，一个人的意志有多么顽强，就决定了他在世上的生存能力有多大。努力吧，奋斗吧！时运不济的年轻人，即使贫穷、缺爱又坎坷艰难，也绝不自卑堕落，只要不懈努力，就有希望争取未来，你若成功，昔日他人嘲笑你的所有毛病都将成为你最闪耀的美德；你若失败，命中注定你就是一介平庸者。

我踩灭烟蒂，抬头挺胸，仰望松柏上空的万里浮云。

在缘分的召唤下，我又一次来到佛寺净地寻求心灵觉悟。

洪山钟声远，茂林幽径深。山上多见菩萨雕塑石龛，我又一次关注到篆刻在磐石上的禅语："生死轮回淫为本，六道往返爱为基。"

佛光普照宝通寺，洪山宝塔直插云霄。我流连顾盼，探微寻幽，寺庙园林坐落山脚下，紧邻街道口闹市，颇有种大隐于市的感觉。三楚第一佛地，皇家寺庙宝通寺，奢华精湛的汉传佛教建筑群中，鎏金发光的木造佛殿文化艺术，隐蔽在庞然巨物的国宝级古老珊瑚朴树和禅境幽深的青灯古佛中，在那些烟雾缭绕，钟声长鸣的仿古飞檐下，我看见大雄宝殿内聚集一群法师在念功德经。我漫无目的，逛到寮房外的一棵罗汉松旁，碰巧遇见一位气质不凡的长老迎面而来，盼望请教玄理。

"师傅请留步，我见您佛心禅性，头戴光环，必定是功德无量、智慧无边的高僧。弟子心中对一句禅语迷惑不解，能否请教师傅指点迷津呢？"

"施主虔诚好问，面慈心善，实在难能可贵，贫僧若能为你排忧解虑，也不失为缘分，施主请说吧。"

于是我问师傅那句禅语何解。

师傅手持菩提子，念诵记数一圈，安神凝思的祥静眼里映现虚空无我的心灵，耳根六静的上善若水面相，毫无感情涟漪，像一本包含宇宙最深奥智慧的佛经，流入我浑浊的红尘之心。

"此言出自禅宗释虚云法师，意思乃《圆觉经》学说。情欲是人的潜意识本能，既是轮回原动力，也是修道魔障。众生漂流在六道轮回，皆受制于情欲循环的命运，灵魂的上升与堕落，难以消除罪恶的自由意志达到平衡。鸠摩罗什和玄奘圣僧的新旧梵文译经曾提出统一相对论，说圣人贤哲无情，而凡夫俗子有情，人性一旦消除情欲，便可超脱俗世生老病死与爱恨嗔恚。若想求志达道，还需修善，否则将永世陷于情欲支配的悲苦轮回中。"

我似懂非懂、若有所思地说："师傅的仁德睿智让我恍然醍醐灌顶，多谢师傅指点迷津。"

"阿弥陀佛，善哉善哉。施主慧根不浅，幸得佛法之缘，才会闻道觉悟啊，贫僧只不过是略微点拨罢了。"

我双手合十行礼，方丈慈眉善目与我道别。

这时日薄西山，云霞成绮，碧瓦琉璃的宝通寺恍如画栋飞甍的佛国仙境！涤净我的罪恶之心，心神空宁如沉莲池。

回首凝望方才师傅讲道的余影，暮色中孤寂的空山远景仿佛彼岸荼蘼，我久久不愿从梦中醒来。

但现实在召唤我回归俗世。走到大门口，我想象着，我必须经过面前那扇重生之门，走过茫茫人海，不知在哪停步。夜晚月明星稀，我坐在空荡荡的公交车上，观赏城市阑珊灯火，沉浸在时间的虚幻中。

回到起义门石灰堰，我有种归来的思念感。这里往常的面貌和习气，依旧充满熟悉的生活味道。还未进门就听见出租楼里真实的声音，终日操劳的陈阿姨，颐指气使的曹国华，阴阳怪调的老书生，人称慈禧的房东婆婆，衾影孤对的父亲在房间里播放约翰斯特劳斯圆舞曲，他正在给一棵鬼箭羽盆景换土施肥，显得匠心独运。

我带着茅塞顿开的清醒欣然回家。

父亲清心寡欲的中年活法，一如以往地与周围环境保持着精神上的分庭抗礼。

见我已开悟畅怀，仿佛明心见性，他像一位科头跣足的居士，向我坦然自若地口吐珠玑："这些稀有的树篼子，我精心种养五年，阳台上摆满别具匠心的藤景花艺供路人欣赏，它们成了一道修身养性的独特风景。甚至有些富人和行家肯出两万元收购我的作品，但我都谢绝了他们的诚意。有人问我兴趣爱好不能转换成财富岂不是毫无意义吗？我反问他们说，劳动价值能够等同有为和无为的追求层次吗？同样的道理，功名利禄不是人真正该崇拜的东西，年轻人热衷梦想固然是种高尚的事，但那还不完全是生活的理想意义。"

他一边剪枝、浇灌、施磷肥，一边配合我传递新品、搬移陶盆位置，像园艺师教学徒，泥草沾满汗衫。

一天过去，隔壁家的厨房又飘来呛鼻刺眼的辣椒香味。

老书生慢悠悠地骑自行车下班进屋，吴亚琼和她的妈妈也拎着菜回来了。一切又开始循规蹈矩。

明天又将到来。

当父亲入睡后，我又独上新建起义门城楼，望月怀远，点燃一支皱巴巴的小白龙深吸入肺，吞云吐雾地排遣忧虑。

微风习习的轩窗外，明伦街旧时光像寂静的黑暗印在我幽深的回忆里。

穿越平行时间，追溯目光记忆，我看见过去，那里有人口稠密的庸俗市井街巷，地道的武汉特色小吃，老建筑遗址的残垣断壁，还有最具特色的文化是城门对面那座古老的伊万清真寺，这是我最早见识过的礼拜堂，寺院圆顶拱廊和阿拉伯式花纹书法，让我的好奇心更深一层。当回族专营的羊肉铺和烧烤夜摊打烊后，明伦街古建筑，横街棚户区木具作坊，像银盐相片里的印象，这就是武昌城中村与汉口老租界的风格差异吧。

在那忧郁的平凡岁月里，深入实践，体会众多的底层老百姓真实的生活情况，奠定了我的唯物论怀疑观念的基础。从那时起，我的心智就染上了现实主义色彩，人格心理特征以主观唯心思想为理解原则，时间的统一相对论能解释我人生中不同阶段、不同时期的哲学发展，在这理智上升的趋势之中，感性朝下降运动，呈现出由内而外的新状态，扩大了我的意识层与存在主义，渗入我的现实理想情怀。迷惘孤独与虚无悲伤的阴暗冷酷意志占据了我的心灵。

我沿着新建的中和门城墙箭垛漫步在楚望台遗址公园悠然览胜，风和树像在窸窸窣窣地研讨《蒂迈欧篇》宇宙生成论，我沉思在这理念世界中，陷入人类起源的形而上学，与天体系统物理学规律的数学之美幻想中。

闻康乃馨的馥郁花香，听夏虫嗡吟的静籁之音，清愁中自有怡然幽情，像一首康塔塔作品《第 156 号小咏叹调大提琴曲》，将我的精神融入无何有之乡。

这次让人身心俱疲的沉痛打击，恐怕是我有生以来度过最糟糕的一次吧。

日子一天天冲淡了往事的回忆。

在一个神清气爽的晴朗早晨，光芒又照亮我雄心壮志的开阔视野。

第十三章

工厂恋人

进入大专实习期，我正式参加工作。

与此同时，时间也改变了我过去熟悉的一切。

在我的周围，曾经熟悉的那些人都失散了，事物也变了。

吴亚琼嫁到四川，曹英美去了深圳实习，曹爹爹摔伤、病死后不久，拆迁浪潮席卷石灰堰，至此，我们与房东一家人再无往来。一段生活史记忆不复存在，还有什么可留恋的呢？

这一时期，青年工人的角色推动我向职业歌手的道路发展。

在学校校长的推荐下，我与二十名同学到光谷一家国企电子厂应聘，面试实习生成功，并签订一年的劳动合同。公司通勤车将我们送到森林公园总厂，办完入职手续那天，我与同班四名同学留在老厂，其余的同学被分配到藏龙岛新厂，就这样，我的人生回忆录翻开了工厂生活的新篇章。

我的春天来啦，爱情曾在此留下过幸福幻象。

有时，不经意就遇见了缘分。

我和魏淑珍初次见面的那个早上，我记得她正在行政楼人事部培训室，给我们新员工讲解企业文化和规章制度，她的声音像银铃般清脆悦耳，积极认真的工作态度和礼貌热情的品格在我看来很有魅力。虽然她相貌平平，但我总能感到她的亲和力，像一块璞玉般浑然天成，朴实无华。我可没刻意关注她，工作交流和宿舍生活的点点滴滴，自然而然融汇成我们的爱河。

老实说，我继承了父母遗传给我的浪漫基因，但追求品位并不代表我是个感情泛滥的好色之徒，但她却是个例外。漂亮的女人不可信，聪明的男人不会为美艳迷惑，我喜欢有魅力的女人，我的经验判断使我对各类感情的看法持慎重态度。

最初，我对她的感觉并不明显，注意力主要集中在工作上，本来机械制造部门员工除了两班倒就是吃饭、睡觉，枯燥乏味至极，不过勤工俭学的经历早已让我习以为常了。

老厂到处给人一种锈迹斑斑的刻板印象，车间外长满藤蔓和野草，一进食堂就闻到人体气味与大杂烩浓汤混合的味道，让人反胃又烦躁。十二小时的熬夜加班，一人操作三台数控加工机床，把人困得不停抽烟，脑筋犯晕，全厂估计有上千台法兰克和三菱系统数控机床吧。笑口常开的领班是个优秀员工，多做事少说话，是这里的规矩。

"领班，您在这里工作几年了？"

"十年，我叫雷东，喊我雷师傅就好啦。"

"雷师傅，今后我听您指挥，请多关照。"

"客气啦。第一天上班不要求你干活儿快，跟着我多看，用心记，特别是各种材料的加工参数。等你熟悉后，再分配你到简单的机床看流程。记住，作废的零件要按原料进价的九折扣除工资，刀库自动换刀时要学我这样，重复按暂停和启动键，注意观察主轴进刀安全以防撞刀。"

"明白，记住了。"

"会用游标卡尺吧？每一件半成品都有技术要求，一定要仔细测量，你展示下螺孔深度测量方法吧！"

这不是小意思吗？我心想。我先找到一个毛刺刀刮孔边铝屑，再用深度尺与内测量爪准确读出尺寸。

"不错，注意安全，切削刀具转动前必须拉上防护门！我告诉你，去年就有人疏忽大意，被弹飞的断刀片打瞎了一只眼睛。唉，打工挣钱辛苦，真可怜啊！你一定要注意安全！"

"师傅放心，我一定谨遵教导。"

他习惯成自然地瞟了一眼塑料手表，扯下棉麻劳保手套，放下对刀仪和木槌，带我去用餐。嘈杂的员工食堂里挤满了人。

"老厂伙食太难吃啦！五块钱餐标喂猪呀？"

旁边身穿红制服的巡检员愤愤不平地吵嚷着。

"不差嘛，你看多好哇，苦瓜炒咸菜、豆豉炒黄瓜、鸡蛋炒饭、绿豆汤，三菜一汤，多好呀！难道你家是天天吃山珍海味吗？你有什么资格发牢骚？"

另一个同事嚼着饭说。

"猪吃猪食！"

"请注意你的措辞，你是在恶语辱蔑后勤部！"

"雷师傅，你能不能闭上你那讨人嫌的嘴巴，我明明是自言自语，你管得也太多余了吧？"

"出言不逊的挑剔鬼！我倒要问问主管，员工倒剩饭，浪费粮食，违规在车间内抽烟，该怎么处罚？"

"多管闲事！"

"两位师傅请冷静，吵架有损形象，打工挣钱辛苦，罚款少则三百块，咱们都是为了养家糊口过日子，何必跟自己的血汗钱过不去呢？请大家安安静静地继续吃吧！"

我忙劝解，尴尬的气氛压抑着大家，没想到，第一天上班我就体会到狭隘固执的保守习性，工人机械的作息规律和麻木的表情令人窒息。

周末，我们五个同班同学聚在光谷西班牙风情街，吃烧烤喝啤酒。

"我再也受不了每天疲劳枯燥的夜班了，能撑一个月是奇迹！"罗成同学叫苦连天地说。

"我的烦恼才忍无可忍呢！咱们车间那个臭流氓领班总是调戏我，我看他就不爽！活像个猪八戒！"莉莉同学委屈地怄气说。

"你小心怀孕哟。"

"滚蛋！"

大家差点笑破肚皮。

我们聊得热火朝天，只有张伟闷闷不乐，低头不作声，他惜言如金地说："我不想干了。"

顿时鸦雀无声。

"你别老是像个缩头乌龟似的打退堂鼓，你不要毕业证啦？"

王鑫像兄长一样关心道。

"我决定去广州学厨艺，现在就回去收拾行李。"

无论我们多想劝他留下都无济于事，最后的晚餐不欢而散。

张伟离开的消息传到同学们耳里后，其他同学接连不断辞职，剩下几个，也勉强坚持半个月就都叫苦连天地相继离我而去，但我知道我和他们不同，因为我和父亲都是苦命的乡下打工人，我只能靠吃苦耐劳维持生存，并且一干就是满一年。

夏日雨季如燕子般只留下屋檐和天空的记忆，秋露等候多时便穿上新衣迫不及待翩然而来，那些落英缤纷的小树林和车间行道树是工厂里最美的风景。萧瑟的秋意在我青春梦想的苑囿中渐渐枯萎凋谢。

熬夜加班，每天重复规律，时间的意义越来越隐秘。我仿佛在梦中经历了一场旷日持久的心理战。

这两个月里，我夜以继日，除了睡觉就是加班，从未逛街消费，不免怀疑自己的变化竟然超乎想象。

早晨换班接岗。

雨后初霁，我的心情如拨云见日，我太久没凝望碧空如洗的上帝之城了。原本打算明天回家度周末，不料雷师傅通知我明天参加公司的郊游活动，所以娱乐计划取消。

正是这次机会把我和魏淑珍联系在了一起。

茂密辽阔的东湖国家湿地公园树木参天，大巴车行驶在葱茏的绿墙夹道间，我们像误入巨人居住的植物王国。停车场四周设有商店和旅社，集合点名出发前，大群人都涌向公共厕所外排队，队伍浩浩荡荡引人注目，魏淑珍忙前顾后，负责安排男子搬运啤酒，女子拿便携炉。

走到烧烤乐园，大家一起布置营地，在各部门经理的组织下，我们开始团体合影，每个活动小组都自己动手烧炭烤肉。她独自在湖边手捧书籍席地而坐，像一朵孤芳自赏的云，我慢慢凑近她。

"很高兴见到你，魏主管，我没打扰你吧？"

"别客气啦，玩得开心吗？"

"谢谢，能和你聊天我会更开心。听你口音像广东人！"

"我是潮州人啦，我普通话讲得不好吗？开玩笑了。"

"哈哈，改日你推荐菜馆，我请客，听你讲讲潮州菜，可以赏脸吗？"

"等你有空给我打电话！"

"一言为定。"

感情并未让我沉浸在幻想中，森林公园秋游体验扩展了我对大自然的认知，夜里躺在宿舍睡铺上，思想的灵鸟展翅高飞。

树是地球上最古老的居民，它们的手掌伸向上帝之城做永恒的庄严祈祷。

晚上八点到早上八点的夜班车间里，我拉开机床门用气枪吹干净铝屑，搬起沉甸甸的毛坯装置，开启绿键循环按钮，关门，试刀……

我上个月公休两天，实发工资一千二百元，给父亲转账七百元，余额部分投资外语书籍和书法书籍，存款微乎其微。二十二岁的工厂青年，拮据的习惯和坚韧的自律捶打、冶炼了我的孤独，在顾影自怜的憧憬中，在汗牛充栋的文史哲潜心修习中，我深知自己决不能在劳苦打工生存这条堕落之路上慢慢变成庸人，亮丽的希望之光在我的心中闪烁。

命运是一个人的战争，我必须不断提升自我，在黑暗的摸索中砥砺前行。

寒冷荒凉，摧枯拉朽的霜降夜晚，天空中鸟儿的歌声销声匿迹。

清晨，我走向车间大门口，抽支烟缓解疲劳，通勤车提前到厂，轮到白班接岗了。雷师傅开会总结工作后，我们去食堂刷卡，美美地享受一顿早餐，回宿舍睡觉。下午四点醒来，我神清气爽地骑自行车到郁郁葱葱的森林公园练习美声歌唱，哦！那些生命力旺盛的大树，像上帝之城的选民，它们智慧超凡，在此隐居修道。蓬勃壮阔的绿色之邦，像哥特式的圣殿塔尖直插云霄。树的神秘气质提供了儒释道文化的依托，譬如中国名山古刹的自然历史底蕴，树的品格与灵性融入我的气质，充满谦卑旷达的感应，生生不息。人与自然一脉相承，科学致使两极分化，世界从人与自然形成的二元对立开始进入现代。

回归自我，感受心灵流动的音乐，融入森林，怀念伊甸园，啊！我就是避世绝尘的赤脚隐士。我多想过着灵修者的生活，观察四季，读书写作，盖房耕地，野外求生，像猎人般机智，像忍者般敏锐，像老虎般勇猛，又像黑夜般神秘而寂静，仁善乐道，无欲无求。但天黑前，我必须赶回去上班，天黑前，我又要回到人间。

而此刻，大自然的勃勃生机充满美妙和谐，像圣殿骑士般庄严肃穆。树以高贵的气质启示我的音乐灵魂，充实我透亮饱满和雄壮典雅的歌剧男高音唱腔，丰富了我的想象和情感，大自然的人文主义魄力，像弥撒曲唱响我的精神激情和艺术胸襟，将我久藏于心的阴霾瘴气一扫而空，令我豁然开朗。

　　暮色西沉，云蒸霞蔚，白昼逝去，夜幕重临，时间周而复始。我不能久留密林深处，我必须赶回工厂上夜班，远处灯光已亮，游吟诗人依旧留恋人间烟火。

　　过了一个礼拜，我的机会出现了。

　　试用期三个月转正这一天，雷师傅推荐我代替新厂离职领班，人事部魏主管也在那边办公，我果断提出迁居藏龙岛宿舍的申请，当天升职调配文件就获得批准，我非常开心！

　　和煦的冬天虹销雨霁，湿漉漉的工业园大道干干净净，我在靠近九头鸟广场的传媒学院马路对面下车，一眼就能望见高楼林立的公司，物业管理先进的员工社区里，健身器材和风景洋溢着宁静美满的幸福。走到厂园，满地留鸟活蹦乱跳，壮观的大厂房里，精密的仪器和机床流水线让人大开眼界！

　　办理完后勤部手续，回到公寓我就打电话，我站在楼下等候魏淑珍，她前凸后翘的身材穿着制服，外搭毛茸茸的风衣，像粽子般显得肉嘟嘟的。

　　"我的审美真不赖啊！"我在心里说道。

　　一见到她，我就说："嘿，真巧呀！今天格外晴朗，阳光灿烂，心情分外美丽。淑珍，我们好久不见了！最近忙吗？"

　　"是啊，见到你真高兴，快过年了，都挺忙的。"

　　"你还记得我们的约定吗？"

"差点忘了，你怕我赖账呀？呵呵，今天吗？"

"就现在，咱俩喝两瓶啤酒呗？"

"拜托，别小气，要喝就喝一打嘛。"

"爽快！吹瓶最强组合，不醉不归，哈哈……"

油烟腾腾的凤凰街夜市生意红红火火，鲜香的潮州菜馆里暖融融，我们坐在二楼小包间把酒言欢。

"我很喜欢平平淡淡的幸福小镇，不知不觉已经度过三年时光。记得当初，年纪轻轻孤孤单单，远离家乡漂泊到武汉辛苦打工的日子，我就感觉啊，这里将是我安家落户的归宿。每天都过得很充实，朝九晚五，做六休一，上下班走走逛逛，看看街上人群中的工人和大学生来来往往，还有多姿多彩的欢闹夜市生活，红男绿女，灯火阑珊。找个中意的地方稳定下来，太不容易啦！"

她的脸蛋红彤彤的，把积压在心里的寂寞向我倾诉。

"自从遇见你，我的回忆里都是你。今后我不会让你一个人再感到孤单，淑珍，做我的女朋友好吗？"

她咧嘴眯眼用疑惑的表情打探我，莫名其妙就哭了，周围的顾客还以为我是个负心汉呢！她像个孩子，没回答我，只是把脸贴在桌上傻呵呵地看着我笑。

"老板，结账。"

我扛着她的胳膊搂住她的腰，扶起她往宿舍走。路过宾馆时，我扭头看了一眼招牌标准间的价格，但回想她推心置腹的酒话，我心里产生了想要爱护她的温情。我不能再犯糊涂了。回到宿舍，我把她交给了女生。

第二天早上，我和编程员正在数控加工中心车间进行严谨的调机，处理模具图纸上的螺孔尺寸误差和表面光洁度时，她打来电话找我去打卡机那儿录面容。

"早安，靓妹。"

"早安，靓仔。"

"麻烦你啦。昨晚你可真是巾帼不让须眉啊！精神状态还好吧？"

"勉强能对付。"

"考虑好了吗？"

"什么……"

"好吧，我让你感到太仓促了吗？"

"站近点，对，蹲低点，好，就这样啦。以后你就用面容打卡啦。"

"我真心诚意地追求你。"

"上班呢，老实点啊。"

"我一宿未眠，不停在脑海中翻遍小说和电视剧段子，还默写了十张情书草稿，但始终没有满意的表白，直到此刻面对面，我才明白，千言万语不如一句 —— 我喜欢你！"

"谢谢你，我……"

"淑珍，做我女朋友吧？"

"让我考虑考虑吧，等电话通知，拜拜啦……"

"等一下，假如爱情有试用期，我希望你能给我三个月转正，现在就开始！"

她"扑哧"一笑，立刻蹦蹦跳跳地溜走了。我曾深信，成家立业的憧憬已然向我展现出幸福生活的画卷。

在那难忘的藏龙岛电子厂打工岁月里，我和淑珍的爱情朴实无华。回忆朝气蓬勃的年华，在时光的梦境里，我仿佛又看见那暮色中的工厂恋人印象，如一首西西里舞曲口琴音乐，抒情的附点节奏和分解和弦悠悠叙述着悲伤的往昔。

在那短暂的幸福时光里，我们时常手牵手漫步在传媒大学的运动场上，快快乐乐地谈论着无边无际的过去和将来，计划结婚、贷款买房和生儿育女的事。

陪伴是恋人最依赖的温柔，谁也离不开谁，尽管枯燥繁重的车间流水线工作剥夺了随心所欲的自由，但两个人只要有空在一起，就会像矢志不渝的信天翁长相厮守。

在那远离人口稠密市区的工业园区的小天地里，玲珑小巧的细心礼物和童心未泯的打情骂俏，包藏了我们惊喜兴奋的丰富回忆。

爱情就像月亮吸引潮汐。

两人相处的日子久了，有时难免会为些鸡毛蒜皮的琐事吵架怄气，产生零零碎碎的伤感和烦恼，但没关系，岁月是一个磨棱刓角的好手。上升与下降的运动规律，不断推动激情和平淡的曲线沿波峰递进，两情相悦的永恒自然法则会消除一切隔阂，恢复融洽无间。

相处一年的身心体验和感受，曾让我们彼此互相取长补短，共享容忍与尊重的品格。

那时，我们的爱情简单实际，而不乏小情调。在那很久以前，乏善可陈的工业园街区，四通八达的大马路，将凤凰街居民区定格在小镇的繁华中心，廉价的出租房和优渥的薪资福利待遇，源源不断广纳贤士，藏龙岛是光谷桂冠上的一颗明珠，闪耀着底层劳动人民勤苦卖力、追求幸福生活愿望的民主自由之光。

在我和淑珍携手共创未来努力攒钱的阶段，循序渐进的计划步骤曾让我真真切切地感到未来可期，万事都将顺遂心意。每当提起见家长送彩礼、操办婚庆的人生大事，父亲总是眼睛发光，脸上贴金似的啰里啰唆没完没了，好像他这一辈子都在等我的喜事；而我呢，表面上漫不经心，其实无人能想象我多么感天谢地！

"我这么年轻就马上要结婚啦，等我们可爱的孩子一个接一个来到这美丽的世上，他们咿呀学语叫爸爸妈妈的景象多么让人开心呀！"

我成天这样幻想。

甘霖润景的南方春分，到处花红柳绿。

在一个风和日丽的早上，武汉火车站候车厅里南来北往的旅客进进出出，我打扮得一表人才，手捧定制的康乃馨鲜花，陪父亲喜出望外地迎接淑珍的父母。

"热烈欢迎伯父伯母，初次见面，献花致敬，祝愿你们健康快乐。"

随即，情礼兼到的相亲招待宴转而进入酒逢知己千杯少的状态，在迎合广东人口味的粤式精品酒店包房里，我和淑珍一家人谈婚论嫁，两个大老爷们儿口若悬河。他俩英雄相见恨晚的江湖义气让人目瞪口呆。

酒阑兴尽，夜宿宾馆，丈母娘和淑珍住标准间，父亲和岳父住双人间，他们的客房都在一楼，我独自睡二楼单人间。

我站在浴室抽烟照镜子，惶惑审视桀骜不驯的内心，自嘲和愤世嫉俗的精神海啸不以我的意志为转移。

"你正当风采年华，难道就这样被家室所累，平庸过一生吗？"

我问那自我对立面的叛徒，他的双重人格兼容自由之魂的崇高理想和欲壑难填的原罪之躯，善恶难辨，第一次向我显示出意志衰退的精神迹象。

"这就是我的命运吗？幸福的意义真的实现了吗？"

我越想越愁，越陷越深。

假如那时我在二十多岁的黄金年龄就开始过上婚姻生活，现在会演变成什么模样呢？激进的思想是煽动自由意志叛乱的僭主。我忐忑不安地洗把脸醒神，淋热水冲洗身上的汗渍和厌恶的颓靡感，如受浸礼般洗净铅华，洗心自新。

一个男人即使能渐渐改变他的世界，他的相貌、心态、脾气、思想、信仰、爱情、事业，但他却不能改变他灵魂深处最迷恋的激情与孤独。未来给我憧憬的人格理想披上一层薄雾似的忧伤。

新的一天又开始了。

高高兴兴跑来扰梦的阳光被挡在窗帘后面。干爽舒服的客房里，昨夜萦绕不去的胡思乱想依旧不能释怀。

既然淑珍的父母把他们心肝宝贝的终身幸福托付给我，那就赶快结婚吧？可或许表面的完美终会被痛苦的结局取代，所有的事情终会偏离正轨。

那时我真不懂女人心，以为她只是心情不佳，但后来我才明白，爱人的冷漠是比忧伤更忧伤的痛。我忽略了作为一个男子汉的担当与责任，未曾觉悟到悔恨的变质会形成永远无法弥补的心如死灰，直到有一天她悲痛欲绝弃我离去，我才如梦初醒，想起她憔悴梨花般夭折的爱情，竟是我自私贪婪造成的残忍结局啊！

我的人生跌入深渊，灵魂永远烙上罪恶的印记。

爱情死了，梦也醒了。原来我的生活之路从未走出迷茫的荒凉废墟。彼岸依旧遥不可及，可我仍未觉悟。厄运如此荒诞不经，两年建立起来的感情大厦顷刻间轰然倒塌，梦寐以求的幸福人生憧憬皆已万念俱灰，结果，打破饭碗，自毁长城，一败涂地。

曲终人散，雨恨云愁。

回忆那段梦想折戟沉沙的往事，我永远无法祈求上帝宽恕我良心的忏悔。

曾几何时，我和淑珍同甘共苦、相濡以沫的工厂恋情残留的回忆，之所以达到终生刻骨铭心的深度，何止爱情？其中更广义的人生哲学层面，还包含崇高艺术理想的心灵考验。

回忆往昔藏龙岛岁月和我的孤独奋斗历程，我想起《恶之花》中的诗句：

> 天空又愁惨又美好像个大祭坛！
>
> 小提琴幽咽如一颗受创的心，
>
> 一颗温柔的心，
>
> 他憎恶大而黑的空虚……

第十四章

我的追求

这一时期是我积极的悲观主义者心理在迷惘孤独中抵抗命运，渴望冲出内心围困，面向广阔外界，探索成长历程新道路的分水岭。

我大写特写，挥笔成诗：

> 完全改变既是毁灭也是重生。
>
> 未来包括过去和现在进行时。
>
> 经历挫败才能接近成功，
>
> 苦难的心灵已觉醒，
>
> 光辉的前景照亮迷途。
>
> 奋斗吧，梦想，
>
> 我要做世界之王！
>
> 挥别昨日，重新再来，热情依然高昂。

我还记得成为真正的艺术家之前的那段时光，我早期的娱乐表演生涯。

灯红酒绿、纸醉金迷的武昌洪山路餐饮娱乐商圈，生意兴隆，奢华主义至上的酒店、歌舞厅、俱乐部和高楼大厦，像保华街南京路。权贵名流的模范区，是工薪阶层的天堂。

20 世纪 90 年代，初出茅庐的我，曾亲身经历娱乐圈。这段人生历程让我有了新的认知：所谓的江湖就是指这里尔虞我诈的名利场。

在一个月的男高音恢复练唱之后，我怀着收入过万的目标和幻想，决定应聘金玉堂大酒店的演艺团队歌手。

我打扮成文雅绅士，走进上流社会，秀色可餐的礼宾员沿红毯排成行，似乎她们正侍立门内微笑着欢迎我步入酒店大堂。富丽堂皇的高贵排面，顿时让我这个冒牌公子哥感到身份卑微，与其说我看起来像谦谦君子，倒不如说是入鲍忘臭之徒。

"您好先生，很高兴为您服务。"

"您好，请问乔慧经理在吗？"

"您找我有何贵干？"

她姿色平平却慧心妙舌，体态雍雅醇熟，显然是家境优渥的有夫之妇。

我喜上眉梢，彬彬有礼地说明来意后，她把手摆放的位置换到背后，一改职业问候语，换用祈使语气说："你跟我来吧，小帅哥。"

我一路默默无语跟着她乘电梯，一路谦恭，留心观察。

"你在想和我约会吗？"

她挑眉挤眼，骄傲地对我说："你先坐下等等。嘿，小帅哥，你看我美不美？"

我强颜欢笑，尴尬垂头，对她竖起一对大拇指。她哼笑一声，随即转身，消失在五光十色、魅惑耀眼的九流宾客中，只留下我在表演厅酒吧独自等待。

人性千面的暗影比我想象的更复杂隐秘。直觉时刻警醒我要保持洞若观火的机智。

舞台追光灯下，花枝招展的孪生姐妹民族风歌手，她俩那悦耳动听的高八度音合唱《乡恋》的表演画面漂亮极了！形形色色的观众和五花八门的表演林林总总，不过尔尔，但只有那个与众不同的她，立刻揪住了我游荡的目光。

我入迷地观赏，她柔枝嫩叶的纤婉体态和慵懒眼神，结合玩世不恭的中性颓靡性情，散发出的熟女气质艳冠群芳。她的声音迷人心魂，唱的《亲密爱人》，对原唱的模仿惟妙惟肖。一袭隐约透明的低胸露背银色连衣裙闪闪发光，与之搭配的铂金耳坠、项链和金手镯，彰显此人生活的华丽时尚，沉郁的蓝调灯景更加衬托出她的高级知性气质。我恍惚产生了错觉，她引起了我的兴趣，眼前这个漂亮陌生的女人有着怎样的思想呢？我天性迷恋的忧郁伤感，像心灵幽谷的源泉在升温，那是一种会误导理智的渴望之情，让人动心。

我听得太投入，以至于忽略了有事在身。若不是那个女人走到我背后打断我的幻想，我还真以为我的注视引起了她的关注呢。

"她可真是人间尤物啊！"乔经理若有所思地站在我背后说。

"抱歉。劳您麻烦了。"

"你对她动心了吗？告诉你吧，Emily（艾米丽）可是我们店总韩国涛的马来西亚情人，小心点哟。提醒你，千万别跟韩总玩什么'仁者见仁，智者见智'，回答面试问题时要诚恳地看着他的眼睛。记住啦？帅哥。"

"铭记在心，多谢指教。"

她神乎其神的洞察力和职业素质让我捉摸不透，超出了我的见识程度，而更高一层的幕后老板究竟有多厉害呢？只看表面不能判断实质。

萨特说："他人即地狱。"

我刻意收敛自己的思想，我就是从这时起学会了伪装。事实证明，聪明人往往难以信任。多亏她平白无故的帮助，因为，韩国涛有火眼金晴，而我有中庸之道。见面时，我完全像个孩子，被他身上的烟酒气味和庄重持稳的威仪中深藏不露的老谋深算气魄压倒了我的自信。

如果他没当过兵，我很难根据想象描述，在过去的经历中，还有什么力量能塑造一个人运动员般的体魄和猎人般的精神、相貌呢？经验传递的信息闪过我的脑海，呈现出各种带着传奇色彩的角色。正当他转移视线兼顾身旁的艺人团队，回答工作问题时，我的奇思遐想构建了这样一种印象：他并不简单，我得小心提防。

"我们团队的表演不拘形式，不过最好是雅俗共赏，这里的顾客非富即贵，他们喜欢装腔作势，附庸风雅。男高音是很新奇的特色，唱一首歌试试，我再决定你够不够应聘资格吧！"韩总心不在焉地说。

我一展歌喉就惊才绝艳，他刮目相看，亲自安排我登台表演，乔经理和钢琴师及幕后工程部技术员沟通后，确定我能弹奏舞台钢琴。我太开心啦！它像我久别重逢的知心爱人，勾起我往日的回忆，我像倪老师教我那样，感情充沛、洒脱自然，运用饱满的声音和转换自如的气息弹唱艺术歌曲《小夜曲》。清雅魅惑的音乐酒吧座无虚席，突然出现了一个光彩夺目的焦点，听众们纷纷将注意力投向我，一尘不染的旋律意境扑面而来，吹散了靡靡之音的乌烟瘴气。

当我走到台前鞠躬致谢时，全场掌声雷动，太感人了，我几乎相信这时刻我是一举成名了，荣誉的美梦伸手可触。但我很清醒，也抱定信念，这只不过是我璀璨人生的明星梦里转瞬即逝的一道小亮光。我极力克制沾沾自喜，甚至受宠若惊的情绪，气氛一下热闹起来，一位时髦美丽的女士要求我再唱一首，我盛情难却，将敏感的艺术气质倾注于作品，放声歌唱咏叹调声乐套曲《冬之旅》。

一以贯之的美声苦练和钢琴技艺，旋律悠扬的前奏引出细腻的感情，声音圆润饱满的 d 小调。

今晚，我成功了！

乔经理带我进入韩总的包厢，Emily 袒肩露背旁若无人，像小鸟依傍他，栖息在皮沙发上。我心里阴沉的想法打消了仰慕之情，虽意兴阑珊却强装欢颜，我决不轻易受嫉妒情绪干扰心智。

他把雪茄搁在水晶缸边，扶起她，踏响锃亮的皮鞋，带着风走到茶几对面的青花瓷前，取出酒柜里锁住的文件夹，递给我一份手册与合同。我没问，他摆出老板的架势拍拍我的肩膀，用满带优越感的语气鼓励我说："明晚六点过来找乔经理报到。你是个值得栽培的歌手，欢迎你加入我们的团队。乔经理，带新人到楼里转转，熟悉下环境吧！"

我自知不宜主动握手，端坐行过欠身礼，便跟随她参观楼层和后厨，并详尽咨询工资待遇，基本满意，每晚演出一场按一百五十元结算，小费不上缴，食宿全包，体检合格后，试用期三个月转正，即可申请公司五险一金的福利，满三年工龄享有住房公积金。

走到员工通道时，她机警狡猾地说："小帅哥，姐姐我越来越喜欢你了，不过你的单纯很容易被韩国涛欺骗。记住，别羡慕他，嫉妒是毒药，越漂亮的女人越危险，而我能成就你。"

"多谢指教，告辞。"

"多么耿直的男人！"

回家卸下伪装的面具，父子俩愉快地饱餐一顿，吞云吐雾地围绕我的人生发展规划、他的存钱目标和重建家乡住宅的梦想谈了一宿，我们共话美好未来，寄希望于这鼓舞人心的志向。世上唯有家和健康最珍贵，生活的朴素哲学在我现阶段的心理历程中，又展现出一幅激励人心的前景。

一个人的变革由内而外，生活之路从下向上。

世界，早安。

此刻在我心里，还有什么比自由追求梦想更令人激情澎湃？出发吧！向过去告别，前方有光彩照人的舞台与快乐美丽的新天地，但我必须表现出足够的机智和优雅，既独立于乌合之众而又不被排斥，像一杯醇烈的伏特加马天尼。

我准备好了，机遇就在眼前！

回望身后逐步变成废墟的老城中村，我的意志力明确赋予我的梦想以崇高激情！

午夜洪山大道，大方得体的富豪和斯斯文文的江湖人士欢聚大雅之堂，明星艺人风流博浪。

通过道听途说和查阅网络信息，我初步掌握，金玉堂酒店所有权属于万邦集团董事会主席常远，他是澳籍华商，公司酒店、房地产、高速公路、旅游项目遍布中国和澳大利亚，他是名副其实的国际投资家，夫人熊彌婷董事每周末都会来酒店用餐。这是个绝佳机遇！

我急不可耐地出发，拎着手提包走下公交车，来到俊男美女迷人眼的化妆室，开始换装打扮。我惊天动地的男高音演出马上就要闪亮登场啦！形形色色的中外嘉宾和斑斑点点的水晶灯，音乐营造出的惬意心情，充满奢华典雅的享乐主义。酒店营销部和餐饮部的小伙伴们高度配合，俏楚佳丽阵容组成的敬酒小分队，个个都是女中豪杰。纵情酒色的红男绿女中，最吸引我目光的，像钻石，在Emily的身上闪烁光芒。她手拿郁金香杯细品起泡酒，饶有兴致地独自坐在吧台椅上观赏我唱歌，咄咄逼人的娇媚冷艳姿态让人似懂非懂，这迷人的混血歌女像一朵带刺的玫瑰，美丽又危险。此时我急功近利，一心想着出人头地，想着如何抱得美人归。

男人物色女人就像看菜谱，萝卜青菜，各有所爱。这是我从未见识过的别样风情，可一想到过去留在我心里的累累伤痕，我如何能不感到一丝丝沮丧呢？转念之下，我以为收敛多情浪子的本色才是明智之举。

　　成名之路坎坷辛酸，娱乐行业藏污纳垢，势力浮夸。在那段星光迷茫的流金岁月里，我满怀激情，仿佛看见梦想的灯塔，像星光点点，召唤我奔赴幸福的彼岸。这股桀骜不驯的力量充盈我的心灵，转换成决心，我要出人头地的志向念念不忘。

　　在这条卑微的强者之路上，名利的诱惑与梦想的勇气是盛开在人性深渊里的向阳花，在我冷酷无情的心灵里潜滋暗长。

　　若要高人一等，就必须不择手段，有时，机遇也是攀登人生阶梯的成功法则。

　　在人生的虚实幻象中，邪恶之心摧毁懦弱，吞噬灵魂。我是孤独坚定地朝希望和光明勇往直前，还是背道而驰堕入深渊呢？一切因果都是命中注定。

　　人人都自私自利地活在这弱肉强食的世上，我曾经艰难追求每段时期的人生目标。理想虽美好，历程却充满惨烈斗争。

　　纵观历史上那些功高盖世的典范人物，让我受益匪浅，强者必须踩在大多数人铺垫的道路上，走向成功殿堂。

　　我很清楚，尽管这条明星路偏离艺术梦想，但想山顶夺冠怎有不蜿蜒而上的道理？

　　我这样想着，半夜下班经过令人眼花缭乱的富人街，这里藏着各式各样的底层人，就像垃圾场，地上随处可见的塑料袋、一次性碗筷、皱巴巴的纸巾、啤酒瓶、易拉罐、烟蒂……臭水沟里窜出的老鼠偷偷摸摸地钻进钻出，东躲西藏的蟑螂爬来爬去。

　　夜晚的秘密仍在进行。

　　我是一匹孤独的野狼，漫步在洪山广场，孤零零，抽烟抗疲劳。

　　吹过夏季的风也曾吹过浮华往事。

　　记忆中，我曾在这片街区摸爬滚打，成为小有名气的歌星。一转眼，今非昔比，现在的我拥有曾经梦想的一切，回想当年，我热血奋斗的年华中，那波涛汹涌的激进浪潮，像奔腾的千军万马驰骋沙场，誓要与命运一决雌雄！我胸怀广阔，深情展望人生，年轻忧郁的我，曾在那绚丽多彩的饭店大厦和歌舞厅夜市小心地踽踽独行，心灵无限悲壮地在激情中与梦想共舞。

文明像一个巨大无比的发动机，人类的一切精神意志与幸福都受到自然科学法则支配。历史是由无数饥渴悲苦的自私个体转化成动能，向前推进的劳役之轮。

这一时期，我的人生依旧平庸。

成长是生命的储备库，时间的筛子慢慢过滤我品性中的劣质，留下宝贵精华，我不断充实、完善自我，积聚力量，蓄势待发。

我总认为，大学生毕业后，要想自强不息，就先去当兵，接受刻苦训练；社会青年要想成为有用之才，就去工厂锤炼钢铁意志。只有这样，才能实干兴邦，高尚的人热爱劳动，低俗小人专走歪门邪道。严肃刻板、精益求精的工匠品德是男人必备的能耐。

回忆我和父亲在武汉漂泊谋生的岁月，勤苦繁重的工作塑造了我的坚强性格与威猛体魄，脏累粗犷是对爱慕虚荣的耻笑，因此，每当我赋闲在家就会去白沙洲工业园协助父亲当帮工。

在这新的一天，气温柔和，心情舒畅，只有回到家中，我才能感受到生活充满阳光。

早晨，在旧家具市场砍价买回的皮沙发椅旁，木制折叠桌上的保温锅里罩着一小碗蒸蛋和一碟猪肉炒青菜，已经有点凉了。那时候，年过五旬的父亲照样老当益壮，他每天一大早起床，洗漱做饭后就慢悠悠地骑自行车去起重机厂上班，他没几个朋友，舍不得花钱，自己缝缝补补、敲敲打打地过日子，闲暇爱好逛山养花，不与人打交道。

那些年，在父子相依为命的岁月里，在租房打工的贫穷日子里，在很多破破烂烂的地方都曾留下过他的思想印迹，我的相册里至今还珍藏着他无人赏识的文采，有的用毛笔行书雄浑有力地写在墙里墙外，有的用钢笔楷书工工整整写在玻璃窗的报纸上。

我永远记得，那些年，我独自闯荡上海、北京，重回武汉时，发现他某年某月写在墙上的一首诗：

> 一别行千里，
>
> 归时未有期。
>
> 一月三十日，
>
> 无夜不相思。

这是我在不惑之年结束六年的欧洲华人歌唱家漂泊生涯后，载誉归国回乡看望父亲时，他写在新建的家园大楼房门上的对联：

> 过去低头走路，
>
> 现在昂首阔步。
>
> 先哭后笑的人。

还有些打油诗，可惜再也找不到了。

那是一年索然无味的中秋节，我往背包里塞上劳保手套、防尘口罩、头盔、刷子和毛巾，挤公交车去做老本行，在父亲劳碌时递瓶水、出份力。

电影《教父》中说："不抽空陪家人的男人，不是真正的男人。"我赞同，而且也认为一个有能耐适应任何阶层生活的男人，才是真正了不起的男人。

父亲人生中的第一份工作是油漆工，在他长达十年的航车漆艺承包生计中，几乎有一半时间占据了我的回忆。他卖力干活甘之如饴的印象伴随年纪慢慢老去的人生历史，像岁月凿刻在我记忆里的一组底层工人艰苦生存的木版画，父亲的一生向我揭示了一个道理：即使你只是一个卑微的小人物，也要在这艰苦的世上靠自己的努力有尊严地活着。

每当怀念我和父亲在一起度过的往昔岁月，我的心灵总能感受到悲悯之情。回首往事，历历在目，流年逝水，倒影深深，波涛滚滚的蓝色梁子湖，又在我眼前幽幽涴漾着生命的跌宕起伏。

我一生都在求索生活目标与精神理想，像孤独骁勇的骑士对抗来自外界的侵蚀与彼岸的虚无主义。

从起义门经过武泰闸和烽火村到达白沙洲工业园起重机厂要半小时，这条路是贯通武汉南门的唯一快车道，堵车情况司空见惯，沿途都是破旧的灰色楼房，还有些遮遮掩掩的夜总会和建材批发市场充斥其中。

比起十二小时两班倒的集约型电子厂，这家钢构厂节假日没加班费，工人们上十小时班按计件工资，多劳多得，是幸福的。

电焊烟尘混合刺鼻油漆味的老式厂房里，两台双梁桥式起重机正缓缓吊起航车变速器和主梁装车发货，十几个壮汉在业务经理的督导下配合物流车操作，起重机驾驶操作员兼食宿阿姨负责把握合作过程中的生命安全与技术保障，他们齐心协力完成又一批订单后，继续投入到与钢铁的较量中，作为犒劳，张老板通常会买来壶装纯粮酒和卤肉拌菜体恤员工。

稍事歇息后，冲压机和锯床又开始了生产。他们无论男女师傅个个都精气十足，像战国时期的铸剑工匠，体现出力量与精度的结合。父亲穿戴严实，用铲刀刮平单梁和滑轮组表面的电焊疙瘩和毛刺，我屏气发力提起油漆桶，撬开铁盖，往里面添加香蕉水并搅匀，呛喉刺眼的气味无比难闻！我在他身后举起浸泡过的滚刷，将航车里里外外涂两遍。承包一台航车涂漆工序的价钱是一千块，年收入差不多三万元。

"加油干！再存两年工资我们就回家盖房子！"父亲信心十足地说，落魄十多年，这是他最大的希望。

我提前到公司化妆间打扮，准备好最出色的表演。今晚，熊总和董事长一家人在金玉堂酒店聚餐过节，韩总负责服务设计。千载难逢的机遇，岂能错过？想到这里，我挺胸抬头，坦坦荡荡走进名利场，纵情酒色的酒店里，午夜歌舞团又闪耀登场。

中秋之夜贵宾盈门，董事长携夫人率领全家如皇帝般驾到，摆花铺毯的夹道欢迎仪式热热闹闹，由尊贵轿车、保安、经理、服务员组成的豪华阵容威风八面，大队人马前呼后拥，荣华富贵的气派令我这个无名小卒羡慕不已，身处底层，见过上流社会生活的我，愈发坚定了奋斗的意志。机会就在眼前，命运必须掌握在自己手里，我决计先博得韩国涛的信任再攀附大人物，才是明智之举。

董事长已入席起菜，我找来找去，刚好看见韩国涛与身穿金龙纹大厨制服的行政总厨在湘菜荷台商量事情，各案台档口的厨子们在聒噪无赖的油烟火热中忙活。大胖子经理坐在电脑桌前喊麦控制起菜流程，地位最低、工资待遇最差的传菜员紧张地配酱料、备酒精炉，服务员被恼火难缠的客人叫来叫去，全都跑来跑去，还有敬酒小分队——兔女郎们也当仁不让。

他们的谈话结束，我悄悄退回负一楼走廊，装作恰巧经过这里遇见他。

"您好，韩总。"

他微微点头，离我两步远时又回头用低沉的声音严肃问我："你穿这身燕尾服是来上班吗？"

"是的，韩总。我正为一件事到处找您呢，因为我知道您神通广大，我请求您，今晚准许我进入董事长包房献唱祝福，您能否引荐我表演才艺呢？我非常有信心，真的，您是我的贵人，请在我追求梦想的道路上多多提拔，拜托了！"

他嘴角上扬，思忖片刻回答："你野心不小。听候我的安排吧，明日之星。"

他倒背双手转身即走，留下皮鞋声在我冷傲的心里回响。

随后，在紧锣密鼓的酒吧艺人化妆间，乔慧推开门大声说，韩总要我和Emily快去老板的包厢准备表演，她板着脸对我一声不吭，难道我连自作聪明的权利都没有吗？我既不想不合时宜地抗衡她，也不愿唯命是从，但现在还不能完全听任我的自由意志。

我们戴着愉快的面具礼貌地进入三楼顶级宴会包房，首先刷新我眼界的是扑鼻而来的山珍海味香气和璀璨耀眼的珠光宝气与古典高贵的艺术装潢，炮凤烹龙、争奇斗艳的炊金馔玉琳琅满目，穷奢极侈的饕餮盛宴带给我前所未有的感官刺激，冲击我贫穷的想象力！摆在两大桌上的八珍玉食和特供名牌烟酒超乎我对暴殄天物的认知程度。

觥筹交错间，熊总对我匆匆一瞥，霎时凝结了我的异想天开，她那种精明强干而捉摸不透的信号，专为心灵的第六感保密，代表某种只可意会而不可言传的感觉。

韩总带领下层向领导敬酒完毕回到座位后，主持人乔慧请我和Emily上台表演。她身穿时髦的黑色长款针织连衣裙，酒红色波浪卷长发更显柔情，那张让人看了心花怒放的锥子脸天生就是美人标志，再配上光芒闪烁的黄金耳饰，简直完美无瑕。我们走上台，敬礼，她演唱，我弹钢琴伴奏，歌声高亢，清澈空灵，优美悦耳，余味无穷，对她表示赞赏的掌声如潮。

大家肃静地继续观看我弹唱《教我如何不想她》，这首歌的美妙在于将音乐与诗歌熔为一炉的意境，深感人心。重温经典，感受穿越历史的爱国情怀，倾情演唱深沉悠扬的语言格律与象征派雅韵之美呈现给听众，是歌者对艺术表达的崇高敬意，我自己也陶醉在热情不减的兴致淋漓中。唱完一首，董事长连连鼓掌夸赞我，请我再唱一首。

西方歌剧文化是人类精神创造的瑰宝，国外生活的主要部分是审美活动与艺术鉴赏，他见识多广，自然品味独佳。要想打动别人先要打动自己，这是我的音乐启蒙老师权叔的格言。轻松活泼的三拍快节奏旋律在五度音之间跳进，我驾轻就熟地唱起花俏华美的《弄臣》第三幕咏叹调曲目《女人善变》，醇厚通透的奇音，委婉振荡在惊叹的听众面前，雨果戏剧《国王寻乐》的改编歌剧中，男主人翁身上的性格象征通过俊美纯净的音色以及藏而不露的气息毫无瑕疵地过渡，淋漓尽致地唱出公爵与玛达琳的风流悲剧人生，高潮部分四小节长音叹词 e 在力度渐强的尾声中停止伴奏，我展开站姿自由呈现公爵放任无拘束的性格特点，那一刻，我像金色大厅中最灿烂的明星，风光无限，就连董事长和熊董脸上也泛起伯乐容光，沸沸扬扬的掌声不绝于耳，舞台表演之所以激动万分，部分原因在于仪式方面的献花赞赏，那可能是我热情回忆中，歌唱家生涯早年还是个驻场签约歌手时的巅峰时刻。

考虑到韩总的城府与 Emily 的感受，我不失风度地谦恭走下台，坐回原位默默收敛光彩。

幸运再一次选中我，韩总传话告诉我，熊董叫我过去。先干为敬是我一向的酒品，这表示以礼开头。我喝的是白酒，她喝的是茶，从气质和品格上而论，人们的目光显然对我刮目相看。她金口玉言对我讲："你是块发光的金子，公司要创造条件，充分实现你的最大价值！"

听候一旁的韩总，毕恭毕敬地说："熊总，我保证会立刻贯彻您的讲话精神！"

公司旗下的酒店和剧院遍布武汉三镇，我要开始活跃在巡演舞台上啦！我的知名度将会越来越大。

夜生活的自由放纵，以其丰富流行的消费市场，引诱人们。在善恶与悲欢混沌不清的风云变幻中，在爱与梦交织的迷惘中，在艺术攀附权贵的欲望深渊中，命运要将我改变成怎样的一个人呢？

那是在广阔恢宏的江滩黄昏时分，风起浪涌，两岸华灯初上，无忧无虑的人们走来走去，我望向岿然不动的长江大桥和龟山电视塔，夜色渐浓，五彩缤纷的江景倒映潋潋波光。曾经，我多想乘船下九江远渡重洋去看看天涯海角啊！我儿时读笛福与凡尔纳的小说就产生了奇幻的海洋冒险小心愿，可我这一生却像一匹自命不凡的汗血宝马在陆地上游荡。

夜晚，结束剧场巡演后，我孤孤单单坐专车回到公寓。想起父亲，自从他随起重机厂拆迁而居住葛店以后，我已好些日子未曾看望父亲了。他独自在异乡工作生活，使我感到漂泊无依。

这世上我唯一心爱的亲人。剩下我形影相吊，孤立窗前仰望夜空，我问星星，我是如何落到非如此不可的境地？回答我的是无边寂静的黑暗。我深吸一口烟，俯视空荡荡的城市，憧憬人生。哀感我在追求崇高艺术的道路上偏离正轨越来越远，我曾立志要当歌剧艺术家，无奈却走进了娱乐圈。我越想越觉得迷茫，怀疑自己背叛了梦想。

我与韩国涛签约成为公司的艺人后，生活几乎全都被舞台占据。熊总每次参加公司活动都会安排我表演节目，我内心委实受不了这种寄人篱下的感觉。娱乐圈这碗饭可真不好端！

按照合同规定，我必须每天在公司各处酒店和剧院表演五场音乐会。一周一休，衣食住行由商务车司机和助理提供。无论寒暑、阴晴、雨雪、沮丧、疲惫，我都不能缺席商务演出。我坚持了一年，事业蒸蒸日上，名气渐旺，经常亮相武汉电视台和报纸，韩总说我就是公司的摇钱树。我确实很得意，但我的疏忽大意给了居心叵测的奸佞小人可乘之机，乔慧的嫉妒像毒蛇咬了我一口，为了一点功劳，她出卖了我。韩国涛恨极了我与 Emily 的地下恋秘密！他们三番五次请求熊总弹劾我。一时糊涂葬送了阳关大道。

就这样，我两手空空被踢出了娱乐圈。我一度生活悲凉，但很庆幸，我挣脱枷锁，再次与梦想同行。

这次经历最终坚定了我闯荡上海的决心。

启程之前，我想去鄂州看望父亲。

那天夜里，老气沉沉的村子上空月明星稀，空荡荡的出租楼里只有我和父亲坐在饭桌前娓娓而谈，啤酒两瓶、泡椒凤爪、花生米、蘑菇炖鸡，这是最后的晚餐，吃剩喝完，烟一根接着一根，烟雾弥漫在话言话语的餐厅里。

落得这般田地，往后作何打算呢？我年轻力壮敢闯敢拼，只是父亲老了，跟着我跑江湖怕他受苦受罪，此去经年，不知何时再见，我不免悲从中来。

父子俩依依不舍聊到凌晨，命运终于迫使我第一次勇敢踏上漂泊的生涯。

"男子汉大丈夫，闯荡事业就不要恋家。"

父亲虽这么说，但我内心是懂的，他在我生命中的意义，是这世上唯一能让我在苦难中感到爱的激励。

阳光永远自由照耀万物，有人类的地方就有历史。

清晨是生活最安宁的时候，天上总能看见飞鸟；无法停留，我却看不见出路。

在无根无蒂的鄂州小城之春，我只不过是流落他乡的天涯过客。时间是一把生锈的剪刀，断肠人啊！心如哀鸿遍野！

极目远眺，千里之外是那无尽的离愁，遮住了大江南北春深似海的明媚可爱。我马上就要孤身启程，前往包罗万象的大千世界，出发前，幽游红情绿意的西山时景，最可解忧。

踏进净土宗发源地西山古灵泉寺，沉心静气，父亲跪在大雄宝殿佛像前为我祈福，我庄重凝神观摩。在这被尘嚣遗忘的山林间，郁郁苍苍中，翠竹黄花分外艳丽，避世隐居的花园里，清静、优雅，还留有清晨未散去的霞光。我们向江边沿车道徒步走到吴王避暑宫，登顶武昌楼，鸟瞰山川之美，孙权故里，古貌古心。

此情此景，恰如林逋宋词：

金谷年年，乱生春色谁为主？余花落处，满地和烟雨。又是离歌，一阕长亭暮。王孙去。萋萋无数，南北东西路。

这世上凡是有人的地方就必有斗争。若能过上平常人家无忧无虑的安稳日子，谁愿颠沛流离餐风宿雨？若能超然物外安居一隅，自由自在逍遥隐居，自给自足，旷达度过一生，在这流光易逝的艰难人世间，践行荀子生存之道，修养德行，纵然无为而终，我也不胜向往。

古往今来，沧海桑田，千百年只不过是一瞬荼蘼，以此观点而论，历史记忆留下的除了土葬文物还有什么呢？时间的绵延终将消失，一切都会变成虚无，如果将来宇宙中不再有人类，那么，过去的证明和现在的有为又能留下什么呢？无边无际的悲观幻想覆盖了我的世界。放眼望去，晴空万里，似有云中白鹤翱翔于心。

高阁之上，长江中下游尽收眼底。迎面吹来副热带湿润气候的东南信风，我是一个远方客人，专程拜访这远古的寂静，发出轻声问候。

心事重重的父亲左看右想。

"雄鹰生来只为征服天空，要成功就必须大胆放手一搏。"

这就是一个知命之年的父亲对儿子说的话，我还有什么顾虑的呢？去吧！年轻人，梦想是这世上最鼓舞人心的激情！

"爸，我今天就要去上海了，以后，我会把工资转账给你。"

"你尽管放心去追求梦想吧，我对自己的生活很满意。我的积蓄加上你平时交给我的工资，足够在老家盖一栋大楼房啦！"

"真高兴呀，我们终于实现想重建家园的愿望！如果当年我娶了魏淑珍，你早就能抱孙子享清福了，何至于到现在仍然孤苦伶仃呢？"

"是啊，多可惜啊！我也为此感到悲哀。这的确是你今后应该首先考虑的重要问题了，但目前有点不切实际，我相信，幸运不会遗弃努力的人，优秀就是最大的魅力，机缘自然会相中你。"

"如果再遇见合适的对象，我一定会好好把握住幸福。"

他叹息，抽起烟，我两手插在裤袋里，目光朝地上，沉默伴随着我们一前一后走下山。

在草莽丛生的小道石阶上，我提出深思熟虑的建议，试图劝说他与我同去，但没办法，诸如年老、回乡建房、工作之类的牵绊实在太多，我无法想象，在上海原本泥菩萨过江还要拖家带口的日子该怎么过。

因此，我只能同意他留下，他说："我还能再干十年吧，多攒点钱，为你将来结婚送彩礼，买车买房留着用，是有必要的。路途遥远，你只身一人远行千里，注意防范小偷，保重身体，你到了上海也许会遇到很多没经历过的人和事，有麻烦一定要机智处理，受人欺负能忍则忍。经过这次教训，以后为人处世要更加谨慎。到了那边，先安顿好生活再逐渐稳中求进，以你的能力，很快将步入正轨。其他的你自己知道该怎么做。但要记住，在大城市很容易迷路，千万别让急功近利的骄躁和贪欲渐渐腐蚀你。"

动荡不定的人生啊，难道注定我命途多舛吗？如果别无选择，那就让我英勇无畏地将这条路走到尽头吧，即使粉身碎骨我也在所不惜！

从此，我的青年时代在远离家乡和亲人的孤苦奋斗中，度过了最艰难的岁月。

那时的我，年华正好，血气方刚，怀着音乐家的梦想，即将踏上年久月深的漂泊生涯。

我永远记得，那年，父亲送我去武昌火车站的场景。我身穿黑色风衣，戴上棒球帽与口罩，背包拎袋，寸步不离地紧跟父亲身后进站，在买票候车的人群中，他精瘦力大的工人体格像破冰船，一路为我排除障碍，气势不可挡，颇具风范。列车开动倒计时那会儿，站台上奔跑的农民工和旅客组成的汹涌人潮，统统向一排排蓄势待发的绿皮火车应召集结，广播洋洋溢耳。

就在这茫茫人海中，我又一次想起去上海前在站台的离别时刻，我最后一次深情注视父亲瘦骨伶仃的背影，他身穿打补丁的建筑工服，孤苦伶仃地拉着行李箱，尽心尽力送我上车的画面，至今仍然记忆犹新。

父亲那孤单坚毅的背影像生活中的勇士，为我冲锋陷阵开辟道路，他坚强的意志像一把刀，斩断我性格中萎靡不振的消沉，激励我自由前行。

时间从不等人，火车缓缓移动。我独自坐在下铺窗边，不停向渐渐远去的父亲挥手告别，火车越来越快，直到我扭头遥望的泪眼再也看不见火车站，它消失在我目光最期盼的方向。

我时常忧思难忘，怀念父亲在我生命中与我同舟共济的那些贫寒日子。自那时起，我离开武汉以后的五年里，虽然未曾回家，但在父子亲情纽带间有如恩山义海的距离，永远无法阻挡我的思念。

再见了，故乡。

再见了，父亲。

等到了上海，很快，我的艺术人生将会翻开辉煌梦想的广阔新篇章。

第十五章

成名之路

转眼已过五年，我心里有太多的感情和回忆还来不及梳理，岁月的流逝已变得朦胧而遥远。

与我此刻怀念乡愁的心情格格不入的快乐世界，这夏日夜晚的上海，像疯狂的印钞机，源源不断供应资本享乐。

如今我已在这寸土寸金的大都会闯荡出上流社会中的一小片天地，在过去五年的奋斗中，我曾经羡慕那些风流倜傥的花花公子和才子佳人，现在终于轮到他们来羡慕我了，名流交际圈子里的政、商、文艺界显贵人士都知道，前不久，法国豪门名媛钢琴家安德丽娅小姐，已坦诚公布我是她的真命天子了。

五年前，我还是个无名小卒，现在我成了名副其实的歌唱家，这些年来我的事业如日中天，人生阶段也已进入而立之年。

此刻，在外滩洋房意大利餐厅楼上靠窗的预订座位，我提早一小时到达，满怀甜蜜温柔的激动心情，久久望着黄浦江璀璨夺目的光彩，耐心等候安德丽娅今晚与我共进晚餐。

格调很暧昧的餐厅里，不同肤色和着装各异的中外绅士、淑女各色人等，个个都红光满面，谈笑风生。穿燕尾服的意大利试酒师保罗，彬彬有礼地为我甄选一瓶西班牙佐菜起泡酒，着正装的印度女经理丽莎总是知道，安德丽娅是一位非常与众不同的细致半素食主义者，何解？她有着非凡的毅力与自然主义生活追求，她采纳营养师的健康管理建议，三餐以清淡寡味的五谷蔬菜、水果、坚果、鸡蛋和牛奶为主，在某些适当的需求下可以摄取肉类纤维改善口味，但她不食猪肉，却不介意加猪油炒菜，她食河鲜但不食海鲜，鸡、鸭、鱼不能有骨刺，忌口辣、味精、鸡精、鸡粉、鱼露、蚝油，最重要的是，千万要小心黄豆或酱油中的过敏源会导致她浑身皮肤发痒。因此，我没少麻烦丽莎，再三强调菜品要求，千万要注意提醒厨师。但她的专业与和善让我由衷感到，她确实是个很值得尊敬的朋友。

在安德丽娅漂漂亮亮如约而来之前，一个小时里，我可以独自惬意地坐在唯一的贵宾包间的烛光晚餐窗边，纵览新旧时代迥然不同的建筑风格，如梦如幻中慢悠悠品味过去，我那在成名之路上披星戴月的锦瑟年华。

绚丽的外滩灯光透过玻璃窗，闪闪烁烁，映现出我幽深莫测的神情，这是一张城府与天真兼具，且刻有艺术家深邃思想特质的大理石脸庞，在这张曾经棱角锐利，而今变得柔和睿智的硬派胡子脸上，从文雅的白色西装到领结再往上看，油亮蓬密的短辫，到额头紧致的皱纹和丝丝条条的鱼尾纹，炯炯有神的目光，表明了时间是灵魂的凿刀。

我用左手肘部支撑下巴，大拇指与食指固定住侧脸，夹在食指与中指之间的是一根天子香烟，亮晶晶的江诗丹顿深蓝色传承系列手动腕表，让这形象更加熠熠生辉，蓝色代表永恒的爱，表明安德丽娅赠表的寓意。记得，这是她在瑞士表演时特意买来送给我的生日礼物，我为此记忆犹新。

穿越时空的目光透过心灵的迷障，玻璃上光影交融，幽旷的抽象眼神，像荒野猎人般果敢、坚韧，直面人性反射出理性克制的原始激情，都在这张写满人生经历的脸上瑕瑜互现。

我仿佛看见一个全新的自我。优秀的人具有克制的贵族品格，通过内外兼修和财富管理，形成的特质表现为：大度、高尚、虔诚、雅慧、忍耐、热烈、勤奋、务实、执着、严格，这些意志是开拓进取的精神力量。

强者心中都有一团火，成功的人都不相信命运，你有多努力就有多大本事，不达目的，至死不休。

未来，我的人生造诣能上升到什么程度呢？我问我的灵魂，他隐隐约约似有似无，凝视着我的眼眸，仿佛从现在的我看见了未来的世界。

回顾人生历史，时间在我的生命进程中发生了多么奇妙的变化啊！我与贫穷斗争的蹯厉之志，终于战胜阶级命运，我现在拥有的艺术成就，全靠贵人相助和自强不息打拼出来，相应的财富支配能力也在人生阶段上升时期与日俱增。

记得我初到上海打工卖艺，睡地下室那段孤苦无依的卑微回忆，我身无分文飘荡在大都会底层，深感穷途末路的悲凉。而现在的我已今非昔比，上流社会的大门向我敞开，人生舞台最闪亮的星光大道引领我走上誉满乐坛的艺术家生涯。

尽管我也像富豪们一样开豪车、住豪宅，但我自始至终都不曾忘记过古训："富贵不能淫，贫贱不能移，威武不能屈，此之谓大丈夫。"飞黄腾达的戏剧人生转变，并未感染孽欲之毒。相反，我的格局和境界，比以往任何时期追求的都更加高尚。

人一旦丧失目标就会自甘堕落，沦为庸众。

在我凄苦的童年回忆与孤独的奋斗生涯中，我从未自暴自弃，热情与理想蕴藉的力量激励我不断超越命运的限制，我努力奋斗的成果证明我做到了，我现在拥有的资产，包括价值一千万元的闸北产权商铺与一辆进口高档名牌轿车；经济来源包括演出、品牌代言、房产投资、理财收益。在我经常交往的高端人士中，有企业家、董事长、法人、银行家、制片人、大名鼎鼎的音乐家和京津冀明星政协委员，对于我这样一个新晋青年歌唱家，我怎能忘记过去的贫苦岁月与工薪阶层的生存面貌呢？

时间交叉的回忆，再次浮现人生大起大落的历史，想起我刚来到这个虎视眈眈的狼性世界，那时，我曾经壮志凌云发过毒誓，不闯出一番事业，就把我的骨灰带回家撒向长江吧！为此进行的殊死拼搏终于让我的人生崛起，在上层关系垄断行业的竞争法则中，勤奋学习、提升修养是寒门逆袭的唯一途径。

回顾五年前，我两手空空闯荡上海，现金只剩下一万元，让我们来想象它能解决我哪些需求呢？或者说，我已无异于乞丐，在我最困难的境地，我想到唯一可靠的庇护人就只有我的恩师权叔了，可是，我那自命不凡的骄傲和爱慕虚荣的心理，让我犹豫了好一阵子才去求见他。在此之前，我想到的是买一辆自行车与招聘报纸，大上海真繁华呀！奔波一整天，我终于在静安区找了一份酒吧驻唱的工作，又在金陵街中介混租房住了一个月。驻唱之余，我还在黄浦江的游轮上做兼职服务员，每天急急忙忙地在白班与夜场之间转换角色。

在那没钱、没朋友的幽暗逆境中，感情的心弦仍然寂静无声。我时常想，音乐的指挥棒究竟要在我梦想的大雅之堂表演怎样的艺术魅力呢？由此而想，出于对歌剧有感而发的崇敬之心，我产生了无法抗拒的向往。

不知是巧合还是注定，有一天，当我早上不经意路过人民广场，悬挂在上海歌剧院大理石外墙上的音乐演出巨幅海报赫然出现在我的眼前，古典华贵的金发碧眼女钢琴家安德丽娅，这位美貌非凡的欧洲名媛，立刻在我想象中的表演场景中触动了我激动的心情，那种入迷的兴趣像石头碰撞出的火光，激发了我的音乐热情。虽然前排座位的票价不便宜，但如此高雅精湛的表演怎能错过呢？回想起那美妙的瞬间，我总感觉这一切变化像白日做梦，我不曾预见，在我只身闯荡，最穷困潦倒的漂泊时期，一场偶然的音乐会，让我第一次记住了她的名字。冥冥之中，超越种族与信仰的爱情机缘指引我遇见了此生不渝的灵魂伴侣。我无法用言语形容她当时精彩绝伦的表演对我感官和心灵的深度冲击，我的内心与情感完全融入她的音律意境中，在气氛和谐的高堂之上，她惊艳华贵的曼妙气质，结合古希腊罗马式文艺修养，形成流动的音乐生命力之美，像缪斯备受瞩目！她真是人间尤物啊！演奏魅力无与伦比，时而激情悲怆的贝多芬奏鸣曲，时而逻辑严谨的巴赫平均律与变奏曲，时而变化无穷的肖邦即兴曲，时而博大庄重的勃拉姆斯交响曲，意境迸发的艺术生命力燃烧我沸腾的激情，让人羡慕不已！我确信，我就是从那时候开始爱上她的。

我聚精会神地仰望她，似乎有那么一瞬间，我能感觉到，她刚柔并济的含蓄、奔放与迷幻音乐，犹如水乳交融的忘我状态，是源于艺术个性的生命激情。

或许她并未注意到我，完全专注于弹奏舒伯特的《小夜曲》。

我情不自禁地附着旋律引吭高歌。

安德莉娅惊讶不已地猛回头一看，欣喜得像个小姑娘。

观众们向我投来赞美的目光。

台上的钢琴家与台下的歌者精彩互动，音乐会的小插曲让严肃的场景变得妙趣横生。

随着观众掀起一阵掌声，知音伯乐隔空致敬。

那是我们第一次见面，我成功地让她记住了我。

但那之后，我想，我是再也无缘见到这位美丽的法国玫瑰了，我的心情难免怅然若失，如果有缘再见，我希望告诉她我的名字。

是时候该见一见权叔了。

我像金融街的商务人士那样打扮得衣冠楚楚，直达音乐学院，通过与校门口保安沟通，我获准被带到行政办公楼，坐在先进风尚文化墙走廊等候通知。当我被一个熟悉的洪亮嗓音请进门那一刻，我真没想到有朝一日，我们会以这种身份和方式再见面，他扶摇直上，而我止步不前，昔日的师徒情是否还在呢？当然！权叔喜气洋洋喊我李怀恩，并粗鲁地拥抱我时，保安还以为我是他的侄儿呢。阔别多年，如今已是耳顺之年的权叔依旧魁梧豪爽，在这庄严大方的校长办公室里，琳琅满目的"荣誉墙"是最大的特色。幸蒙贵人，今后我在上海的发展有强大靠山了。

阔别多年的老朋友举杯畅怀，高谈人生理想，多么豪情万丈啊！

司机送我们到汾阳路花园酒店时，太阳西沉，黄昏重现。两个热衷音乐事业的挚友从未如此长久倾心吐胆，不胜酒量的我今晚舍命陪君子也要喝完一瓶勃艮第干红，直到晚九点才结束。

回到金陵路出租房，面对四壁徒墙，我两手叉腰回想权叔说的话："这是一个空前开放、公平的多元化时代，优胜劣汰、能者居上的创造型社会，新文艺正经历着国家和民族大繁荣时期，人才价值有史以来从未达到如此高度。对你来说，上海具有一切符合你特质的发展优势。我会一如既往地支持你！"

之后的五年里，在我不断追求目标、积累收获、超越常人、自律进取的岁月中，我感到，抽象虚幻的理想主义情怀有了具体的现实信念，它使我焕发新的生命力，用克服贫穷和忍耐寂寞的毅力鞭策我的意志。我坚持努力学习、工作，充分利用时间，最大限度贯彻行动，在洋房酒吧驻唱，在琴行乐队商演，学英语，考驾照，健美……每天早起晚睡，忙忙碌碌，以身心能承受的巨大压力攀登人生的高峰。

在激流勇进的时代浪潮中，回想我实现梦想前经历孤独、迷茫与奋斗进取的历程，星星与大海将永远谈论我的漂泊，歌颂我不惧狂风暴雨、冒险航行的梦想！

人生最大的敌人是贫穷，想要改变命运，首先要改变思想。

一个以强力意志为人格主导的精英，绝不能与那些盲目无知的庸人和心胸狭隘的势利小人为伍，也绝不能与那些游手好闲、虚度光阴的纵欲享乐之徒为友，更不能与那些锦衣玉食、娇贵堕弱的纨绔子弟结党营私，孤独与忍耐是伟人和天才必备的素质，也是一个人最可贵的品格。

过去，我的视野太狭小。我生活在自卑与孤独的沼泽中难获自由，无法认识到更广阔的文化生活。

人有时身处逆境，感到精神困扰而茫然无措，皆因性格缺陷与思想局限所致，一切烦恼都是想象，悲观者看不到世界无限的美妙，只有斩断执念，放开心胸才能将目光转向宏图伟业。

我举首奋臂，拥抱未来，从这一刻起，我不再迷茫。

我已见过世面，品尝过爱情的滋味，读过万卷书，走过万里路，懂得了生存之道，这些挫折是一个人的无价之宝，它教会我如何在欲望与烦恼发生冲突时、在痛苦与快乐之间运用意志克服感性与本能的消极因素，以孤独的王者之心在训练有素的控制中做到深藏不露、运筹帷幄，这是一个男人成熟的标准。

汲取马基雅维利学说与马可·奥勒留的理智，总结分析伦理逻辑，我尽善尽美，不断归纳人生信条。

在和谐社会，始终保持可亲可敬的仁义道德君子形象，对大众适当奉献爱心，有利于巩固名誉。权衡利弊，果断取舍，须审时度势。不遗余力维护家人的幸福生活，是一个男人的基本原则，色字头上一把刀，越是身居高位就越要小心行事，以免聪明一世糊涂一时，而身败名裂。这种思想阶段的形成，奠定了我将来的成功基础。

在斗志昂扬的流金岁月，命运的打压并未使我随波逐流，而是激励我不断与生存斗争、与理想同行，在漫长艰辛的孤苦日子里，我最感谢贫穷，它是我自由主体本质的否定，贯穿特殊精神理念。

思者无域，行者无疆。

一个人只要不死就有希望。

第二年冬天，我已走上艺术生活的正轨。

在上海，皑皑茫茫的雪精灵铺天盖地，飘落人间，我想起远在他乡的父亲，这时的武汉也在下大雪吧？此刻，父亲在做什么呢？他孤孤单单的瘦弱背影又一次浮现在我的眼前。

多少次，当我坐在别墅的阳台上仰望星空时，乡愁是我心灵深处最悲伤的抒情诗。

又过了一年。

五月，清晨像一位信使，手捧鲜花飞到我的窗前，把我写的家书寄到远方。

笔墨横姿的钢笔行书力透纸背，字里行间流露着不平凡的感受。我点支烟，深情朗读我写给父亲的家书：

敬爱的父亲，又到每月给你写一封信的时候了。我衷心祝福你健康平安。

五月是骄阳明媚，百花隆重出席立夏的时尚盛典。

今天对我来说也是一个具有进步意义的日子，在南京路不远的闸北区高档花园公寓，我刚搬进两室一厅带阳台的新家，心里有点小成就感，真想在上海贷款买房啊！我迟早会成功致富，我绝不放弃！不论命运如何摧残我年轻的心，我都要勇往直前。

父亲的教导，儿子铭记不忘。

坦白讲，在我命途多舛的成长路上，你在我生命中的意义无可替代，你从未惯养我的骄傲与懒惰，也从未像母亲那样给过我温情，甚至我的孤独与痛苦也部分归因于你过去的不思进取与玩世不恭。所有我从小忍受的暴力和贫穷，对于我，从四岁起就失去母爱与家庭的凄惨经历曾经使我感到无比愤恨，你在我童年与少年时期造成的精神伤害，我至今难以忘记。但正是这种刻骨铭心的锤炼，锻造了我的坚强人格与笃定意志。

感谢你与我共同度过相依为命的苦难岁月。没有你含辛茹苦的"棍棒"教育，我现在或许是个狐鼠之徒。我很愧疚过去对你的误解，尤其是当此刻给你写信时，我从未感受到如此长远的深切思念，你永远都是我在这世上最敬爱的父亲！这几年里，不能常常陪伴你身旁，我痛感不孝！只有寄钱以表心意，而这是不够的，可我还不能回家，我每天有太多事务羁绊自由，我仍未成功，而我曾发誓，不成功，绝不回家！虽然归心似箭，然而，成大事者怎能感情用事？

春暖花开，乡书寄思。

在不断成长的奋斗岁月里，我的恩师权叔待我如己出，视我为义子。生活与事业都一帆风顺。我希望父亲不要为我担心，请替我照顾好你自己。待时机成熟，儿子载誉归来，必当跪拜父亲，报答父亲的养育之恩。

2002 年芒种

时间就是生命。

我要准备出门投入到新一天的工作中去啦！

社会就是宝藏，一个人只要勤奋节俭，就能攒下一笔足够创业的资本，再有一点头脑，自学掌握金融投资知识，就能将生财之道扩展到期货市场与商业保险领域。当然，投资有风险，入市需谨慎，不妨小试牛刀，首先要潜心学习。

除此之外，坚持健身也是我人生管理章程中的重要规定。锻炼让我保持激情与灵敏，这是工作中最有魅力的表现；锻炼让我体格强壮，感受年轻、自信，心情灿烂，这是交际中最有活力的闪光点；锻炼还能让我饮食、睡眠无烦恼，这是我在舞台上精神饱满的前提。健身让我感受最大的意义是终生一以贯之的自律。追求高贵心灵和自我雕塑的内外兼修，是我人生哲学的统一标准。

冬月过去，惊蛰又来。

回想我闯荡上海的第三年，最激动不已的时刻是我在青歌赛颁奖典礼上，面对众多唱片公司和电视台发出的签约邀请，我选择了上海东方卫视，并很快就成了综艺节目中最活跃的歌坛新秀。这时的我已经能独当一面，并且处在音乐事业发展的顺利阶段，公司内部关系处理得四平八稳，凡是我的演出，总能收获导演组与观众对我的赞美。不难想象，我的境遇发生了多么精彩的转变，在那些有如盛夏百花般光鲜亮丽的青年俊彦海洋中，我感受到了群星璀璨的梦想力量。他们与我志同道合，才华横溢，朝气蓬勃，像溢满星星的银河，在我浩瀚凄暗的心灵宇宙，闪耀着美丽世界的理想光芒。

一个人的出生与教育决定了他的生活道路。上流社会浮世绘像名利场的巴别塔，在欲望暗礁层出不穷的梦想航行中，我的事业第一次遭受了重创。

在我事业的低谷时期，我从每日三省吾身中重整旗鼓，穿过浮华往事，走出人生幻象之门，我发现自在自为的现实世界无限光明，真理昭然若揭。

那一年我悔过自新，求教权叔，采取行动，深入群众，以公益形象做了许多世人有目共睹的献血与志愿者服务之类的工作，效果显著，广受好评，并虔诚忏悔过。通过反省和努力，很快我又复出成名啦！

三十岁是我人生的分水岭，过去、现在、未来，都在此形成整体的定在，达到现实的高度统一。

我一生都希望做一个纯粹的理想主义者，只不过在这条充满艰苦与邪恶的坎坷历程中，我必须朝着目标，克服千难万阻才能求志达道。

人生回忆如四季变换印象。

常言道："得失枯荣本在天，乐天知命始安然。若得此意加谋望，金帛盈箱货满船。"

命运的转折点注定我在而立之年终于收获了迟来的爱情，似乎前半生的蜕变，都是为了以更完整的经验主义人性之美遇见她。

那是我在上海度过的最幸福时光。多年后，当我远渡重洋转战欧洲，进军世界古典音乐艺术殿堂，忧伤思念祖国和亲人时，我还会想起初次听安德丽娅钢琴演奏会的梦幻画面。命运必然有意安排我们再次见面，要不然，怎会有相约和平饭店的那天早上？世界如此奇妙，人间故事无穷，茫茫人海穿梭如织，匆匆时光如白驹过隙，究竟是什么原因创造了姻缘善果？或许，爱情就像随机幸运奖，任何推理都无法解释。

大约就在她像音乐浮现我脑海里的流光倒影，已渐渐淡忘的某一天，无意中听到朋友说起她的名字，仿佛空谷传声，又一次勾起了我往日动情的回忆。

恰巧是我过三十岁生日这一天，地点是外滩丝绸之路文化餐厅，受邀出席的嘉宾都是我和权叔的高朋贵友，可谓群贤毕集，由此以来，我从未感受到，原来交际与艺术的和睦关系是社会上层建筑一脉相承的风范。

来到洋房林立的巨鹿路，走进绝无仅有的浪漫餐厅，迎面扑来的奇特视觉，让人对那些鲜艳时尚的西域元素与古雅庄丽的佛道人神艺术品，顿时感到亦真亦幻！这真是上海独具一格的黑珍珠餐厅。我们走马观花，仿佛来到温哥华，餐厅里几乎看不到多少亚洲面孔，身穿傣族与彝族特色服装的男女服务员笑脸迎客，空灵抽象的音乐萦绕在影影绰绰的微光中，给人一种暧昧的感觉。

秋分傍晚，云霞由火红变成暗紫色，楼上舒畅的露天观景台包场鸡尾酒会，借助管弦乐队演奏的《G大调第十三号小夜曲》营造出欢欢喜喜的优雅气氛。来自文学艺术界的中外名人与企事业领导组成的联谊酒会足足占满一百平方米的室外用餐区，排列布置的康乃馨花瓶与玻璃罩灯点缀在长十米的木桌上，每人各自分餐自由入座。开胃菜即起，几名餐厅员工逐一斟上冰藏的名贵香槟。权叔一呼百应，举杯祝贺我生日快乐！谁都不难看出他与我的关系非同一般，想借此机会引荐我广结善缘。

"我们既然都是志同道合的尔汝之交，就不必讲究中国酒桌文化那一套尊卑规矩，大家都平等相待，以先生小姐相称吧。请允许我介绍歌坛新秀李怀恩给各位朋友认识。"

德高望重的权叔像演说家气宇轩昂，在他的引荐下，我彬彬有礼地向每一位成功人士握手、敬酒，并互换名片，他们是名副其实的世家与新贵，享受优渥生活，富有专注艺术的热情，想起那快乐时光留给我的印象和感受，昔日的友情仿佛历历在目，让我记忆犹新。

人见人爱的小提琴演奏家隋斓玲小姐，相貌堂堂的香港首席男高音歌唱家卢本善先生，慢条斯理的企业家贾振斌先生，文质彬彬的国家一级歌剧演员柳长卿先生，严肃诚实的柏林爱乐乐团艺术总监指挥家里希特·冯·荷兰斯泰因爵士，中文流利的日本作家羽人五郎先生，能言善辩的北京政协委员唐鼎革先生，多才多艺的法籍华裔画家丽娜小姐，著名慈善企业家张德江先生……仪容端庄的西装绅士与衣香鬓影的才情淑女各擅其美，我们都因为热爱音乐的共同追求而建立起融洽的关系，怎能不感到无比荣幸呢？酒兴浓时，高唱入云！我心潮澎湃地站起身，慷慨献唱弗朗茨·莱哈尔的轻歌剧《微笑王国》咏叹调《我整个心都属于你》，豪情逸致的卢本善与含而不露的柳长卿，随即也各自一展歌喉，三高音此唱彼和，英姿飒爽！精彩场面激动万分，我久久不忘。

缘于这次交际晚会，注定我与冯·荷兰斯泰因爵士日后缔结的终生友谊在此相逢。

所谓无巧不成书，也正因为间接依托这种必然条件，才使我与安德丽娅走到一起，当她的名字像赫利美利练习曲 A 大调，轻快短促的四分音符携带着昨日情怀，飞越一切无形障碍，在我的脑海中浮现出缪斯的艺术世界，时间仿佛印证了此刻的奇迹！在这斑驳陆离的无限回忆中，隐约透露唯心主义经验影像的新阶段，我瞬间感觉到，爱情像玻璃窗反射的黑夜，在我坚定深沉的人格与悲欣交集的心灵中闪烁着幸福的希望。

据里希特说，美丽的欧洲名媛安德丽娅乃法国贵族世家的千金小姐，因为她的父亲精通汉学，所以她从小就耳濡目染。她最近刚开始将音乐事业重心从欧洲转移到中国，上海给了她最好的侨居生活，作为蜚声中外的钢琴家，她活跃于古典音乐界与大使馆区。至于她的个性与感情世界如何，我不便多问。随着我们交流的音乐话题转入国际美声大赛细节，惊喜溢于言表！一举成名的梦想顿时又激起了我的满腔热情！幸运女神是我的情人，在中国古典音乐大赛史无前例的艺术盛典上，她实现了我坎坷人生从明星升高到艺术家的奋斗目标！

回想成名之路上最光辉亮丽的巅峰时刻，那真是群星璀璨的天空！我从未感受到世界与我的人生价值如此紧密地联系在一起。

往事又一次激荡起我内心的澎湃波澜。

在富民路幽深僻静的简约露台上，太阳即将落幕，醉人的晚风从南方吹来秋分的思念。

遥望故乡，我想象着，这时，武汉也像往年一样正在为国庆节准备打扮一新吧。父亲现在的日子过得怎样？家里栽培的藤艺和造型树都有哪些来历呢？多年来，父亲寄给我的信件和露台上开花结果的盆景，像岁月长河中流淌的音乐慰藉我孤悲的心灵，将我从海怀霞想和孔情周思的无尽空虚中拯救出来，继之而起的是无限向往艺术殿堂的坚定信念！经历了悲欢离合，见证了沧海桑田的人生，绝不再迷茫，我举起拳头昂首望天，像英勇无畏的先锋，对命运高喊英勇的志向："我就是天空中那颗最亮的星！"

这一刻，我坚定了我一生的理想，我要成为一名伟大的艺术家！有了信念力量，我将在抵制世俗名利的迷途上，重新拟订高尚精神生活与道德操守的人生方向。

复出舞台，回归理想道路的雄心再次崛起！

上海众多电台与艺人及涉外礼宾服务承办单位都入住在浦西开元大酒店，该企业以国际化理念的服务文化成为行业领先品牌。当我随参赛选手和导演组下车，跟着迎宾员走进酒店旋转门的那一瞬间，独一无二的生活美学设计感让我眼前一亮，服务员个个像绅士淑女一样笑由心生，善美静雅的礼仪关怀让我由衷感到品质服务的内涵。无论是保安、行李员，或服务员、司梯员，都年轻热情、规范、周到、贴心，可见他们的工作都体现出自身的价值。

当我愉快用餐沐浴过后，独处安静舒适的客房，品尝咖啡、阅览时尚杂志、抽烟冥想时，俯瞰夜上海梦幻般的东方明珠建筑和花旗银行大厦，我不知不觉又怀念起独居武汉的父亲，此时武汉江滩的灯光也绚丽多彩，对龟山电视塔与黄鹤楼之间的长江大桥的印象让我仿佛如临其境，每当想起家乡孤独衰老的父亲写给我的书信和我们在武昌火车站迟迟吾行的情景，我无法控制的忧伤眼泪就夺眶而出。在无数个这样的夜晚，来自信念与理想的力量，如铁匠在苦难命运的熔炉中将我坚强的人格斗志百炼成钢。

人生往往就是这样身不由己，幸福离我近在咫尺，我却要流落天涯漂泊无依，在梦想的历程中，我无法选择一种在人文生活与心智之间兼容并蓄的中庸之道。

人生而孤独。

我一生都在孤独体验中追求个人意识，从中理解人生哲学，孤独是我的灵魂，我这一生注定要向那远方去寻找，解开命运枷锁的钥匙，越走越远，直到超越信仰、概念的界限，再无感情浪潮与思想斗争的强烈痛苦，理性置于至善至美的绝对精神之中，我才发现，原来世界之大超乎想象。反观人生百态，在命运瞬息万变的进程中，不断朝向人文生活回归，实现人性统一的历史，苦难与孤独的真谛为我的不惑之年打开了一扇通往精神生活之门。

此后五年间，欧洲生活将是我艺术家生涯中海外篇章的恢宏交响诗，在那段岁月里，我旅居德国，投靠荷兰斯泰因爵士，他建议我移民德国，但被我斩钉截铁地拒绝，我说："我的祖祖辈辈都是中国人，我为自己是一个中国人而感到骄傲！我永远爱我的祖国！"

不过，那都是很久以后的事了，我现在要继续讲我和安德丽娅初次约会之前的那段往事。

上海舞台演播剧场的舞美灯光与掌声像漫天华彩的烟花节，将成千上万盛装出席嘉宾的激动心情推向顶峰。面对无数观众与四位国际巨星评委的智慧眼光，我感到目眩神迷，要想超常发挥，唯有全神贯注才能达到最佳状态。我身着礼服，从容不迫登台鞠躬，富有感情地熟练演唱咏叹调《今夜星光灿烂》，聚光灯以我为焦点，将现场带入满天繁星的虚拟视觉幻境。气度非凡的戏剧男高音，伴随奏乐洪亮升调，由寂静的慢唱转入雄浑之势，陶醉在狂烈忘我的灵魂表演中。我以完美无瑕的表演大获成功，决赛将在人民大会堂为全球华语观众现场直播，备赛期间，我内心的亢奋状态几乎冲破克制的瓶颈。

如火如荼的人民大会堂艺术盛典华美无上，上海卫视与中央电视台将为全国观众播放这声势浩大的表演，节目录制由大牌导演掌镜。在这群英荟萃的争霸赛中，我要战胜命运、超越平庸，以满腹才华的巨擘姿态，向高层文艺界证明我的男高音天赋魅力！

总决赛倒计时三天。我记得那时的上海刚入立冬，富民路弄堂里的吊兰仍然沐浴着秋高气爽的明媚阳光，天空像热恋中的女人温情脉脉。我独自坐在花园露台，观赏夕阳西下磅礴壮阔的景色。精神的雄鹰高高翱翔在漂流的红霞上，它象征我不甘平庸的人生！

这是一个物质文明空前繁荣的感官体验时代，若没有高贵坚定的心灵，抗衡一切来自世俗与人性堕落的恶化趋势，善美理念会像探险船沉入无边无际的虚幻大海，而心灵之光像一座法洛斯灯塔，指引我的苦难向真理港湾回归。生活信条的洗礼与艺术理想的充盈像辉煌灿烂的精神哲学星斗，那是黑暗中闪烁的美丽希望！

北京是祖国神圣的意志中心，王朝的故都，新中国的象征！

经过岁月变迁，在人生之路不断向前推进的历程中，我终于超过祖辈的足迹，见到和平、民主、开放的天安门，崇高敬意难以言表！

新视野包含先进体验，每向前一步都是一次突破。

现阶段，事业如日中天的我胸怀大志。展望未来，提高我生活追求与荣誉感的疆域，将在下一阶段见识的强大中国文化中震撼我的世界观。

赛事正处于对外保密的沸点状态。一场史无前例，华美无上，庄重典雅的古典音乐冠军赛即将拉开盛大的帷幕！而在这至关重要的时刻，我还有三天的准备时间以接受命运挑战！来自各国的竞争对手各有千秋，如果我能超常发挥、脱颖而出，必将稳操胜券，想到这里，我又一次记起了安德丽娅。但是，一个不争的事实摆在我面前，像她这样显赫的世家名媛，我如何才能取得面见她的资格，并成功打动她与我合作出演钢琴伴奏的特殊角色呢？在这方面，神通广大的权叔永远是我恩重如山的领路人。

据悉，法国与中国艺术家最近几天将在和平饭店为钢琴家安德丽娅小姐举办音乐沙龙晚宴，庆祝她的亚洲巡演圆满落幕。得知这一消息，我跃跃欲试。多亏荷兰斯泰因爵士引荐，很快，安德莉娅就同意了我的拜访。

这是我人生中珍贵的回忆。

因此，我务必要派头十足。于是，我攀高谒贵，组团出席法国贵族宴会。

当天傍晚，我怀着恺撒初次会晤克利奥帕特拉七世一样的心情，与权叔分别驾驶黑色吉利博瑞小轿车，同几位良师益友一同拜访，它可是标配的外事礼宾公派车啊！太荣幸了，我不曾预见自己有朝一日也能在大都会仰仗名流巨富平步青云，直达星光大道！远在武汉的父老乡亲和同学老师们一定想不到我会有出人头地的今天，更超乎人想象的是，我居然和法国名媛攀上了亲密关系，这在音乐家协会的历史上可是一件具有传奇色彩的佳话呀！出于重视，我们采用礼仪规范对外交流。到和平饭店后，我们在接待员的带领下走进庄严的大理石交响乐厅堂。

我们的朋友荷兰斯泰因爵士谦恭和蔼地说："欢迎诸位贵宾，请坐。安德莉娅小姐马上就到。"

她来了！踩着法兰西女人的罗曼蒂克步伐，神采奕奕。

两国艺术家首次聚会，权叔游刃有余的辞令与风度大受欢迎，我略感经验不足，尤其是眼见法国艺术家以安德丽娅为核心，围绕在荷兰斯泰因爵士周围的德国爱乐乐团演奏家们和法国文化参赞柯律明阁下，他们热情端庄的格调充满喜悦之情。

丽娜首先用流利的法语向诸位介绍权汉梁、贾政斌、卢本善、柳长卿、唐鼎革，最后是我。荷兰斯泰因爵士再次用中文向我们介绍他的朋友。互相握手问好后，权叔代表我们直奔主题、阐明来意，丽娜翻译说："我们的朋友李怀恩先生，真诚请求安德丽娅小姐帮助，希望她能担任歌剧音乐钢琴演奏家，参与人民大会堂总决赛。作为回报，我们提供她在中国巡演需要的外事服务，媒体资源，商业赞助与技术支持，在人文交流合作方面互相促进友谊。"

笑口常开的丽娜绘声绘色地为我向安德莉娅翻译说："抱歉，我能耽误一点时间发言吗？"

"当然，您尽管按自己的意愿行使发言权。"

"谢谢阁下。"

"请允许我毛遂自荐，美丽而尊贵的安德丽娅小姐。"

"您太客气了，李先生，我很高兴认识您。"

"这是我的荣幸。您的中文说得太好啦，果然如传说中一样才貌无双。"

"谢谢，我的中国朋友。您非常亲切和蔼，我接受您的赞美。"

"丽娜，请让我自己说吧，谢谢。我叫李怀恩，是一位擅长歌剧的男高音歌唱家，而您是一位享誉国际的古典音乐艺术家，我早就对您印象非常深刻了，安德丽娅小姐。我曾经有幸两次见过您高超绝美的钢琴表演，加上这次见面，我们也算是三生有缘了吧！"

"您的风趣让我印象特别深刻，没有比这更真诚的了。"

她的惊喜表情流露出坦率的明媚笑容，引起大家的好奇心，我成功将在场诸位的注意力转向我。奶香咖啡更添融洽暖意。

"谢谢，我最推崇的钢琴家安德丽娅小姐。如果我能在您印象中伴之以歌声浮现，犹如您美丽的眼睛点亮星星的夜晚，我将是这世上最幸运的人。"

"我可以理解为，您要我为您伴奏吗？"

"正有此意，我可以请您吗？"

"乐意效劳，先生。您要唱什么？"

"《游移的月亮》。"

"哦，是意大利艺术歌曲吗？我想起西班牙男高音卡雷拉斯也曾唱过这首抒情小曲。您也推崇他吗？"

"何止呀，简直就是崇拜他，正如我也钦佩您的才华。我是您最忠实的粉丝。"

"您太会夸奖人了。"

"最美的男人要具备克制精神。克制是完美的体现。我非常喜欢卡雷拉斯的原因是，他有真正贵族艺术家的人格魅力，深情却克制满腔艺术感情。如果世上真有完美的人，那一定是他。"

"发自内心地赞美才是真正高贵的修养。李先生，我很高兴对您产生了新认识。我想到一个词语，以诚相待。太好啦，请吧。"

动人心弦的旋律如月光倾泻，如歌的行板如一首卿云花信。

钢琴伴奏浪漫的排比式延伸感音阶，伴随晶莹透彻而清晰的温柔情绪，逐渐伸展又盘旋下行，情感浓郁细腻的古典格调，在诗词中展现纯真的爱情。我声音松弛自如地歌唱，音乐线条流畅，气息平稳均匀。几乎每个音都有词，咬字清晰明了，保持语句和音乐的连贯统一。尽量把音符时值唱足，整个音乐都充满天鹅绒般的温柔质感，温婉幽深，自然流畅。

此外，几乎时时刻刻，我都能心有灵犀地感受到，她心照不宣的别样风情跳动着兴奋的每一个瞬间，像偷偷逃出城堡，越过藩篱，跑进巨人花园玩耍的机灵公主。看啊，她迷人的双眸多么像古典美的塞纳河，她的内心像一面镜子，天真烂漫，即使苦行僧也禁不住这般勾魂摄魄，她复活了我重燃激情岁月的渴望。那是一种超越理性的独特本能，或许辛波斯卡的诗《一见钟情》能解释我心间潺潺涓涓的音乐，为何感到哀喜交加。尽管我表面上恰如其分地掩饰着仰慕之情，但内心早已沉入塞壬魔力。尤其当我们火热的眼神相遇时，我仿佛看见了爱情，我确定那是一股来自她心灵秘境的清泉，怨女痴男似游园惊梦。

正声雅音，已臻化境。

"你的完美让我感到激动，今天真让人难忘，你非常独特。"

"我会时常想起你说的言外之意。"

和蔼可敬的柯律明参赞请大家进入宴会厅，我们欢欢喜喜、举杯同庆，随后，第一道菜法国鹅肝端上桌，接着，细嚼慢咽清光一盘菜又上一道菜，如此陆陆续续，以至大饱口福，像上演一场品尝美酒佳肴的话剧。

"我认识很多歌剧艺术家，包括中国有名的男高音歌唱家，他们给了我很多合作演出的机会，我希望把友谊和音乐带到世界上更多的地方，让人们感受它的美好。所以，这是我认为最有意义的事，您觉得呢？"

我听她坐在我旁边吐露芬芳。

"正如您所说的一样，这是我认为最有意义的事。您高尚的心灵之美光彩夺目，让我万分敬仰。您一定是阿芙洛狄忒的化身，我曾祈求上天：让我再次一睹您的风采吧！当这一刻梦想成真，我觉得，命运早已有安排。音乐无国界让我们变成了朋友，是吗？"

"先生，我对您的高度赞赏表示最深情地感谢，如您所愿，我非常高兴接受您的友谊。"

我肃然起敬，向她握手，我敢说，那真是让人瞬间最难忘的一次接触。

"这表示友谊之花已经开始在我们心中盛放，法国人是一个喜欢交际的民族，有人说他们把心托在自己手上，随时随地能交给对方，果真如此，尤其是通情达理的爵士阁下和善良美丽的安德丽娅小姐，贵国人文风情因而大放光彩！"权叔推波助澜。

"我赞同，我的朋友。"对面位置上的爵士接过话，眼光朝安德丽娅小姐征求意见。

"我同意，谢谢。"

"好极了！就这么说定了。"贾振斌先生乐呵呵地拍手助兴。

"我相信你会成功，李怀恩先生。"

"祝我们合作愉快，安德丽娅小姐。"

其他那些缥缈的印象随回忆的波光幽幽荡漾，恍恍惚惚，似有似无，不再浮现，消逝在时间的美术长廊里。

那一晚，我学到了毕生受益的外交礼节，而且，我过去从未有过这种浪漫的高贵体会，一见如故的感觉让我产生了幻想，简直不敢相信，缪斯真在人间！

就这样，我们告辞离去。为了避免酒驾处罚，这次换成不嗜烟酒的卢本善和柳长卿当司机，他们是严于律己的清流。

趁夜未深，我邀他们到尊尼获加商务会所品鉴苏格兰的威士忌，飨以鹿肉答谢。

在历史悠久的酒吧体验中，我们度过了一个放歌纵酒的晚上，也见识了来自传统工艺品酒师与资深西餐主厨精益求精的服务文化。

在我还清醒的状态下，谁也不知道，我早已嘱托客户经理说："除了我本人以外，请不要让我的朋友私下买单，谢谢。"另外，还请她帮我办理了一张二十万美金的会员卡，分别前，在展示酒厂博物馆的酿酒器部件装潢风格走廊间单独赠予权叔。他见我有此心意，趔趔趄趄的醉相立刻变得刚正不阿，像碰到烫手的火钳，板着脸诘责我说："你做什么？脑子里尽是低级的东西，当我逢场作戏吗？俗气！我不能收！"

"权叔，别误会，我知道你廉洁无私。可是你对我恩重如山，师徒之情恩山义海，您受之无愧呀。请收下我的心意吧！"

"不行！千金难买松柏之志。难道我们多年的感情能用俗物衡量吗？你这孩子，社会思想败露了仁义礼智的缺陷。不管你说再多，我也绝不收！"

以他浩然正气的傲骨可想而知，他是如何义正词严地百般拒绝，我早已料到。果然，无论我再怎样诚恳坚持，都无法软化他固若金汤的廉洁品格，我也算是领教了他志洁行芳的气度，便不再硬塞给他。

最闪亮的时刻到来了！

无上荣誉仿佛触手可及。

我笃定泰山，随晋级选手和节目组在记者的映衬中无比自豪地步入心驰神往的人民大会堂。来自全国一流乐团和音乐艺术权威以及德高权重的四位男高音评委，将在首届上海国际美声大赛盛典上为古典歌剧选拔出最有才能的青年男高音歌唱家，冠军可签约国内顶级的唱片公司并在欧洲巡演，那就意味着，名扬四海与滚滚财源都不再是黄粱美梦，而是攀登社会上层的人生新高度。

命运啊，你既是对手也是朋友，我前半生受尽你无情地凌辱，在成长之路上，自幼家破人亡，颠沛流离，命运多舛，饱经磨难。但你现在却不失宽容与公正，因为，苦难铸就高尚。你越强大，我越坚不可摧，你千方百计制造各种苦难和诱惑进攻我的人格与意志，妄想占领我人生信条的圣城，反而逼出我坚持到底的决心！即使你无所不能，也会在我纯粹无瑕的灵魂面前感到无能为力。如果这就是你的失败，我将抬起高贵的头颅，宣布胜利永远属于永不言弃的人！现在，是时候赢得这光辉灿烂的荣誉啦，而你，曾觊觎我灵魂不成，反而鞭策我进德修业、弘毅笃行的命运啊！你既是我的敌人也是我的朋友！

人一旦时来运转就会一发不可收拾。

经过多轮淘汰赛，最后晋级总决赛的我，当我以最佳状态，配合交响乐钢琴伴奏，独唱歌剧《波希米亚人》第一幕咏叹调《你那冰凉的小手》时，我充满才情的雄浑美声，展现出男高音歌唱家震撼人心的气质，勇夺冠军，掌声如狂浪，淹没了我理智镇定的内心！

从那一刻起，从我站在这成名舞台上喜极而泣夺冠领奖的伟大时刻起，从我签约世界古典音乐会巡演合作协议书那刻起，我仿佛看见自己前程似锦的人生。

成功的激情使我信心倍增，命运之舵掌控在我的手中，我要率领梦想的激进舰队，探索世界音乐艺术的新大陆，在那社会阶层奋斗历史与民族文化交流融合的进程中，人生境界的升华注定要形成我的精英人格，与艺术理想主义情怀熔为一炉，塑造我的非凡才华与达尔文主义社会哲学观。在此基础上，我的艺术家生涯能走多远，这取决于名流至交对我的鼎力支持程度。

享誉盛名带给我铺天盖地的名利欲望，曾一度让我迷上生活的炼狱，这一时期，在我的思想上发生了从辩证哲学向现代哲学过渡的大转变，人民大会堂音乐颁奖盛典，是我艺术家生涯中首次获得国际美声大赛冠军荣誉。

成功的秘诀是七分努力和三分智慧，那些总指望靠运气的人是不正派的。

勤学苦练突破局限，始终贯穿我的艺术生命。

回想上海往事，我在人生的奋斗岁月不懈追求生活和梦想，浪漫主义孤独像静谧的激情烙印在我精神上的标志，永远象征强者意志。

在此之中，我曾用一系列高难的科学方法提升技艺。早期模仿第三世界融合音乐，汲取蓝调爵士乐中加勒比海舞蹈节奏与吉卜赛音乐精髓，反哺我的钢琴乐理知识，扩充我的西方流行音乐兴趣范围，丰富了我的歌唱家人生，跨越东方现代音乐传统韵律，进而追寻人文复兴历史过程中创新的西方古典音乐表演感染力，达到艺术感情与思想的统一，形成我的艺术境界。

第十六章

法国玫瑰

时间再次回到我与安德丽娅相约外滩西餐厅的午夜时分。今晚将是我艺术生涯新乐章的序曲。

感叹今朝，追忆往昔，我已在此暗自思忖，等候她一个小时。或许我的工作生活节奏过于快速高效，五年中从未觉时间有多余，以至于习惯了停不下来的状态，我被欲望驱使着意志，忙挣钱、愁寂寞、消磨自我，变得像兢兢业业的实业家，却又无时无刻因为音乐梦想进入低谷而饱经忧患。若想在上海单打独斗争夺一席之地，层层攀升上流社会等级，就算奋斗终生也无所作为。

只有借力积极的成功人士才能改变命运，在这条追求艺术事业的艰难道路上，我要义无反顾地孤注一掷，绝不退缩。

坚定不移的志向，曾支撑我渡过人生中最孤寂的漂泊岁月。

上海是国际资本的淘金游乐场。繁忙是抵抗空虚的武器。时间就是生命，我最难容忍的平庸行为就是浪费时间。

而立之年是多么珍贵啊！在上海，我从未感受过一小时的无所事事竟然如此漫长却又轻松惬意啊！

在等待的一小时里，我重新体会到，原来怡然安静地享受生活才是人生的快乐之本。其他诸如文学、艺术和名利，又能让人感受到多少幸福呢？这世上唯有爱情才是最美丽的幸福。

> 爱是无穷无尽的力量！
> 爱让彼此消除分歧。
> 爱使黑夜变闪亮。
> 爱像希望的光芒，
> 照耀我心灵的空谷幽兰。
> 爱是一股温泉，
> 慰藉我冷峻的寂寞。

当我的思想正重新翻开那逝去年华的旧书页时，安德丽娅来了！迎接她的，是聚集在她周围众多宾客赞美的目光和安保的殷勤礼貌。

立刻，我眼前仿佛出现了卡尔·拉格斐的缪斯女神，她身穿端庄漂亮的紫罗兰色晚礼服，雪白披肩与无瑕疵的天鹅颈一样柔美，红宝石耳环在她修女般天真纯洁的笑容上闪闪烁烁，多么激动的光荣时刻啊，我相信，哪怕是傲视亚历山大皇帝的犬儒派哲学家第欧根尼，见到她时也会感到迷人心窍。

准时守信是人际交往的基本原则，由此可见她的可爱之处。

带客进包房的餐厅经理是一位高个子印度帅哥，门外站着的三个彪形大汉是她的保镖。

我克制惊喜若狂的心情，含蓄地迎面走去，向金发碧眼的人间尤物握手寒暄，并颇具骑士风度，为她挂衣服，挪动布艺软包餐椅，请她坐在我对面，斟上一口托卡伊贵腐酒，碰杯品尝。

"我可以先看看菜单吗？先生。"她这句委婉的英语可以理解为，等会儿再点菜。我注意到她那双源于古老种族的神奇碧眼，充满生命宇宙的创造之美。我们同时写好一份英文菜单。

我喝杯水润润喉咙，想了想，看了看，慢条斯理地说："这酒可真香甜啊，所以，我想它适合推荐给女士。"

"您说得对，先生。请给我一瓶圣培露，谢谢。"她说。

"请给我一杯鸡尾酒，谢谢。"我说。

"请您麻烦下，先生，我不要辣椒，而且对黄豆和酱油过敏。"

"请您放心，李先生早已对我们强调过。所以，没问题。"印度人说。

"感谢您，太惊讶啦，您怎么会知道？您真是个细心的绅士。"

"千金难求的初次约会，我理所当然要重视您的感受，尤其是我从朋友荷兰斯泰因爵士那儿了解到，您在饮食方面的禁忌。这说明了您的非同一般。"

"先生，您有何忌口吗？"

"我忌慢，谢谢。"

她笑了笑，气氛不再那么尴尬。

"您英语很好，那么，是否曾有国外生活经历呢？"

"马马虎虎吧，您的汉语水平也很高。我从未去过比上海、北京更远的地方，但我从小就开始学习西方文化。英语、意大利语和德语是我提升艺术水准的基本功，所以，都会一丁点儿。"

"我能想象您的成长过程，因为我也同样努力学习中国文化。更有意思的是，您让我认为，优秀的人都具有独特魅力，互相吸引，尤其是您内在的某种奇妙东西，当我们近距离接触时，我的感觉从未如此真实过。"我恍然如梦，却又深信不疑。但那些来自悲惨往事的回忆，洗礼我的崇高敬意，迫使我极度克制着迷幻的狂喜，尼采哲学的自由意志与柏拉图理论冲突，在我的内心产生了温柔情感。

"请相信我，世上无人能与您媲美。您的才华和美貌，集合了巴达捷夫斯卡与克拉拉的特质，您是当之无愧的世界杰出古典钢琴艺术家，与您共进晚餐将是我孤单人生中最珍贵的回忆。"

"我相信你真心实意的话，志趣相投的人总是互相吸引。先生，你说是吗？"

听她改称你，我想起普希金的诗 ——

她一句失言：以亲爱的"你"

代替了虚假空洞的"您"，

于是，一切幸福的遐想，

便浮上了钟情的心灵。

我站在她前面，郁郁地，

怎样也不能把目光移开；

我对她说："您多么可爱！"

心理却想："我多么爱你！"

然而，我始终抵抗着爱欲的狂澜。她的第六感似乎感到了某种敏感的意识反应，而且显然不擅长掩饰她那娇羞的少女心事，只见她低眼垂头默默抿了一口咖啡。

我壮着胆子穷追不舍，一心想要捕捉她的目光，她越是躲闪，我就越兴奋。此刻，横亘在我们命运之间的鸿沟，架起了一座音乐桥梁，促成我们彼此跨越民族、阶层与信仰，自由通往心灵融合。

"我很感兴趣听你讲，我知道，你一定有很多心里话想说出来，我想听听关于你过去的事情，你会完全告诉我吗？"

她终于鼓起勇气，像爱斯美拉达一样楚楚动人地问我。这是个复杂的问题，我心头直感到沉重，然而，却又温情脉脉地说："我会毫不隐瞒真心话，你的任何愿望我都会全心全意遵从。我曾经有过一段贫苦人生。在很远的家乡武汉，长江像流淌的音乐，像母亲哺育了我的歌唱家梦想。她辽阔生动的青春抒情诗，像富有悲壮精神的英雄儿女，融入我的流金岁月，陶冶了我轰轰烈烈的幻想，她时而内敛平静，以温柔之手抚慰我一次又一次遭受苦难的悲怆心灵，使我从中学会了隐忍。你能听懂我的比喻吗？"

"我能听懂，你尽管说，我知道，那是你人生中非常不平凡的感受。"

"我终于找到知己了。请你边用餐边听我讲吧。"

"非常棒，谢谢。今晚光景亮晶晶，可是星星都躲到哪儿去了呢？"

"星星都在你的香槟杯里。"

"还有我的愿望——"

"干了这杯酒，请继续听我讲。"

"在我的演艺生涯早期，我曾受雇于一个唯利是图、阴险狡诈的企业老总，他叫韩国涛。他成就了我，也毁灭了我。我是他的摇钱树，名利与自由的矛盾和娱乐与艺术的抉择束缚了我的梦想，经过长久的思想斗争，我终于觉醒，义无反顾地选择了艺术道路。便独自踏上了漂泊旅途，来到上海闯荡音乐梦想，转眼已过五年，我时常给父亲写信，我为自己背井离乡、孤苦奋斗，而不尽孝道、枉为人子的行为深感愧疚与悲伤。"

"你很了不起，你父亲一定会为你感到骄傲，上帝会保佑你父亲幸福平安。"

"你的善解人意和大爱无私是我受苦受难的福音。你是我精神生活与艺术哲学的空中花园。你相信一切不可思议的非理性美吗？"

"我相信，你就是。我慢慢发觉你越来越有趣了。而且，我很想知道，你没提起过你的母亲，她一定很漂亮吧？"

"我母亲是这世上最善良的美人。"

"你很爱你母亲，而且从你的感觉里，我能想象到你母亲一定是一位很有修养内涵的人。我多想见见令堂呀。我也有一个很爱我的母亲，她出身音乐世家名门，我从小跟她学习钢琴，母亲永远都是孩子心目中最爱的人。"

"你说得对，很对，是呀，我很爱我的母亲，她永远活在我心里。母亲……我的母亲啊！"

平静的孤独突然被锥心刺骨的痛苦撕裂！我再也无法掩饰悲伤的泪水，她当然无法体会，丧母之痛是我一生最难说出口的秘密，而她却无意戳中了我内心最敏感的伤口。

应对悲喜无常的情感变化，她整个人惊慌失措，不知所以然。

俄顷，我努力克制情绪才稍微好点。

"我母亲英年早逝，在我小时候，一场意外造成她溺水身亡。我常梦见，她在天堂向我幸福地微笑。"

她六神无主，不知该说什么。

往事在我幽闭的感情世界里，又一遍激荡起深沉厚重的悲苦回忆。房间里很安静，没有人进来打扰我们。在这心灵相通的肃穆时刻，冷峻孤鹜的性格占据了我的思想。她慌乱的目光不再躲闪。窗外依然流光溢彩，黑夜变幻莫测。

我走到窗前瞭望虚无，内心最隐秘的冰山一角开始浮现，恍恍惚惚沉浸在自我中。

我终于娓娓道来："我从未有过现在这种复杂的忧伤感觉，无论我如何强忍悲伤，都不能阻止泪水无端地流。啊！很抱歉，我破坏了你的好心情，在你面前有失礼节，请原谅。"

激烈的感情浪潮涌向心头，一阵阵爆发的冲击流遍浑身，我忍不住潸然泪下，却没发觉，安德丽娅已站在我身后。她默默递给我一条芬芳的手绢，我受宠若惊，转身看了她一眼，低头，抹泪，抬头一笑，庄重深情的倾诉由低沉渐变高亢。

"我这人就是这样莫名其妙，一旦打开理智的闸门，就会无法控制感情的洪水倾泻而出。因为你，善良美丽的安德丽娅小姐，仁慈的玛利亚，我的天使，你纯洁高贵的心灵像春风雨露让我如沐恩泽。我曾想，上帝将我和另一半分散，茫茫人海，天各一方，我要到何年在何处才能重新找到失去的幸福呢？我等待的只有孤独的回音。但我并不消沉，相反，我像虔诚的诺亚，在坎坷多难的荒芜人间越挫越勇，开疆拓土，建设生活。我一生都在力图攀登命运险峰，克服困难的沼泽，不断向前探索人生道路，坚定不移。我满怀期待追寻希望，我相信预感，终有一天，命运会安排我们不期而遇。因为你，来自森林和海洋的宁芙女神，我的理想化身，月亮的女儿安德丽娅，是上帝的旨意让我们久别重逢。是矢志不渝的祈祷实现了爱情的融合。你是自由、是光明，我黑暗的心灵像蓬勃大地上死去的巨人在颤抖、复活。感情的冰封世界在破碎、坍塌，焕发新生。"

我不由自主地猛然抓住她手，拉进我怀里，搂住她柔软的细腰，目光灼热，颤抖不已，却羞于一吻。

她失陷了，是那么的神往，摄人心魄！这正是她期待的表达吗？我已濒临着魔，陶醉于她那销魂而神圣的意乱情迷中。

"你是唯一让我觉得心灵如此契合的人，人与人之间的感情很奇妙，从第一次看见你，你就让我着迷啊！开始是被你阳刚和艺术混杂的气质，以及忧郁的温柔所吸引，后来是你克制的狂野、热烈、纯粹、天真，像猎人俘虏了一只逃不掉的麋鹿，你内心有种大自然的激情让我感觉美得心碎，就像四月的蓝天，五月的花，空旷的原野，奔腾的骏马，夜晚的海浪和静静燃烧的生命力，爱情像丘比特之箭穿透了我的心灵。然而，人生就像每一刻都在逝去的时间，我们又能留住什么呢？不过是感受和体验，如果上帝注定你就是我的真命天子，那就让我在你的生命里留下永不磨灭的痕迹吧！"

温柔的一个吻代替了沁人肺腑的千言万语！

"我感觉像做梦，等明天醒来，你会不会又恢复理性，变成另外一个人，从我心里消失？"

"不会，永远都不会，你看我，是真的，你的手，是有温度的，明天不会变，一年、两年、以后、将来都不会变，只会变得越来越深刻、坚固，我们已经成为彼此不可分割的另一半，还有什么能改变上帝的主意呢？"

"我爱你，安德丽娅，我的小姑娘，我饱经风霜已不复青春年少，往昔不曾感到岁月催人老！这一刻，是你让我的人生有了完整的意义。爱情这杯美酒对我来说实在太浓烈了！像一把火燃烧我悲苦的理想，提炼出纯粹的灵魂。"

"我更爱你，比起海的女儿，我愿在你怀里融化。"

"那满是甜蜜的吻，尝一口便值得去死。"

饶恕我吧，苦难，让我在崇高的忏悔和爱情的洗礼中重生吧！

"我多么希望时间能永远停留在这一刻，我的爱人啊，不要离开我的怀抱，哪怕一分钟我都不能忍受。然而，我却不愿纵容私心紧紧占有你，你是我梦想花园里的百灵鸟，自由快乐，飞来飞去。我的心只属于你，我愿以生命效忠于你。一切荣誉都归你，而我只求能爱你，这样的爱，即使给我帝王江山也不与交换。一切都不能阻止我们相爱，无论是国籍、信仰、家族、阶层，都不能分开我们。啊，今夜我将熬受最残忍的孤独，今夜我们又要说再见了，明天，我会捧着一颗朝圣的心，向你献上我最深切的思念。祝你晚安，我的天使。"

"明天见，我亲爱的李先生！"

深情而克制的艺术家敏感气质，包容了岁月这把美工刀精雕细刻的人格修养，呈现出内柔外刚的真我状态。

我爱她如同爱她的衣裳，喜欢闻她身上令人兴奋的香水味和口吻生花。过去我不懂得细微体贴，现在我已痛改前非，知道如何去爱，并且，因这份爱，使我倍感虔诚和坚定。我自觉地用礼貌之手取下她那件漂亮的大衣和围巾，服侍她穿上。

"我曾经也这样为别的女人献过殷勤，我懂得更加注重感情交流，不像粗心大意的年轻人，缺乏机灵，不注意取悦对方。我早已品尝过爱情的滋味，那是在漂泊苦难中用挫败换来的悲痛。因此，我渴望爱情彻底融化我的赤子之心，但愿她是我此生不渝的唯一爱人，让我疲惫的浪子之心有家可归。"我在内心悲伤而幸福地默想。

从我送她走出餐厅到坐车离开的全程，她都跟着她的保镖，一辆高级轿车已停在外滩洋房门口恭迎她。临别前，我们又一次握手说再见，不过在场的人多，内心的温暖稍微收敛了些。

"我多么希望时间快快过去，明天见，我盼望再见到你。"她轻声说。

"我将时刻想念你，明天见，祝你晚安，我的小姑娘，亲爱的安德丽娅。"

今晚，我们第一次分别。

站在繁华依旧的深夜街灯下，孤独又回到我的心里，我惘然若失，从西装上衣内侧口袋里拿出一盒烟，又从裤袋里抽出一枚刻有圣徒保罗图形的金色煤油打火机，便迫不及待地吸两口。

当我驾车回到富民路住宅时，已过子时，睡前一小时读书的习惯未变，我照常品读中外名著。我像坐在寂静知识圣殿中与世隔绝的修道士，心无杂念，轻声默念《人生的意义与价值》。

今晚是二十四节气中的第二十个。十一月二十二或二十三日，太阳到达黄经二百四十度，此时称为小雪节气，中国广大地区西北风开始成为常客，气温下降，逐渐降到零摄氏度以下，但尚未过于寒冷，虽开始降雪，但雪量不大，故称小雪。这时，南方地区开始进入冬季。

"荷尽已无擎雨盖，菊残犹有傲霜枝。"就是这时的诗意写照。

天将破晓，一日之中，黎明最美，稚气未脱的鹅黄光晕，像赤裸裸的儿童来到这个世上，他新鲜、活泼、富有造物之美，跳着小星星变奏曲的欢快舞步，天真好奇地触摸大地上每一样有生命的东西。

我疲倦地揉眼搓脸，合上书，掀开台灯前挡住我心灵与外界沟通的窗帘，亘古不变的玄迷夜空，在黑暗中像巨大实体压倒一切虚无，我隐约意识到某种似是而非的本体论宇宙哲学。为此，我惶惶惑惑不解真理，想象如入无人之境，冰天雪地的亮光更添一层迷幻。

望向那铺天盖地的雪精灵缤纷飘落，故乡的回忆油然而生，想起武汉，我眼前又看见熟悉的起义门城中村和市井生活，日夜回荡于古朴小巷的明伦街，左邻右舍各种喜怒哀乐的生活。在那许多年里，春节的世俗味道依然平庸无奇，但在我菁菁年华的回忆录中，却有一种上海无法相比的留恋之情。我记得那时的节日气氛，就是大街小巷家家户户贴门联，晒腌鱼、腊肉。

此情此景，我又想起父亲写的题壁诗——

寒来暑往连春梦，百载光阴始育成。

辽阔的寒夜里，我惆怅独悲，望眼欲穿，深感遗世孤立。凄荒，醒觉，绵绵无尽的乡愁冻结了我的目光。

"我的家乡啊，我那衰老孤独的父亲啊！"

我内心发出悲哀的感叹，此刻，忧郁的思念早已变成眼泪夺眶而出。

岁月像一首伤心的老歌，让人无比怀念那逝去的幸福与苦难的生活历史。

自我背井离乡至今已有五年未曾回家探望过父亲，世道人心的自相矛盾使我的内心遭受谴责、抨击，由来已久的思乡郁结，是时候该挥散笼罩往事的阴霾了。

"爸，今年春节我一定要回家看看。"

快到新年了，我与安德丽娅的中国巡演计划已开始制订行程，演出城市选在北上广深和天津、烟台、青岛、厦门、南京、西安、成都。再过三天，将开启我的首次国内巡演征程，而这也将是我们的第一次约定，其实，真正让人期待的不仅是巡演本身，更是来自音乐艺术的热情，融入我们的爱情达到完美的幸福。

爱情是我人生交响乐的壮丽诗篇，就像黎明曙光，朦胧中照耀恢宏广阔的无边自由天地。

开车前往和平饭店赴约的早晨马上就要到来了。我昨夜将近凌晨才不敌困倦，沉睡到上午九点醒来。那一夜真要命，半梦半醒中，我辗转反侧，几度失眠，满脑子都是安德丽娅的身影和回音，如肖邦幻想即兴曲，激流勇进，百转千回，荡气回肠，像一个发疯的囚徒。

温暖的阳光已急不可耐，从落地窗布帘缝隙和厨房及阳台等各个通道传来激动人心的催促声："快起床啦！安德丽娅等你共享早餐啦。"新的一天从一杯红糖水和两个鸡蛋蛋白开始，自律就是每天早晨进行一小时健身，我家的健身房里有臂力器、举重杠铃、健腹轮、仰卧板、单杠、动感单车、拳击沙袋。做完两组三十个俯卧撑和直立哑铃臂前平举，两组二十个健腹轮站姿运动，与两组二十个仰卧起坐，最后做完三组三十个负重深蹲，我才结束日常晨练。按照健身后的饮食规律，在人体胰岛素分泌最活跃的半小时内及时补充牛奶和肉纤维，有利于将其转化、存储和吸收，防止肌肉分解，促进增肌补钙。

一日之计在于晨，我穿好西装，打好领带，梳理头发，擦亮皮鞋，向阳出发，准备走进金碧辉煌的上流社会。

我驾车提前到了费尔蒙和平饭店停车场后，挺胸阔步走进旋转门，向微笑问好的门童微笑回礼。这里是上海万国建筑群中极富传奇历史色彩的经典酒店。眼前展现出奢华典雅的现代派时尚艺术，让人仿佛置身于贵族名流云集的凡尔赛宫。我就像进宫觐见公主殿下的宫廷音乐家，在贵族名流的道德意识中，一个来自工人家庭的内地当红青年歌唱家，如何才能体现谦谦君子的儒雅魅力呢？这是一个生活哲学问题。所幸的是，我早已能适应任何场合。当我伫立环顾四周大约两分钟时，一位看着让人赏心悦目的大堂经理踩着亭亭玉立的步伐走过来，笑容亲切地问我："您好先生，欢迎光临，很高兴为您服务。"

"您好，小姐。"

"请问您有预订吗？先生。"

"我想是的，我有位朋友住这儿，她约我见面，我可以坐在这里等会儿吗？"

"好的先生，您请坐，我去给您倒杯水。"

"不必，谢谢。"

"不客气。"

我原想给她打电话，犹豫了片刻，还是给她发一条短信吧，也许这样不会让她感到惊讶，以免有失方寸。

内容如下：打扰了，安德莉娅小姐。我是李怀恩，向您问候早安，我已如约而至，正在大堂酒吧等候小姐吩咐。

又过了大约五分钟，让我一见倾心的天使终于兴高采烈地出现在高阔大堂的八角彩色穹顶下。她比昨晚看上去更加光采照人，那种仿佛时光倒流的感觉，像玛格丽特公主般涤荡我寂寞的心灵，像冬日阳光送来温厚的慰藉。她足下如玉般的大理石在欢颂她朝我迎面飘来。我们的目光再一次火热相遇，像多年不见的异国恋人，赤诚之心，溢满容颜。我极度克制着激动战栗的狂喜，主动与她握手。在一种难以形容的梦幻意识中，我几乎不记得我们之间说了什么甜蜜客套话，也忘了周围国内外宾客的瞩目，只感到她那散发着郁金香的欢喜沁入我的心灵，两情相悦如春雨灌溉果园，我已被情欲蛊惑心智，按捺不住的冲动几经理性抵挡，不知该如何开口。她也因此而窘迫极了，难为情地乱了阵脚。最终，还是我先开口说话。

"初次约见，您是否愿意带我参观一下呢？"

她笑了，笑得如此让人心花怒放！

我们游经清吧，那里陈列着晶莹剔透的水晶杯和琳琅满目的洋酒，雕花屋顶、古铜镂花吊灯和上海最早的电梯，令人大开眼界。穿越那些工艺设计巧妙的拉利克艺术玻璃，灵缇犬徽章装饰的爵士乐走廊、餐厅、商店，有中外名流照片，包括马歇尔、司徒雷登、克林顿、爱因斯坦、卓别林、萧伯纳、蒙哥马利、罗格、鲁迅等人的风采瞬间。

精通中文、英语和西班牙语的安德丽娅与我轻松愉快地闲逛，形影不离，逐层观赏，直到进入九楼华懋阁，见到音乐指挥家里希特与柏林爱乐乐团的众多成员，他们正在演练《海顿小夜曲》。

多日不见，爵士喜出望外地停下他那根音乐魔法棒，敞开怀抱欢迎我，并且，向外国友人们介绍我。用餐时间已到，我们来到餐厅，入座长方形木制宴会桌，津津乐道地聊起中国菜。我见过的来到亚洲的欧洲食客基本都是超级怕辣的素食者，还有过敏症；印度人倒是奇怪，无辣不欢；泰国人、缅甸人是出了名的稀奇香料风味主义者；还有日本人爱喝青岛啤酒。这不，看着他们像在修改宪法草案，大费口舌对各自的菜单进行忌口强调时，我简直不明白人类的舌头为何会有如此多的味觉，才产生了世界上千差万别的饮食文化？

大家没有太多酒桌规矩，因而容易感到真心实意。年轻俏皮的姑娘用圆形小托盘端上一道道香喷喷的美味佳肴，我们斯斯文文品尝各自的分餐，来自世界各地的珍贵食材，经过中国烹饪艺术的发挥，萃取出天然精髓，膏粱锦绣，齿颊生香。我们不以浪费为荣，始终保持端庄仪态，细嚼慢咽。

这次体验，让志同道合的艺术家们度过了一次彼此尊敬而有趣的难忘回忆，我们欢聚在艺术与友情渲染的上海，在明媚的冬日午间，我与古典音乐界的国际友人们和睦相处，像弦乐二重奏如切如磋，同德一心。

一切都是顺境。

如果命运是逆境呢？偏离梦想航道，消失在无尽的流放之路，我的人生又会是何种境况呢？

时光如流，世界变幻无常。

以前，我的全部努力都只为解决温饱问题，那种悲观厌世心态的际遇，让我深感如今的事业成果多么来之不易啊！在此意义上，我又领悟了更高层的幸福观念：财产和自由权是人的核心意志，是幸福的法律保障，在此基础之上的是高于生活的精神文化追求，而我走的就是这样一条路。

某种意义而论，我的多面人生又是双重人格，矛盾始终贯穿我的一生。

"你会修成高尚的真我。"心灵对我说。

现在，我以全新的人生形态去践行艺术的坚定信念。我的生命进程将在不断扩展的人文交流领域日益精进，走向那无边广阔的理想绿洲。

从此以后，随着安德丽娅一起打开我艺术生涯对外发展与变革的新时期大门的，还有我的艺术与生活导师荷兰斯泰因爵士。

在这一天，我们结束聚餐后，安德丽娅邀请我参观酒店为她专订的沙逊总统套房，其余人则各回九国套房休息。

走进20世纪30年代酒店缔造者沙逊爵士的私人寓所，可俯瞰壮丽的外滩万国建筑群。在起居室和卧室中放置的，均是穷奢极侈的定制家具和卫浴用品，就餐区还能容纳十人共餐。最特别的是，一架望加锡黑檀木施坦威钢琴立刻攫住了我的目光。

"它真漂亮，世上绝无仅有！强烈的天然木材气息，优雅光亮，多么弥足珍贵啊！我知道拉赫玛尼诺夫、鲁宾斯坦，这些大师都是施坦威终身艺术家。当然，还有你，技艺超群的国际明星钢琴家安德丽娅小姐。"我心怀敬意地抚摸琴键，向她转身赞叹。

她鼓掌夸奖说："你触摸的东西都有了生命，你说的名字都镀上了黄金。"

"你的演奏无与伦比，能符合你配乐的只有最醇美的歌声。我可以吗？"

"毋庸置疑，请赐教。"

于是，她坐下，施展魅力。

我集中精神进入主角的感情状态，模仿卡鲁索，轻声稳气，起音咏唱。

演唱一气呵成，突出了我的深厚功底和出类拔萃的禀赋。她颇为庄重地沉浸在艺术歌曲的感染力之中。整首作品的投入让我以悲怆激情演绎得淋漓尽致。

"唱得太好啦！你真是一个天才，我相信你会成为非常了不起的歌唱家。"

"我多么幸运，你让我暗淡的人生重新看见了美好的前程。啊，这里有音乐，有诗歌，还有爱情，我们拥有最理想的幸福。在这雪亮的晴朗日子里，让我为你弹奏一曲吧。"

我心领神会，怀着敬意端坐抚琴，萦绕在我灵感周围的旋律，如同广袤壮丽的法国南部波尔多右岸风景。

我聚精会神，闭上眼睛，瞬间捕捉到托尔斯泰的诗句：

晚秋之园凋零凄凉，

枯黄落叶随风飘荡……

随即，我伸手触碰黑白键，脚踩踏板，开始深情地弹奏。

还记得，一八七五年，圣彼得堡杂志《小说家》的编辑请柴可夫斯基每月作一首与当月有关的钢琴曲，有一个男仆负责在每月特定的时间提醒主人做这件事，这就是促成《四季》创作的动机。艺术家在这部组曲中，以四季的自然景色为民间音乐语言的音调象征，抒发了俄罗斯民族的思想感情和现实生活理想。其中，第十月乐章《秋之歌》，是全曲最具代表的一首。

我已沉浸在稀世珍宝施坦威钢琴发出的纯净典雅音律中，四周仿佛只有扑朔迷离的朦胧秋季印象。

这时，恍惚间，安德丽娅出人意料地为我的钢琴曲配上一首缱绻缠绵的英文诗，她手捧中英对照本聂鲁达诗集慢慢朗读《I remember you as you were in the last autumn》（我记得你去年秋天的模样）。

我又一次从冥想中醒来，一边继续弹奏，一边凝视着她那紫罗兰般典雅优美的神态，她的声音像翠绿藤蔓缠绕着我充满阳光的心灵，散发着非凡的美。

"我的真命天子，才华横溢的诗人，你的入迷状态无可挑剔。"

她情投意合地用英语说。我也目光如炬地说："谢谢，尊贵而美丽的安德丽娅小姐，你的夸奖和赏识赐予我今生最大的荣誉。我能也请你弹奏一曲吗？"

"乐意之至，如果你用中文朗诵这首诗，我会向你保证，这将是我终生难忘的时刻。"

她又改用流利的中文说。

"能让你高兴是我最崇高的追求，请吧。"

我彬彬有礼地伸手牵着她绵软纤白的指端，引她坐下，她脸颊绯红，如云彩般粲然一笑，端庄挺直坐姿，手臂呈自然下垂状态，然后展开音乐的翅膀，以抒情幻象的行板序奏与极板回旋曲形式及丰富而华丽的技巧，像纯净高雅的古典浪漫化身遨游在门德尔松《E 大调随想回旋曲》之中。

我缓缓踱步，声情并茂，用情读起汉译诗《我记得你去年秋天的模样》。

就这样，时间将我们遗忘在浓情蜜意的上海流金岁月里。

在诗歌与音乐梭织的幸福光景中。

在一见钟情的激动感觉中。

在夕阳余晖照耀我们心照神交的浓情蜜意中。

一会儿，她翻选五线谱，兴致勃勃与我四手联弹《斯拉夫舞曲》；

一会儿，她弹钢琴伴奏，我咏唱意大利语艺术歌曲《游移的月亮》；

一会儿，她用留声机播放《G 大调第 13 号小夜曲》，搭着我的肩膀陪我跳田纳西华尔兹交谊舞。

她娇娆匀称的灵敏身姿和诙谐妩媚的嬉笑令我神魂颠倒，渴望却克制着崇高的爱意。

幸福时辰转瞬即逝。

薄暮已奏响自由壮阔的创世诗序曲。

晚餐体验开始了！

同样的人，同样的心情，不同的菜式和美酒，将我们的友谊带入夜晚爵士吧。

历史与时尚在此融合，仿佛再现那个时代的回忆。品尝一杯法国灰雁马天尼，听一曲老年乐队演奏的《美国巡逻兵》，别有一番风格。

里希特具有汉学家的优秀品质，那就是严谨和刁钻，在中国的古典文学和民族音乐以及书法京剧，乃至山水画艺术的文化涉猎范围内，安德丽娅是他的学生。他方方面面力求完美，为人坦率真诚，备受爱戴。

德国人是一个很聪明的种族，这是我亲历的最初印象。因此，当里希特有意试探我的思想格局时，几乎不用读心术我就能轻易明白，他在考验我是不是配得上他这种高层精英的友谊。我手指交叉，一本正经地斟酌思考。

安德丽娅端坐在我右边倾听里希特挨着我侃侃而谈，里希特两只手叠放在吧台上，肘部支撑起宽阔的肩膀，面相刻板，侧脸盯住我发问："李怀恩先生，请允许我向您赐教一些比较难以回答的问题。"

"阁下请问，只要是我能够秉持公正原则，根据事实回答的问题，我一定竭尽诚意，直抒己见。"

"谢谢您的和蔼，先生。"

"在人类音乐的发展史上，中国的民族器乐有九千多年的历史，在文献记载和博物馆中，我研究过战国时期的曾侯乙编钟和盛唐乐舞，那真是令人叹而观止啊！文化深厚，这比西方音乐早了近四千年的历史，而相比之下，西方音乐却渐渐占据了中国民族乐器在国人心中的地位。

中国琴童们，依然是在巴赫十二平均律中完成音乐启蒙，在莫扎特、柴可夫斯基和贝多芬那里完成对古典音乐的认识和审美。至于中国音乐，已经退化成民乐，甚至缩略成二胡与墨镜，琵琶与轻功，古筝与断弦。而西方音乐却发展出歌剧，当然，中国也有伟大的京剧和戏曲，但没有在全世界流行开来，大众容易接受西方的流行音乐，还有爵士、摇滚、蓝调、说唱、拉丁、朋克等多种多类的世界音乐。我不知道是不是中国音乐落后了。我一直认为中国自称礼乐之邦是没有逻辑依据的。所以，您可以谈谈您对此意见的不同观点吗？"

"我听明白了。首先，我非常钦佩阁下的博学多识。然而，如果您能将认同中西文化价值观念存在差异作为分析判断的依据，我想，您才能从根本上建立科学的中国文化认识论体系。虽然您的举例说明客观实际，但并不充分。我主张音乐无国界，民族文化即是世界文化。请恕我直言，您的中西方音乐比较法有两种误解，一种是分类法，中国音乐分为：汉族传统音乐、中国少数民族音乐、戏曲音乐、摇滚音乐、宗教音乐等，西方音乐只有古典主义、浪漫主义、现代主义。另一种是音阶律制不同，中国音乐从很早就已经掌握七声音阶，但一直偏好比较和谐的五声音阶，重点在五声中发展音乐，同时将重心放在追求旋律、节奏的变化上，轻视和声作用。而西方音乐从古希腊的五声音阶，逐渐发展到七声音阶，直到十二平均律；从单声部发展到运用和声。由此说明，阁下的疑问实质上是观念偏执的产物，请允许我这么理解。您是知道的，对此，请问阁下同意我的回答吗？"

里希特全神贯注地听完后，先是恢复轻松坐姿，沉思片刻，然后豁然开朗，赞叹说："辩论是通往真理的道路，我完全同意。您的见解启发我，观念和文化是辩证法关系，我的错误是用社会思维判断音乐，从而混淆了现象与本质的区别。很高兴与您交谈，由此可见，我们在很多方面都相似，我希望您能更多地弥补我的缺点；同时，我相信，我们第一次的合作巡演将收获真挚的友谊，来吧，朋友，干杯。"

"干杯！"

"干杯。"

夜晚九点钟，结束酒吧长谈后，爵士向我们道声晚安，就回房去了。剩下的，仍然是那几位膘肥体壮的保镖跟随安德丽娅送我到大堂的彩色穹顶下。

我停下脚步，沉默不语，转身莞尔一笑。又该说晚安了，可我的心却感到莫名忧伤。她懂我，我们彼此惺惺相惜，因这份感动，爱情之结拧得更紧。无言中都是充满依依不舍的心声。她同样以纯情的深意，向我握手说："今晚，谢谢你的精彩表现，留给我们一段美好的回忆。我多么希望每天都能见到你，不，是每时每刻，直到永远，再也不分离。"

爱情梦想再一次风起云涌，心跳的感觉骤然激流回旋。

我轻柔地握着她纤细白嫩的手，感动肺腑，欣慰地说："你是我守望的灯塔，你的光芒和我的心灵如彩虹之桥融合的音乐，你中有我，我中有你，永不分离。无论我们相隔多么远，也不能限制灵魂的耳鬓厮磨，当你夜晚拉开窗帘，望着记忆中的我，我也能感受到你思念的目光，在同一时刻，仿佛咫尺之间，我们热吻相拥，共度爱河，在繁星之间隐藏神秘的激情。"

"我们很快就会再见面，是吗？告诉我，我一刻都不能忍受分别，答应我？"

她几乎要哭了。若非在众目睽睽下，我真想一把将她再次搂进怀里，让我整个心儿为她疯狂迷恋。

"美丽善良的天使，看把你伤心的，我是要责怪自己吗？我可不允许你的眼里挂着哀伤的泪珠。我爱你，别为我胡思乱想，这一切都是上帝的恩赐。你是懂我的，我天性忧郁，并不是任何成见的障碍使我悲观，相信我。短暂分别是为了更好地相见。漫漫长夜，转瞬即逝，我们片刻之后就会再见面了。是的，我保证，我们很快就会再见面，这是我答应你的第一个承诺。看看你，爱哭的小精灵，我的生命，我的灵魂，我的爱啊！我们将永远拥有彼此，不悲不离，然而，因为无法改变时间的运行规律，已到深夜，是时候说再见了。"

"再见，我的英雄。虽然说出来很难过，但我愿意一生都对你说祝福的话，愿上帝保佑你，祝你晚安，怀恩。"

"再见，祝你晚安，可爱的小姑娘。"

随即，我振作精神，毅然决然地转身而去，走出旋转门外，因为某种感觉，在我回眸的刹那间，我果然看见她还站在原地，如蜡像，温情脉脉地注视我，等待融化。只需一个眼神，就能点燃爱情，为什么犹豫呢？干脆，我痛痛快快地桀然一笑，向她不住地挥手，隔着玻璃透见的美人啊！

再无悲伤。

第十七章

漂泊生涯

大雪兆丰年，辞岁迎新更万象。

春满人间的盼望正在悄悄酝酿。

回顾往昔，艰苦奋斗拼来的锦绣前程和高贵爱情灌溉的虔诚灵魂，在人生的神圣使命召唤中，为我敞开一扇光明的幸福之门。

在这浩浩茫茫的现代文明的黄金之城，我曾栉风沐雨、披星戴月，我曾奋勇前进、百尺竿头，也曾迷金醉纸。我曾爱过，也曾痛过，我经历了幸福和苦难，也体会了青葱年华的孤独和追求梦想的信念。

现在，我要像那骞翮远翥的雄鹰，放眼四海，憧憬人生的广阔天地，朝着艺术的天空快乐飞翔！

如果将来某一天再回首今日，我将不会因碌碌无为而感到年华虚度，也不会因命运多舛而沉迷悲观。我会记忆犹新地看见这种人生：在我幽静的记忆深处，那是一段波澜壮阔的漂泊岁月！

上海的冬天像一个晶莹剔透的宝石宫殿。

钢琴家名媛和爱乐乐团组成的明星阵容，在此与我第一次合演欧洲古典声乐经典杰作。身穿绫罗绸缎的贵妇淑女与仪表堂堂的商绅明星，中外嘉宾与歌舞团艺术家济济一堂，惊艳亮相在大型交响乐厅，数以万计的观众来自全国各地，只为听这场世纪传奇的音乐会。随着亚洲巡演的巨大成功，我在国际古典音乐界内声名鹊起，我也因此一跃成为炙手可热的音乐家，唱片高居内陆销量榜首，啊！名利、爱情双收的人生巅峰状态已无法形容，只有亲历悲欣交集的人才能体会这种无上荣光。

在我与安德丽娅同心同德追求音乐激情的绚烂回忆中，我却始终安之若素，既能荣辱不惊，也能进退自如，方为君子。

回想盛况，从冬至到元旦再到春节，我们乐团在北上广深一线城市大剧院举办的歌剧音乐会，几乎每一场都人满为患。我的签约公司挣钱之多真是钵满盆满！一次比一次加大宣传，为最大利润化吸引尽可能多的资本而不留余力，虽煞费苦心，却大获全胜！我因此名扬四海。董事会不但在我的事业管理中主导我的发展，还在生活中约束我的言行。这一点都不夸张，按照合同规定，演出一场又一场，似乎永不停歇。我每天紧张而充实地全身投入，愈发幸福，不知疲倦，精神动力奔涌不断。

感谢贫穷和孤独的磨难，锻造了我的钢铁意志，激励我顽强抗击自卑的命运。原来，逆境出人才一点都不假。

在追名逐利、谋求进取的人生发展阶段，上升为超然物外的真我境界这条征程中，人一生的意义何在？具体而言，在幸运女神青睐我的人生某一阶段，爱情和艺术的理想能飞跃多远呢？在我的人格智慧中，虽置身荣华富贵却仍不失居安思危的修养，这才是战无不胜的强者，忍者仁也。

我还会想起，在我幽静的记忆深处，那是一个热血男子汉饱经思亲怀乡与生存之道的风霜凌铄，毅然不屈不挠克服命运的放逐后，满载名誉凯旋的伟大日子！那也是一条人生哲学的真理之路，它象征着狂飙思想又一次的突飞猛进！然而，随之其后，又一次宣告了我漂泊欧洲的艺术家生涯。

漂泊他乡多年的浪子终于要回家了！

那是一个让人高兴的伟大日子！

"父亲，你过得好吗？"

我心想。当我独自伫立在深圳四季酒店客房的书桌边，观望中国平安总部大楼的灯光照耀着鹅毛大雪飘落时，我的思念像福田的夜空，苍茫而纯粹。啊！明天很快就要来临，我魂萦梦绕的乡愁仿佛已出现在眼前。

那里有我童年听妈妈唱歌的大宅院，那里是黎明诞生的地方，那里，夏季的南风和洁白的云朵永远伴随蓝色梁子湖的柔波款语，朝朝暮暮爱来爱去。

2006年正月初七这天，晚七点二十分，我们乐团在宝安机场乘坐南航中型客机起飞，登机入座后，有的人闭目养神，有的人侃侃而谈，有的人戴上耳机早早入眠。安德丽娅坐在我身边，听我讲述我父亲的知青岁月和家乡特产，她像孩子听大人讲故事般入迷，渐渐进入梦乡，舷窗外是大象无形，夜空下是一望无际的人间烟火。地球上，我将在哪里落叶生根呢？我心归处是吾乡。

翌日早晨九点一刻钟，我们抵达武汉天河机场。举牌热烈迎候我们的气派队列中，除了保安以外，还有我的四位姑妈、大小姨妈、堂兄表妹和舅舅伯伯……见我们出现，蜂拥而上的电台报社记者将我们一圈人层层包围，他们中最亲切的人还像从前那样大呼我的昵称，我第一眼看见他，喜极而泣，泪眼婆娑，喜不自胜朝他招手，大步流星走过去，大声喊叫："爸！爸！儿子回来看望你啦！"

"怀恩，哎呀！天大的喜事啊！你终于回家啦！我等得好辛苦哇！你在外地漂泊许多年，现在终于光荣归来呀！儿子啊，你变化太大啦，我都快认不出你来啦！变强啦！我真不敢相信自己的眼睛，真是你回来了呀！"

"爸，我还是我，你却变老了！分散在祖国两地的家人终于团聚了！

儿子不孝！让你担心了，爸，你头发都白了，变瘦了，这些年，你过得好吗？"

"我过得很好啊！你每月寄给我的钱都花不完，我都存起来留给你将来娶媳妇当彩礼呢。哎呀，你这变化，看起来简直判若两人。"

"我的变化很大吗？哦，好像是有点邋遢，你看我都三十几岁的人啦，不修边幅，像元谋人，岁月不饶人呀，我确实已不复年轻了，该娶个媳妇儿啦！"

我加重语气故意让安德丽娅听见，众人看着都哈哈大笑。

"爸，我来介绍下，这位是法国著名钢琴艺术家安德丽娅小姐，这位是外事代表张世维女士，这位是音乐家协会会长邹启刚先生，那位是柏林爱乐乐团艺术总监音乐指挥家里希特·冯·荷兰斯泰因爵士，他们都是我尊贵的朋友。"

听我这样谦卑地尊称他们，谁不会抱之以微笑还之以礼呢。

"您好您好，你们个个都是人中龙凤啊！怀恩哪，想起苦命的往日，现在，你总算大有出息啦！我为你感到骄傲！唉！不过，我又要问了，你谈对象了吗？"

"爸，这还用问吗？喏，近在眼前。"

父亲一看，不大相信地小声问我："是那个漂亮的外国人吗？"

"是她，我心爱的姑娘，世上最漂亮的人。"我提高嗓门儿用诗意的语言回答他，同时也是为了在记者招待会之前，向广大群众和媒体公开宣布恋情。那时我还不曾领悟，没考虑到她父亲孔世德阁下对此的不明朗态度。

"这位美貌脱俗的外国小姐真是绝代佳人啊！"父亲斯斯文文地说，他的诚恳朴素，逗乐诸君。爱人向我父亲微笑点头表示尊敬。在他一生中从未见过这种高级场合。他不知说什么好，出乎意料，他慌慌张张朝那十米外蹲在地上的两个陌生人走去，连推带拉好不容易才将她们哄过来，这就是父亲的伴侣和她带来的小丫头。

我好奇又高兴地望着她们憨态可掬的模样，单纯的年轻母亲拽着懵懂的小胖妞儿，一副怯生生的窘态，躲在父亲身后不敢露面也不肯发言。

"怕什么，你这个调皮捣蛋鬼，还有你，平时话最多，怎么现在都成哑巴啦？"

父亲的诙谐引起安德丽娅和善可亲的欢颜。可在儿子心里，还有什么比父亲的幸福家庭生活更值得我关注的呢？我十分珍重这种横空而降的组合。

"这就是我写信介绍的家庭新成员，她是你刘妈，子怡过来，叫他哥哥。"

小妈咧嘴低头不作声，小家伙面无表情地朝我张着嘴巴，瞪大眼睛，抠手指头，真有点奇怪。

"刘妈，子怡小妹妹，以后我们就是一家人啦！"

女人又高又胖，年龄和我相仿，小女孩儿胆小呆萌，长得像个假小子。显而易见，小妈的智力有点儿让人怀疑，小妹妹才七岁，第一次见面，我从西装夹克口袋里抽出钱包，塞给她一张崭新的百元大钞票，她毫不客气地一把抓住，身后的母亲却毫不留情地一巴掌打在她的小手上，哇哇大哭的孩子让父亲在众目睽睽下丢了脸，于是，我又看见父亲那凶巴巴的表情，小时候忘不掉的冷酷记忆历历在目。以上一系列举动构成了我对这母女俩的初步认识。

"你好，很高兴见到你。"

安德莉娅热情礼貌地和我父亲握手寒暄。

"你好，我一辈子都没见过像您这样优雅艳丽的艺术家，多么不可思议，我居然有幸能认识您啊！我儿子一定是蒙祖上功德才碰到了桃花运，你们真是一对神仙眷侣啊！"

她和我手挽手、肩并肩，心心相依，我感到无比自豪。可是，当我不好意思地朝大家环顾时，这才发现了我的疏忽大意，威严的里希特爵士表情缄默地看看手表，似乎在提醒我们有记者的公众场合不宜久留。他含明隐迹的言行举止再次证明了德国人的民族高尚传统品格。

"爸，咱们回家后再天南地北地聊上一整晚吧。耽误各位的时间啦，抱歉。"

就这样，在人群护送下，我们坐车离开，直达东湖宾馆。我们先到东苑沁香斋餐厅，再下榻南山乙所宾馆，可刚进听涛景区警卫门，父亲突然坚持说，他和亲戚们要一起先回乡，为了庆祝我荣归故里提前布置了酒席，好迎接领导和外宾贵客。虽然我再三表示恳求，但每逢与父亲僵持不下时，我都是束手无策，采取折中意见。于是，在文艺联合界联谊活动高规格宴会暨中国巡演武汉记者见面会的现场，出席嘉宾中除了我那些多年未见的兄弟姐妹以外，别无其他家族长辈参与其中。我明白父亲是个宅心忠厚的守旧者，不愿在庙堂之上违反自己的身份和自由自在的纯朴本性。对此，我更加感到，我要向父辈学习真独简贵的自觉品格。

应酬一天后，里希特委婉巧妙地推辞了我建议的农家乐体验邀请，这样也好，不至于招呼不周，安德丽娅倒是不请自愿，我的一切对于她来说都是新鲜而有趣的。

多年未回武汉，我心里不知为何有一阵悲凉袭来，也许，人永远无法遗忘忧伤。那些穷苦日子，学生时代，打工岁月，那些一去不复返的时光，在我感情的苦难史中留下永不磨灭的青春印记。往事可与谁人说？再回首，已非少年，独徘徊，空悲切，远望青天近看楼。

从前到如今，命运的变迁让我感到时光是如此绵延起伏。岁月幽幽，追忆似水年华，冥思人生意义与世界本质，伴着心上人漫步在冬天温婉潋滟的梁子湖旁，踩着两行步调整齐的冰雪脚印，纵观天地间至善至美的景色，回响着磅礴浩渺的自由精神，荡漾在我们热情的幸福心灵里，天空布满烈焰般的火烧云，勾勒起童年回忆的画卷。

咸水味的晚风在耳畔呼呼吹过，黄昏绵柔细腻如德沃夏克浪漫小品，清新自然，纯朴典雅，博大的情怀蕴藉在我胸中，随着潮起潮落的变幻，领略道冲而用之不盈，渊兮似万物之宗。

粼粼碧波如丝如缕，绵绵不绝似有音乐活现，湖光霞影中，我无比疼爱地紧紧抱住美人，将她嵌入我温暖的怀里，彻底忘记宿命，忘记生死，融入激情之吻。

出席今晚团圆宴的亲戚乡友们都争先恐后地带着五花八门的礼物来我家做客，父亲引以为豪的乡村花园别墅让他们对形态各异的盆景树艺和室内装潢赞不绝口！父亲带他们参观，闪闪的大吊灯，波斯细密画地毯，价值不菲的沙发、书桌和精雕细刻的小酒柜，样样东西时髦富丽。隔壁健身房的出口通向专门设计的文化走廊，墙上有家族成员的历史照片和我的荣誉，亚沙·海菲茨演奏的柴可夫斯基小提琴协奏曲，像歌者叙述着漫长的生命进程，光亮的橡木地板铺到玻璃房观景阳台，这时，放眼望去，蓝色梁子湖像梦一样，与诗词古画中的山水田园遥相呼应。

今晚是元宵节，烟花爆竹响彻天际，热闹的人群散去后，李谱湾又回归到我心向往的雪夜秘境中。

太阳高举火炬从东方地平线慢步跑来，照亮这充满造物智慧的美丽故乡。多么欢快明亮的乡村雪景啊！我和安德丽娅发现，梁子湖的冰面厚度已坚固到可当作溜冰场啦！父亲兀自走在湖边，像寻找宝贝似的，从沙滩上捡起鹅卵石，学爷爷那样，朝远方甩臂猛抛，弧线随着加速度减弱而停止。我也试了下，竟然超越了父亲，安德丽娅努力尝试了几次也终于掌握了技巧，却不小心轻微扭疼了肩胛骨。我忙过去安慰她，父亲关怀备至地说家里有跌打药可消痛，让我快点开车送她回家，我们到村里刚一下车，父亲就急忙跑上楼取来神奇的药，这时候父亲发挥了他的手艺，一招推拿按摩，再施展舒筋活血巧法，让人大开眼界。结果表明，父亲果然用对了疗法，安德莉娅对他称赞不已。

家乡牵引我的乡愁，匆匆一别行千里。

我和父亲总是聚少离多！

翌日清晨，我们要启程离开了。

我上楼叩门，向安德丽娅问安，她的保镖们早已坐在门外大客厅的沙发上啃鸡腿抽烟了，刘妈和子怡还在打呼噜呢。我坐在阳台喝茶，边等安德丽娅起床边往下看，院内花园小树林里，给父亲递烟的村支书和伯伯正在讨论三农政策，他们说昔日种瓜播稻的田地长满野草，草地变成了林场，畅通的沥青乡道两边建起了楼房、畜牧公司、机床加工厂、茶厂，广袤的土地上，挖掘机和大卡车络绎不绝。这就是进步吗？我想不明白。但我希望，家乡美丽，农民富裕。

让我渐渐远离记忆的乡愁有家可归吧。我心里想，这次离别又要过多久才能重逢。安德丽娅素颜如玉，笑容满面地问我早安，她也许不知道我的忧愁，但她知道，每一天，我第一眼见到她都是我生命中最幸福的时刻。在那年冬天短暂的乡村恋爱时光中，我还记得那一刻，她像金色晨光照醒的小麋鹿欢欣雀跃撞进我的怀里。她开心地依偎着我，喃喃倾诉。

我记得她教我的法语历史典故，源自费尔南多二世与伊莎贝拉一世的爱情誓言。

哦，多么洁白柔嫩的颈部，她像睡莲般飘然落在我的右肩上。

清晨云雾缭绕，恍如仙境。我们已来不及再次访问晨雾缭绕的蓝色梦之湖。上车之前，考虑到避免当众炫富有失德行，在后院可见度微弱的厨房里，我单独将一张五十万元的银行卡硬塞给了父亲。我告诉他，那些年，我凭借上海政、商、文艺界的人脉掌握了洋酒贸易、投资和理财之道，积累了市值千万元的总资产，然而，财富追求永远无法代替我的艺术梦想。

带着离愁和憧憬驶向人生之路，我挥一挥手，再次告别耳顺之年的父亲，告别了家乡。

很快，当天下午过后，我们在琴台剧院的最后一场古典音乐会即将开始，主办方是音乐家协会、钢琴发展委员会，还有国际大品牌赞助商，节目包括舒伯特的《小夜曲》《夜与梦》，舒曼声乐套曲《在异地》，普契尼歌剧《托斯卡》曲目《奇妙的和谐》。指定使用钢琴的音板和键盘都是亚洲的精良木材。因此，担任钢琴伴奏的演奏家安德丽娅乐于接受合作邀约，当然，最有力推动音乐会巡演的主角，无疑是德国赫赫有名的音乐指挥家荷兰斯泰因爵士，他们两位艺术家极具影响力，提高了我的名气。

巡演下一站，飞机到达香港国际机场后，我们受到热烈欢迎。这次行程让我颇感荣幸的是又一次遇见卢本善前辈。这并非偶然，而是早有安排。立春之前，签约公司董事会与安德丽娅的环球唱片公司，以及柏林爱乐乐团就已经协议，决定聘请卢先生加入我们的亚洲巡演。

我从未获得过如此超出想象的荣誉！当我走上香港文化中心音乐厅台前，向千千万万观众鞠躬致敬时，我仿佛看见我的艺术家生涯，往后在亚太金砖国家和欧盟各国与众多明星进行合演的历史性光辉时刻。

伴随立夏的到来，我们在东南亚各个首都剧院的巡回演出结束了。告别仪式后，里希特和乐团在欢送中乘机飞回了德国。他们有事在身，走得很匆忙，准备回国在久负盛名的霍亨索伦古堡表演勃拉姆斯、德沃夏克及贝多芬的交响乐。值得回味的是，在大阪机场送别友人时，爵士真诚希望不久后能在德国与我再次合作演出。我表示感谢与祝福。后来，这个愿望真的实现了，但那却是我之后带着爱情破碎的绝望和悲痛，转移事业发展根据地，独自旅居欧洲的漂泊人生。

回想我曾远渡重洋在异国他乡漂泊五载，在欧美洲如诗如歌的艺术生涯岁月里，幸福和爱情都抛弃我的悲惨命运啊！只有音乐能将我从无尽的悲观中拯救出来。然而，我不能就此沉沦，什么样的对手我还没挑战过！来吧，苦难，不要手下留情，你有多么厉害就尽管让我领教吧！我要化悲痛为力量，只要一息尚存，就坚决战斗到底！如果有谁问我，究竟是什么力量不断激励我奋斗不息。相信吧，我的崇高心灵思想和精神灵魂信念，是古典浪漫音乐的艺术哲学！

事情永远如此，幸福短暂，痛苦常在。

改变我命运的原因，要从我和安德丽娅的北京生活讲起。

北京是我的艺术和爱情生活的中心，是中国文化之都，是文学艺术和民族历史建筑的世界博物馆。

安德丽娅对京城的历史文化表现出惊人的热情，她每天都要约我到处看。从故宫博物院到国家博物馆，从中国美术馆到颐和园，从钓鱼台国宾馆到北戴河，她总能够保持精力充沛，体验古代名胜和京剧书法，以及驰名中外的京味传统美食。那是我们在中国度过的最快乐的恋爱时光，将幸福推向顶点的是一场盛大的开幕式。在演出名单中，我与安德丽娅作为导演钦点的黄金搭档，首次携手登台亮相面对全世界的观众并大放光彩！这实现了我成为中国著名歌唱家的梦想，也让全世界的电视观众认识了惊艳无比的法国钢琴家安德丽娅，从此，如圣女般的天才少女形象深入人心，她将因此而特别受到中国音乐迷与媒体巨头的广泛关注，包括我与她展现在世人眼里郎才女貌的亲密关系，也引起了她父亲的直接介入。

　　我仍然享受着与安德丽娅在北京的幸福生活，没有烦恼、没有干扰、没有秘密，一切都是朝着有情人终成眷属的必然结果发展。但，只有一个关键人物对我们的热恋状况所采取的折中保守态度让我忧心忡忡。那是孔世德邀请我和安德丽娅到法国表演的晚上，正式书面邀请是孔世德写给我的亲笔信函，那一天后，从此改变了我的命运。

　　法国人和中国人一样，喜欢在餐桌前招待自己的朋友和爱人。我和安德莉娅一行人乘国际航班到达法国后受到东道主的盛情款待。

　　走进世界著名红酒法定产区波尔多一座孔世德家族的百年庄园，两国艺术家和商界精英坐在古典奢华的别墅里亲切融洽地交流。主厨穆勒先生精挑细做的法式经典菜，勃艮第红酒烩牛肉、香煎扇贝、鹅肝佐南瓜泥和芦笋、法式焗蜗牛、煎龙虾肉、鱼子酱蒸蛋、沙拉、火腿面包、黑巧克力牛奶抹茶和孔世德亲自从酒窖甄选的陈年瑟洛斯特酒庄香槟，让我们私人之间的首次接触变得轻松友好。其间，无任何迹象表明他的态度和目的。这反而使我察觉到自己内心的忐忑不安。一个精明能干的实业家，究竟是如何思考问题又不露声色的呢？后来我才知道。

　　在我不平坦的人生中，即将招致命运滑铁卢之前的半年光景里，生活仍然像从前那样，我一面广结善缘，一面勤于演出，还不忘大秀恩爱，人生真是春风得意！那时，不计其数的圈外名人和行内艺术家都是我的家中常客。那时，我的人生堪称穷人翻身的奇迹！从一贫如洗的工厂实习生到初出茅庐的乐坛新秀，再到蜚声中外的艺术家。从小到大，这一路艰难走过，拼尽全力才感受到穷人永远无法想象的富人生活，我也终于拥有了这一切，并投资一千八百万元，在温榆河畔中央别墅区购买房产作为快乐大本营，与众多演艺界明星聚会。

　　同时，长安俱乐部与前门23号院的名流商绅交际圈组成了我的高层外部生活，与此相反的内部精神活动却忽略了依仁游艺的修行。

我又一次感到人无完人的缺失和局限。

我曾试图将心灵的矛盾转移到艺术情操与社会理想中去寻求平衡，但在这段重塑自我人格的风华岁月里，我又一次经历了理想与爱情的心灵放逐。

2009 年，我和安德莉娅应邀参观国庆节阅兵典礼。

我们高兴地仰望蓝天，英雄编队威武壮观地飞过天安门广场。

雄赳赳气昂昂的大阅兵阵势威风凛凛，中国向世界展现出一个热爱和平的大国形象，令全国各族同胞无不感到骄傲欢腾！此时，祖国的梦想与我的理想熔为一炉，犹如国庆焰火晚会，在我豪情万丈的精神崇拜中闪耀着无上的荣光。

党和国家领导人同十万群众共度盛世繁华之夜。

华丽炫目的人群中，我和安德丽娅形影相随。这是我有生以来与安德丽娅在中国共度的最盛大的节日。

五彩绚烂的礼花腾空而起，名为"世纪颂歌""东方之光""祖国颂"等新式礼花，从天安门广场等十一个燃放点绽放。由"贺神州普天同庆""吟中华流光溢彩""颂祖国万众欢腾"三个部分组成的大型文艺演出，在金水桥中心表演区进行。来自全国各地的一万多名演员，从东到西，首尾相接，行进表演，在天安门广场上的九个联欢区里，工人、农民、大学生、机关干部和少数民族运动员一起翩翩起舞，欢声笑语与绚丽多姿的礼花一起升腾在广场上空。天安门广场成为一个欢乐的海洋，晚上十点，国庆联欢晚会在满怀憧憬的热情祝福中宣布圆满结束。

经历这段生活以后，很快，新年在我祝福祖国万世繁荣昌盛不衰的最崇高敬意中到来了。

与此同时，安德丽娅的中国之行也将要告一段落。

2010年，希腊债务危机引发欧洲经济萧条，孔世德家族企业破产，安德莉娅应召回国。

夜里，安德丽娅坐车来到我的家中安慰我，并请求原谅。我永难忘记她悲伤的眼泪，那是我记忆中第一次见她哭泣。她吻我，向上帝发誓，信誓旦旦地保证她爱我，她永远只属于我，并且一定会经常见面。我有生以来从未感到，纯真爱情的幸福梦想是如此让人受尽时空与心灵的痛苦折磨！

她甜蜜而忧伤地和我相拥，站在凄暗的房间窗边，靠着墙默默无语，观望屋外又一年冬至萧瑟的迹象。天上的星星和月亮杳无踪影，四周万籁俱寂，今夜将是我们在相爱一生的人生剧本中续写命运诗篇的断章。

我每天忧心忡忡，打电话鼓舞她，三番五次请她接受我的资助帮她渡过难关，可被她婉言谢绝了，我很难过。我知道，事情没那么简单，她一定另有隐情。思念和忧愁带给我深重的精神苦难！

安德丽娅飞回法国以后，很长的岁月里，我依旧在繁忙的艺术演出事业中与她保持着热切的电话与邮信联系。那时，爱情的美好希望是支撑我度过相思长夜的信心支柱。但好梦不长，一切很快将要幻灭，厄运时常在毫无防范下突然来袭，让我猝不及防。

过了许久，我竟然再也无法联系上我心爱的小姑娘安德莉娅！到底是怎么回事？谁能告诉我！

这让我整日焦虑、抑郁，爱人音讯全无，我的世界漆黑荒凉！在那无数个意志消沉的失眠之夜，眼泪和回忆渐渐淹没了希望。

破碎的生活七零八乱，事业进取心一蹶不振，我像一具行尸走肉整日借酒消愁，完全丧失了人生的意义。

没人知道我是多么肝肠寸断！突如其来的不明状况将我们的异国恋

情无限期分离，世上哪有热恋中的情侣像我们这样难舍难分啊！孤单和忧伤无法形容。

佳人一去无归期，彷徨落寞独徘徊。

长夜漫漫忆往昔，遥望天涯盼佳音。

在我最悲痛的感情低谷期，我很感谢一直陪伴我、鼓励我的良师益友，是他们将我从恶性循环的深渊中拉回现实，拯救了我绝望厌世的精神危机。

然而，更巨大的痛苦接踵而来！

直到某一天，孔世德寄给我一封信。

2010年北京两会召开。来自全国各地的政协委员中，有许多文艺、体育界代表，这时候，兢兢业业、笔底波澜的记者们争先恐后采访他们，直播会场。自美声大赛到今日以来，我第二次走进人民大会堂，怀抱崇敬的自豪感，我的心情无比激动。作为一名艺术家、全国政协委员，我爱我的祖国，忠于人民。带着千千万万个文艺工作者的心声和我为国计民生建言献策的议案提案，庄重步入会场，向媒体记者挥手问好。

2009年以来，中国文联及下属文联十一个文艺家协会开展的"送欢乐，下基层"活动遍布全国多个省市，涉及受灾群众、下岗职工、矿场工人、进城农民工、贫困大学生、艾滋病患者等，直接受益群众六百多万人。中国文联党组副书记宣读了《中国文联关于表彰参加活动文艺工作者的决定》。趁此机会，来自全国各地的文艺界代表也交流起提案内容。

在全国文化大发展、大繁荣背景下，我除了一如既往呼吁为志愿者立法以外，还提出了关于加大青少年歌曲创作引导力度的建议。我希望政府出台政策，鼓励词曲作者能够创作出更多脍炙人口且适合青少年的歌曲。

来自各省和港澳台地区的两会代表团，主要下榻于北京饭店、贵宾楼饭店和首都饭店。权叔和唐鼎革等上海代表住在东长安街 33 号，他们将在明早八点半从首都机场返回。当天晚上，我们一群知音雅士重聚一堂，这里是一处古老庄严的建筑群大院。唐先生在国内的社会活动十分活跃，他也是一个名副其实的美食家，因此，我们采纳了他的提议，选择到这里举行活动。他说，院内汇聚了享誉世界的餐饮品牌，有日式料理、西班牙餐厅、屋顶酒吧、米其林二星级意大利餐厅、布鲁宫法餐厅、百达翡丽中国区旗舰店、苏格兰卡杜酒厂北京尊尼获加洋酒商务会所、私人艺术馆、蓝调俱乐部。它东邻市公安局，西朝正阳门，坐东交民巷之北，南朝铁道部科技馆。置身其中仿佛来到欧洲，外宾尤其钟情这里。

我们走过中央草坪，进入三乐意大利浪漫餐厅，听他那丰富我们想象的话语，这座四合院式高端消费场所，按对称美学设计，建有五座新古典主义低层建筑，与天安门遥相呼应却又大相径庭，是一个所谓的神秘历史遗产。

世上有三个国家的饮食文化最出名，那就是中国、意大利、法国。我们都认为这里是北京独一无二的中西方文化生活混合体。外表个性十足的舞蹈家薛寒香主任尤其喜欢美食与古建筑，她说，许多明星和企业家都在这里活动。

我们有说有笑地进入餐厅时，迎面碰见一位熟人，我惊喜地认出来，恰巧就是中国对外友好协会会长李诗嫚女士。想起前不久在奥地利大使馆举行的人文与教育交流活动中，我通过弹唱德语艺术歌曲《春之梦》吸引了她的关注，并且曾有过愉快的一面之缘。此时此刻，她眼睛一亮，认出了我，主动礼貌地与我握手，谦逊温厚的风度让我倍感荣幸。我以朋友的名义向她致以亲切问候，我的同伴们也被她由内而外流露出的知性美感染了，彼此都融洽地互致敬意，使现场充满欢笑的乐趣。

这一次与李诗嫚会长见面又巩固了我们的友谊。

人逢逆境遭难多，最悲伤的打击也在这时降临。与荷兰斯泰因爵士和安德莉娅过从甚密的费保罗参赞先生专程探望我并递交孔世德阁下亲笔中文书信，字体工工整整简明扼要，正是这封信，给我的希望带来了致命一击，我的命运也随之改变。

信上大致内容说：尊敬的李怀恩先生，我不得不遗憾地告诉你真相，安德丽娅已嫁给了美国石油大亨，过上了幸福的家庭生活。我深表歉意，因为，这是我的决定！请你原谅我的苦衷，欧洲金融危机让我濒临破产，只有资本联姻才是拯救我们家族企业的唯一生路。我本不愿如此，但这一切有因果论决定。

命运的晴天霹雳无情粉碎了我的梦。我不相信自己的眼睛，又反复重读，直到眼泪骤然流下，手抖得不能自己，悲恨、绝望、沉痛，在我内心斗争、裂变！犹如背叛的刺刀屠杀爱情的奴隶。我浑身一阵瘫软，双膝跪倒在地，咆哮如猛兽！把来访者吓得退避三舍。

我哭成了一尊石像。

我似乎已彻底失败了，难道我此生真的就这样输给了命运？我曾无数遍质问上天。不！我绝不能沉沦！不到最后一刻绝不认输，我要坚强不屈地始终怀抱希望，坚信光明必将战胜黑暗，必将匡复真理！

在我陷入极度忧伤的孤独状态，心灵乌托邦与现实理想的虚暗冲荡着荒寂之夜。现在，我该做何打算呢？面对突如其来的绝境和颓靡不振的艺术生涯，我今后该如何生活呢？想起我曾经的爱人安德丽娅成了别人的夫人，在我最需要她的时候却成了我最不愿再见到的叛徒，我孤独的思念之心啊，你为什么却又想远渡重洋与爱人鹊桥相会？但我的自尊心绝不愿遭受侮辱！我已无心向往祖国的无限美好河山，不再有任何值得我留恋往昔幸福生活的幻影。

"我想去欧洲发展艺术事业！"酝酿成熟的念头终于开始付诸行动。

我想离开这个满是爱情回忆的家乡，独自漂泊异国他乡，追求更广阔的人生。

哪里有什么山盟海誓经得住命运的放逐！可是我要到哪里去呢？我恨那背信弃义的叛徒和情敌，断然不想去美国。如果侨居欧洲恐怕要移民欧盟国家，终生过着无亲无故的海外漂泊生活了，不，绝不能！我永远不会背弃国籍！可是去哪儿呢？我的境遇就像普希金的哀伤：人们的命运到处都是一样，凡是有着幸福的地方，那儿早就有人在守卫。

到处都一样，让我感到举步维艰且无依无靠。在那清风明月的夜晚，我缓慢柔和地打开钢琴翻盖，如诗如梦般自我陶醉地怅然弹奏，伴以沉稳通透的幽美抒情艺术歌曲，在我孜孜以求的往昔回忆中，音乐的沉郁承载着悲惨年华，如今已是而立之年，人生如梦，不堪回首。唯有诗意的咏叹调和空幽情境的自然交融，着墨于文心艺魂的无上华章，俗尘往事如静影沉璧历历在目。我满怀思念，寄乡愁于华星秋月的天籁之中，追忆爱情的荼蘼一梦，轻弹咏唱，泓峥萧瑟，置身事外，不觉时运不济。

满腔壮志未酬，爱情、事业的双重打击让我悲从中来，胸中蕴藉诗句不忍卒读：

> 夜未央，
>
> 人未眠，
>
> 露台花园独徘徊。
>
> 京郊夜阑风薰薰，
>
> 十五月下百虫吟。
>
> 四季更迭如白驹过隙，
>
> 朝朝暮暮还看此时。

望天涯，情为何？煮相思，空饮泪。问君能有几多愁？举杯邀月咏宋词：

> 世事一场大梦，
> 人生几度秋凉。
> 夜来风叶已鸣廊，
> 看取眉头鬓上。
> 酒贱常愁客少，
> 月明多被云妨。
> 中秋谁与共孤光，
> 把盏凄然北望。

一宿未眠，殚精竭虑。黎明时分，晨光熹微。温榆河畔又开始了秋分中最温婉怡人的短暂时光。我疲倦地撩起头发，扣齐衬衫纽扣，将威士忌酒杯搁下，头脑晕沉沉地从卧式沙发上起身，打哈欠、伸懒腰，放松浑身酸痛的肌肉和僵痛的骨骼，深呼吸清新空气，饮杯矿泉水，又顿觉活力四射。

日出东方，天刚亮。这时，我闻到热红酒和惠灵顿牛排的气味，一定是家政工侯文静大姐在为我准备早餐。这位相貌平平却勤快朴实的贵州人是我居家生活的读友。记得我在上海成名后买了一栋别墅，急需一位人品和学识各方面都值得我赏识和信任的家政保姆担当我的生活管家，我通过熟人介绍，毫不犹豫就聘请了她，并办理六险一金，月薪八千元，包食宿。她擅长煎制各式牛排，热爱阅读，简单的个性让我感觉很满意。我待她仁礼存心，虽在合同形式上是雇佣关系，但我们彼此尊重，相处和乐，在职责和义务的基本原则上没有藩篱。她和七岁的女儿都住我家一楼的客房，我住二楼的卧室，我们像一家人同住共餐。小孩子乖巧，校车一送她到家就帮妈妈做家务活，为了杜绝她不劳而获的观念，做一小时家务活儿支付她二十元是我用心良苦培养她自力更生的奖励措施。联想自己幼年临帖学书的经历，我把传授书法技艺的心愿交给了小姑娘，我反而成了侯姐的家庭教师，在那段居家岁月里，我每天手把手教她握毛笔练字，先从偏旁部首开始学习基本功，蘸墨水照田字格写楷体字，逐渐进步，再摹写柳公权《玄秘塔碑》描临本，苦下一年功夫，她就荣获了上海小学生书法比赛第一名。这之后，我与安德丽娅迁居北京，为了爱情，我决定投资温榆河畔别墅，在那里建立避世绝尘的二人世界。因此，侯姐母女俩就随我改换新环境，体验新生活。

在那段星前月下的隐居生活回忆里，我还会想起爱情最美丽的影像。

带着爱情的死灵魂和艺术生涯的孤独悲伤，我将在异国他乡的漂泊岁月里，深深怀念我耄耋之年的父亲和亲爱的祖国。

办理完资产转移和签证入境程序以后，我已准备好出国事宜。行动前，我还有一事未了。那就是侯姐和小薇的生活安排。

"先生，晚餐做好了。"

侯姐的声音充满哀愁。

"谢谢，昨晚你为我盖被，我睡得很温暖，谢谢你这些年来对我的默默照顾，侯姐。"

"不客气，昨晚风清月冷，我看您望月怀远，郁郁寡欢，一定是睹物思人吧？我担心您着凉了，又不便打搅您的清静，就一直守望着，等您睡着了再轻轻走过去，把薄毯披在您身上。先生，您不必如此颓丧，我和小薇都对您感恩戴德，我们就是您的家人，您永远都是我们心中屹立不倒的偶像。我知道，您还是为了安德丽娅小姐每日每夜伤心不已，但请您振作起来，一切都只是暂时的忍耐，一切失去的都将十倍偿还您，相信吧，生活从不欺骗热爱它的人！"

"日久见人心，患难见真情。在我最迷茫的人生至暗时刻，你的鼓励是我重建信心的动力。我真舍不得留下你们，独自去海外开创新事业，但我无法带上你们。希望你们生活快乐。临走之前，我可以拜托你一件事吗？"

"先生，您尽管说。能为您分忧是我最大的心愿。"

"请坐下，侯姐。小薇，乖孩子，咱们一起享用这顿最后的晚餐吧。"

"谢谢李叔叔。"

"侯姐，我此番远去欧洲不知何年回国，也许五年、十年，谁知道呢？但我们还会再见。我信任你，所以，我这栋别墅和两辆轿车，一共价值两千五百万元的不动产和动产全权交由你代管。包括物业费、产权税、车险、水电费，你的工资、小薇的学费，这一切支出都由我承担。我会委托银行从我账户的专项资金中，按月准时转账到你的银行卡里，保障你们生活无忧。这是我衷心的祝愿。"

她感动得支支吾吾难以言表，在我的引导和嘱咐下，她真心诚意接受了我的馈赠，虽然很难过，但又无法选择，这就是我的命运啊！说再见时，她们泪流满面的不舍之情让我终生难忘。

权叔开车来接我去机场那一刻，我又强颜欢笑地回头望了望，她们仍然站在宅院门外向我痛哭着挥手告别。

再见吧，我的祖国！

再见吧，我的父亲！

我爱你们，我的朋友们！

再见啦……

第十八章

在德国的日子

九月初九，在祖国金九银十的季节里，我却忧患余生。

在明斯克市短暂旅居几日，我便雄心勃勃地轻装西行而去。

第一次侨居国外很不习惯，时差、饮食、语言、货币、酒店住宿，这些入乡随俗的文化体验过程孤立了我的存在感。

我向往德国。

那里是音乐的乌托邦。贝多芬、巴赫、勃拉姆斯、施特劳斯、瓦格纳、海顿、莫扎特、卡拉扬、舒曼、舒伯特、亨德尔……这些伟大的天才是我从小崇拜的偶像。

那里是哲学的理想国。康德、尼采、马克思、黑格尔、莱布尼茨、叔本华、海德格尔、维特根斯坦、弗洛伊德举世闻名。

那里是科学艺术名人影响力最大的智慧国度。

收拾好行李，我即将独自从明斯克国家机场飞往柏林，开启我孤独悲伤的艺术家旅欧生涯。

航程遥远，回想出国前的烦琐事务，在签证和资产转移上，我要感谢给我关照的李诗嫚会长。人脉是通往成功的捷径。不出三天，她就轻而易举地解决了我的麻烦。我还从他们的经验中学会了资产配置，利用国际金融业务关系联络柏林会计师事务所，从我的银行账户转移五千万元金融资产和五千万元本金存进瑞士冯托贝尔银行。完成规划的当天，李诗嫚、唐鼎革、权叔等人在丽思卡尔顿酒店为我举行饯行仪式，天气晴朗，首都机场飞往上海虹桥机场的旅程中，我梦见往昔在上海和平饭店八角大厅美丽的玻璃穹顶下约见安德丽娅的动情回忆，她迷人的身影和快乐的声音仿佛在召唤我，爱情就像那虚无缥缈的梦境，在我的内心渐渐笼上夜色。当晚，在权叔的邀请下，当年出席我三十岁生日晚宴的文艺界良师诤友悉数到齐，除了丽娜小姐、卢本善先生与荷兰斯泰因爵士之外，昔日友人又齐聚外滩洋房餐厅，畅快叙旧。同样的地点和人物，还有同样的感动，所不同的却是，今朝一别又不知何年重逢。

我慨然幽叹，联想那逝去的异国恋情与上海旧时光，竟然怆然独唱抒情咏叹调《我仿佛在花丛中》……

权叔知人善解，见我不快，举杯豪唱一首《松花江上》。气氛因而格外活跃。我们轮流表演，柳长卿唱歌，隋斓玲独奏小提琴，薛寒香翩跹起舞。

我们一如从前，群贤毕至，各显所长。最后，唐鼎革别出心裁地提议，由卢本善、权叔与我组成三大男高音演唱《蝴蝶夫人》咏叹调《不要忘记我》。

直到餐厅打烊，我们才意犹未尽地散席。

那真是我此生最怀念的回忆。

我即将孤身一人远渡重洋。当我在地球另一边思念祖国和亲友时，我的艺术理想和人生信念会因那消逝的幸福时光而变得更加崇高和坚定！

德国的航程承载着我的希望穿越白俄罗斯，在阳光灿烂的云雾之巅，我生而有翼，自由不羁。

一个人只有知道他从哪里来，才知道到哪里去。

无论身在何方，我心归处是吾乡。

至此，我的人生翻开了国外生活的新篇章。

时间的魔力像梦幻火车将我带入柏林圣诞节。

这已经是我在德国生活的第二年了。期间，我的房产投资和歌剧巡演都很顺利，这主要归功于里希特的鼎力支持与引荐。他是我的投资理财顾问和艺术指导老师，反过来，我也是他不可或缺的艺术合作伙伴，我们彼此取长补短，互利双赢，他的音乐家身份直接将我推进德国上流社会。

刚进入一个保守传统的上流交际圈，自然要显示出雄厚的资本、人格魅力以及艺术价值。在德国，这是我艺术家生涯的关键时期。

在中德文化交流圈子里，里希特又引荐我认识了德国华侨公共外交协会秘书长刘秉衡先生。原来，刘秘书也是李诗嫚的莫逆之交。听我一席爱国思乡的肺腑之言，又感同胞之情，我自然又交上了一位道义之交。

生活到哪里都不容易。

多么艰难的岁月啊！我再也经不起一波三折的摧残。还有什么比平静的生活更珍贵？我已筋疲力尽，心灵饱受磨难，艺术是我的精神家乡。我心无旁骛地追求艺术。

我问我的灵魂，在我内心最深处那个迷失的我为什么还无法完全得到精神的安宁？

德国的冬天，仿佛庄严弥撒施恩我的心灵。

德国的纬度与我国东北地区相当。南靠阿尔卑斯山脉，北临北海，属温带大陆性气候。当我国刚进入秋雨绵绵的霜降时令，德国已被雪花装扮成一个冬天的童话世界。

就在这一年，环球唱片公司签了我的欧洲巡演合同，每天，我的工作行程表被安排得满满的，新闻见面会和商业活动也紧锣密鼓地准备，业余还要兼顾理财投资业务，根本无暇享受安逸，更别提个人感情的空虚状况，我的热情都献给了舞台，在规律的时间中蹉跎年华。

不知不觉，我竟然忘记了，这三年来，早已嫁给美国富豪的安德丽娅，曾经让我肝肠寸断。

如果痛苦是鞭策我上进的动力，那么孤独就是我对抗庸俗的武器。最高尚的艺术精神，是人通过修养品德达到心灵幸福的人生或审美理想。

幸运像彩虹闪耀我孤独的心灵花园。

一天，荷兰斯泰因爵士致电告诉我说，我与柏林爱乐乐团正式受到普鲁士亲王殿下邀请，出演霍亨索伦皇室古堡文艺沙龙晚宴暨欧洲名人慈善基金古典音乐会，霍亨索伦亲王殿下特意交代爵士说，他希望能邀请中国艺术家李怀恩担任首席男高音。多么振奋人心的消息啊！

根据《企鹅唱片指南》的企鹅评鉴三星带花典藏，爵士先生与我经过一天的斟酌后选定了歌剧节目单，按照亲王的意愿，我们将采用管弦乐合奏与美声独唱两种形式的音乐表演。作为一名旅欧华人音乐家，理所当然要掌握德国的历史和文化知识，众所周知，现任霍亨索伦家族首领人物不仅是普鲁士王子，名义上还是德意志帝国皇位继承人。由于欧洲皇室古老的联姻历史，许多王族血脉都是亲戚关系，霍亨索伦亲王还是英国王位的第212顺位继承人。可想而知，这是一场尊享贵族荣誉的艺术盛会。因此，我们都知道充分准备和最佳状态是确保表演完美的关键。毋庸置疑，爵士乃音乐指挥大师，我在环球唱片公司出版的专辑获得过最佳古典声乐独唱格莱美奖，凭此殊荣，在柏林，我当然是个知名歌唱家，足以证明在求索人生理想的道路上，我的音乐才华，已造诣高深。最终达到无我的修为境界是我的艺术理想。这场演出与上流社会阶层对我的隆重礼遇，标志着我的音乐人生即将进入世界巡演时代。

清晨的皑皑白雪像天使般庄静圣洁，古朴幽美的克罗尼阿尔森别墅区洋溢着华贵浪漫的文化底蕴。沿着大万湖街那一座座掩映在树林里的豪宅和历史遗迹，一路经过普鲁士国王腓特烈·威廉二世与情妇幽会的孔雀岛，我与爵士又开始像往常一样晨练跑步。那些在圣马丁节期间就已装饰一新，准备庆祝基督降临节的德式古典建筑中，画家马克斯·利伯曼博物馆与气派的玛里尔纪念馆和爱因斯坦故居，虔诚肃穆地呈现在当代。

我们出席霍亨索伦家族古堡演出的时间定在今晚六点。慈善音乐会开始前，我想略述德国富人阶层的生活，以供读者参考。

今天是我在六年漂泊生涯中旅居德国的日子，在柏林西南部万湖区投资住宅以来度过的第三个圣诞节。我的心情格外美丽！我们跑步到湖滨沙滩时停下，漫步。

在万湖居住，不但有机会结识富贾豪绅和名流巨子，更有许多优质地产。在这里能见到德国最高级的轿车，家家户户既有保时捷、奔驰、劳斯莱斯，也有帆船、太阳能筏和游轮。赏心悦目的风景和奢侈名贵的文化生活赋予万湖生活天堂之乐。比起我在上海北京的房产投资，若有更成功的住宅产权交易，那一定就是在这座西柏林孤岛上的万湖居住区。早在国内学习金融管理和经营理财产品时，我就读过《环球时报》记者写的一篇介绍德国富人区的文章，说这里的别墅区如何有名、如何升值、如何是理想的海外物业投资选择，当时我半信半疑，毕竟我未曾料到今日的命运变迁。往往，最不可能发生的事反而最让人惊讶，恰巧，因我与爵士的友谊，又验证这句论言并非子虚乌有。华商做生意把缘分看作幸运，因而倍加珍惜，实乃人生真性情啊！我在国外投资靠爵士指教也是命中注定的缘分呀！听他分析说，在柏林，豪华住宅只占整个市场的 3%，但在万湖却百分百都是豪华住宅，这里的住房每平方米售价在四千欧元以上，是柏林一些地区的四五倍，而租金的差距更大，有的甚至相差一百倍。近年来，由于俄罗斯等国的富翁看上这里，当地房屋价格还在攀升。于是，我果敢迅速出手抢占商机，经过慎重考虑与爵士的举贤荐能，我聘请了两位资深置业顾问与律师，为我调研欧元区经济发展对外招商引资环境，对我达成交易的风险进行评估。又经过我与地产商三番五次谈判，最终我孤注一掷，以 525 万欧元的成交价，成为万湖富人区一栋别墅住宅的业主。自我将资产转移瑞士银行以来，这次在德国投资巨款，是我的财富管理人生中最成功的一次资本冒险经历。多年以后，当我以双倍价格转手卖给俄国富商时，它以惊天动地的盈利证明了我最初的决定何其英明！以上所述内容是我的财产状况，这对于读者了解我在欧洲的经济与文化生活，可以起到清晰的认识作用。因为，经济能力是一个人从事艺术家生涯进而贡献社会的体现。

话又转回来，我晨练结束返回家后，在装潢典雅、陈设简约的音乐室，德国人周而复始的早餐又在我们面前出现，每天基本上都是面包、黄油香肠、鸡蛋、牛奶、咖啡，多亏我那人高马大又敦厚和蔼的保姆玛丽娜太太，我才挺过第一个月，回想起来，我很感谢她，太太不仅教我垃圾分类，还经常开开心心地纠正我的德语写作与口语，她像妈妈一样照顾我的饮食起居，久而久之，我已经习惯了有她的居家生活。玛丽娜太太在负责家政服务的同时也是我在德国的亲切朋友，总之，她很善良，没有美国人的滑稽、英国人的幽默和日本人的强迫症，反而更显得可爱，也许这就是我们相处融洽的原因吧。喝过玛丽娜为我们煮的热红酒后，爵士的司机就送他回家休息了。我们都住在万湖，爵士可是个亿万富翁！住宅比我的更有气派，就这样，圣诞夜在世界各国人民热情的期待中到来。

下午四点钟，我和爵士相约驾车开往霍亨索伦古堡。我全神贯注地开车跟着乐团车队一路缓缓前进，生怕在这人山人海的冰雪天气中发生任何一点交通意外而妨碍行程。

德国人在哲学、物理、音乐上创造了无数成绩。严谨的民族精神和古典自然的文化风景，是我选择旅居德国谋求艺术发展事业的初衷。在欧洲社会的宗教生活中，我能感受到理想的古典情怀和自由民主的文化生活。在我的骨子里，我崇尚正统高雅的传统荣誉，歌剧艺术就是如此，音乐改变了我的人生，在我独守道德情操，坚定志美行厉的不惑之年，向前是一条充满理想热情的康庄大道，那傲立云雾之巅，洗尽铅华，震古烁今的皇宫金门，迎接我们风光莅临。

霍亨索伦古堡是德国南部最著名的两大古建筑之一，它与巴伐利亚州新天鹅堡驰名世界，在影视和文学中被定义成美轮美奂的神圣色彩童话王国。

我们到了警卫岗正门，沿坡道盘旋而上。眺望城堡主楼，又是一道门，进入城堡需要经过好几层藏有夹道的坡道，映入我们眼帘的角亭和重重门禁像翻开列传篇章。在通向城堡的石路两旁，迎接游客的是左手持盾、右手持矛的石雕兵勇，露台城墙上耸立着霍亨索伦历代君主雕像，其中，著名的腓特烈二世令我肃然起敬，他象征着普鲁士帝国统一德意志的丰功伟绩。在视野开阔的庭院垛口是蔚为壮观的云雾，缭绕着雪峰和旷野上的芸芸众生，周围是茂密而肃穆的森林，俯仰之间，恍如君临天下。我们在此尽情将胜景收揽眼底，然而时间不等人，接待员无心游览且不时看手表，不时暗示我们，作为霍亨索伦家族现任首领的亲王殿下不希望他的特约嘉宾们怠慢。于是，我们加快脚步，踏着冰冷的路面径直走入内廷。这里的四角塔楼少了，取而代之的是哥特式的圆形塔和尖塔，雪雾与城堡交相呼应，雄伟庄严。

我们终于见到出门欢迎的亲王。按照爵士教导我的谨言慎行规矩，双方互致节日问候，并进行亲切友好的外交式礼仪，愉快而真诚的过程让我惊喜地发觉，原来亲王是一个幽默、谦虚且很懂音乐的老派绅士。他一身黑色西装，让我从心里觉得他像一位修道士，或是享有特权的天主教徒。他的目光直视我，并和蔼地与我握手，我用一口流利的德语回答他关于京剧与歌剧间的问题。我还在演讲仪式上说，殿下建立了一个在世界各地开展工作的慈善基金会，致力于帮助所有人过上健康而富有成效的生活，真乃功德无量的仁人君子，当为吾辈楷模。我愿为这份高尚的事业捐款一百万欧元，支持我们的艺术友情长存。他的回答直率而真诚，表现出非凡的魄力。我早已听闻，亲王具有巴伐利亚国王路德维希二世那样的艺术热忱，百闻不如一见，他确实是一个值得信任的正人君子，回应他的也必然是我的谦逊和敬佩。

霍亨索伦皇室古堡音乐会在金碧辉煌的伯爵大厅拉开序幕，第一场演出由荷兰斯泰因爵士指挥乐团合奏《维也纳森林的故事圆舞曲》。这首乐曲是小约翰·施特劳斯献给故乡的赞歌，作曲家别具匠心，在管弦乐队里破例运用奥地利民间乐器齐特尔琴，使乐曲具有浓厚乡土气息。随着百余听众鼓舞人心的掌声停止，一段缓慢序奏开始洋洋盈耳。两支圆号的旋律描绘了优美动人的风景，双簧管和单簧管流出抒情流畅的曲调，像是牧歌和角笛，钟声响起，使音乐增光添彩，大提琴缓缓奏出第一圆舞曲主题。大提琴音调浑厚，圆号美丽的牧歌和长笛玲珑的装饰音节构成一幅极美妙且色彩斑斓的音画，优雅华丽。齐特尔琴的加入，更丰富了浓厚的奥地利民族色彩。轻柔恬静，仿佛晨曦透过雾霭，照进维也纳森林，还伴随着鸟儿的婉转歌唱。

在水晶吊灯的光彩中，指挥家像赫伯特·冯·卡拉扬那样潇洒，他的指挥动作富有精炼独特之处，他左右手配合动势规律，表现起拍与收拍时，天资聪颖和悠扬风采，将作品的感染力与主观能动性融合得炉火纯青，仿佛让人身处气势磅礴的桂殿兰宫，而心神游离于林海雪原的维也纳森林幽秘仙境中。

第二场演出由我独唱浪漫轻歌剧《微笑国度》。

激情横溢的爵士指挥恢宏弦乐在大理石殿堂奏响。我英姿飒爽，高昂激扬咏唱着充满深情的通透歌声。乐曲故事叙述古代中国王子苏城和维也纳伯爵千金丽莎的恋爱悲剧。我用心灵去唱，将每个富有表现力的音符极其成熟优美地发挥到我尤其擅长悲剧色彩的文艺复兴式丰满充沛的音色中，爵士的震慑魅力和听众的庄重入神给我更自信的荣光。本剧打破轻歌剧以喜剧结尾，快乐收场的定律，音乐明显受到普契尼影响，在处理唱法时，我的高音区统一，在两个八度以上的整个音域里，所有音都能迸射出明亮晶莹的光辉，带有强烈的自然美感！

第三场演出是节奏自由、旋律有各种各样装饰、速度变化激烈，带有一定即兴式的古典主义交响乐《匈牙利舞曲第五号》。

乐曲奏完，又轮到我上台演唱。

第四场演出节目是我独唱歌剧《图兰朵》名曲《今夜无人入睡》。

第五场演出节目是爵士指挥乐团演奏莫扎特《G小调第四十首交响乐》的第一乐章。

最后一场演出节目是我演唱舒伯特的艺术歌曲《圣母颂》谨以此圣乐表达对节日的祝福。

音乐会从晚六点进行到晚八点结束。我在德国度过最难忘的新年春节晚会，在亲王隆重赠礼和答谢致辞，宣布正式进入晚宴时刻，在绅士名媛靓装出席中，我们开始祈祷，领享大自然馈赠的美酒佳肴，直到晚十点钟才完美散席。这场盛况空前的霍亨索伦古堡圣诞夜音乐会，因为首次由世界著名华人艺术家表演，而再现历史辉煌的传奇建筑，它将在今后的岁月里，随着我与亲王越来越密切的友谊，成为我艺术事业上的光荣传说。我在德国的演出重心也正式转入霍亨索伦古堡，它瑰丽雄伟的王者尊荣与我依附其世界历史文化价值，发挥古典音乐艺术演出而贡献的荣誉，将我的欧洲巡演广泛普及，名满天下。而作为促进中德两国艺术文化交流的歌唱家，我人生中最引以为傲的成就莫过于，我先是获得国际音乐家理事会授予的旅欧华人杰出艺术贡献奖，汉诺威国际艺术节最佳亚洲歌唱家表演奖，世界华人华侨联合会授予我的海外杰出艺术家奖章，国际青年音乐家理事会授予我的杰出青年艺术家成就奖。

2013年1月19日，在我当晚演唱《黄河颂》的石荷州，州长代表总统授予我"联邦十字勋章"和证书以及官方发出的总统信函，颁奖仪式和晚宴上，近百家当地和国际媒体记者来此采访我。出席贵宾有普鲁士亲王殿下，柏林爱乐乐团指挥家里希特·冯·荷兰斯泰因爵士，中国驻德意志联邦共和国大使馆外交官吴建英，德国华侨华人公共外交协会秘书长刘秉衡，还有正在访问德国观看我演出的李诗嫚会长，最让我感到惊喜的宾朋好友中，竟然出现了以权叔和柳长卿为代表人物的忘年之交，另外还有刚结束欧洲巡演的卢本善先生，这些许久未见的老朋友中，就差蔫导演来为我现场录制节目了。当全场爆发一阵热烈掌声后，州长在颁奖词中盛赞道："德国是古典音乐的故乡，而李怀恩先生则是当今古典音乐的奇才，他在艺术上的精深造诣已经深得德国人民的普遍喜爱，德国政府非常荣幸能够把这一崇高奖项颁发给——对中西方文化均做出杰出贡献的歌唱家李怀恩先生！"

而我则在获奖感言中表示：我非常荣幸地获得这一奖项，并将继续努力，为中西方文化与艺术做出新贡献。

接着，吴建英大使也上台致辞说："李怀恩是中国奉献给世界的礼物，我们为他取得的成就感到骄傲，也感谢德国政府和人民对中国艺术家的大力支持。祝愿石荷州中国音乐节获得圆满成功！"

这一时期的艺术家生涯是我不惑之年探索海外的光荣岁月。在我整个人生哲学的进取历程中，理想的寂暗夜空，永恒闪耀着艺术与爱情的不朽星光。那是我意志的信念，那是我的命运交响诗篇！

回归真理，充满虔诚而悲壮的人生情怀。反过来，我又将在现实与精神中争取完善的人生境界，赋予磅礴的音乐灵魂以更高尚的艺术理想。这是我追求幸福哲学的内心激情。

一个人只要有自由，就不能停止奋斗。

坚决与自己做斗争，从中不断否定原来的事物，对否定进行再否定，形成对最初肯定事物的高级发展，并且在此过程中辩证地抛弃消极因素，保留积极力量最终使得事物升级发展。为达目的，我必须让意志经受严格磨砺，筑起孤独和自律的防御工事，使心灵的隐居修道士囿于自我统一的纯洁品德中，笃定操守，以利剑般自由无畏的创造智慧和持之以恒的精神力量，来捍卫人生理想与生活信念！

这一时期，我的理性艺术人格和刚柔并济的儒雅相貌已臻于中正仁和之美。最显著的转变是我的长发已成为过去式，现在一头油光的左偏分短发，一横浓墨大写唇须和一副散光眼镜，就是我不惑之年的形像。

很明显，这是一个历尽沧桑岁月并从中自我雕刻的成熟稳重型男人，具备儒家慎独人品和基督教警醒意志，不悲不喜、不嗔不恚、从容不迫、泰然处事、气定神闲、虚怀若谷、待人有礼、生活有章。这样的我，唯独感情空虚，是本性浪潮爆发的闸口。

这时期就是我人格修养的新境界。融合音乐思想的感情之美，我的崇高艺术理想和人格精神，在悲苦的寂静心灵中如沐神光。我从未如此纯洁地感受到，我生命中充满慈悲与安宁的自由博爱觉悟。如果某天我实现载誉归国的梦想，此时的仁义之心便催生了我将来贡献中国贫困地区儿童教育慈善事业的志向和观念。我相信，总有一天我会漂洋过海，重新回到我念念不忘，永远热爱着的伟大祖国土地上。而那时，我将决定受洗皈依信仰，因为我相信我前世今生是为赎罪而生。家族苦难史和我的情感挫折经历，以及古典音乐的伤感都让我悲观地深信，我是原罪之身。

如果某天回到我的祖国，此生不再漂泊无依，娶妻生子，隐居一隅，敬老爱幼，过着幸福美满的家庭生活，那该有多好啊！然而一切都太难成真，在地球另一面的中国，我的老父亲现在每天都盼望着儿子回家，陪伴他的亲人只有刘妈母女俩。

一天又一天，一年又一年，春去秋来，光阴荏苒，我已在异国他乡生活五年了，父亲已是垂垂老矣，他本该饴含抱孙，安享清福，却要忍受骨肉分离之痛，我实在枉为人子！我既有不孝之罪，且又单子独立，我悲愧交集。漂泊岁月的艺术理想和生活追求，在征服命运、解放自由、开拓事业疆土的雄心壮志中，我拥有了荣华富贵的生活和享誉世界的功名，却远离祖国的温暖幸福，也饱受爱情的折磨。

我时常拷问我的心灵，即使我赢得了世界，却迷失了自己，人生又有什么意义呢？

难道我就这样过完我的一生？不，绝不！我不能忘本，我要回到祖国的怀抱，我要从爱情的悲痛中重新发现美好的未来。可我真的内心平静了吗？无人与我诉说愁肠。

在温暖舒适大书房的地毯上，唯有康拉德·格拉夫三角钢琴弹奏出的门德尔松第六首 G 小调旋律回应我清幽哀婉的冥想。

此时清晨，位于东半球的德国，气温最高五摄氏度。天空晴朗，南风二级，万湖别墅区的冰雪已悄悄融化，水面波光潋滟，度假游艇上的人们又恢复了往日的欢乐。在我隐居的克罗尼阿尔森街别墅四周，茂密而规整的针叶林间，缀满树冠的雾凇也准备告别冬天。

　　2014年1月20日这一天，多么安静啊，难得居家独处，若这会儿有签约唱片公司派经纪人来找我，洽谈歌剧院演唱事宜；或是我的私人理财规划师拎着一大包文件开车来拜访我，并商酌本人在冯托贝尔银行存款用于商业保险投资的决策方案；又或是地方税务局打来电话，通知我申报房产税，填写上涨到每年五千三百八十六欧元的纳税表，那我一定会疯掉，生气是在所难免。因此我将自己隔绝开来，不与外界联系，自私享受着隐士的清静，在绝对独立、完全自由的心灵书房里，时间的概念消失了，他人的概念从自我意识中排除，一切社会事物皆不存在，只有我本身才有意义，客观实体是精神外部的存在形式，而主观唯心的存在则是一个虔诚灵魂的道德内省。人到不惑之年，虽功成名就而不自恃，临波澜而不惊，处平淡而不躁，慎始慎终恪守静笃，并按照《礼记》付诸实践，以不懈追求，在至善至美的儒家理想中不断提高人格修为与生活智慧，这是我的人生进入唯心主义思辨哲学的真我状态。经历痛苦磨炼与激情岁月，生活赐予我的内心慈悲仁爱的感悟。仿佛阳光普照人间，溪谷间，大自然流淌的巴洛克弥撒音乐犹如降福经和撒那赞美诗。从外部世界转向心灵内部。寄情于艺，蕴藉隽永，怀真抱素，高情远致，一切就像无我之境，偌大一间温馨典雅的书房里，胡桃木书柜中陈列着左图右史，电脑桌上摆放着一杯玛丽娜刚煮好的热红酒和一个相框——小时候的我身穿背带短裤，与年轻的父亲手牵手的照片。晶莹剔透的雪景映入窗棂，白光反照出若明若暗的神秘画面，更加深了我的孤独感。

我望眼欲穿，凝视窗外，回忆生命中的那些四季景物和文心墨韵的光影，深感年华的虚无忧伤，往昔悲惨的童年情景历历在目，孙康映雪的校园时光一去不复返，家徒四壁的单亲贫苦日子和筚路蓝缕的青春岁月，充满辛酸却励志的父子生活和光荣梦想的激情，艺术生涯的社会锻炼，上海、北京名利场的浮沉往事，犹如一股融化的钢铁意志，注入我崇高的灵魂。

如今远在海外，孑然一身漂泊欧洲，思乡爱国的忠孝情义荡漾心怀。在跌宕起伏的命运征程中，还有那些令人感到惨痛悲凉的回忆！在我的内心，掺杂着爱与恨，浮现在我脑海里的纯真爱情和迷茫青春，还有道德与人性的斗争，为求名利而背叛仁义的罪恶，统统化身成魔鬼，纠缠我，审问我。时而胁迫我交出灵魂，时而疯狂嘲笑我的虔诚祈祷和忏悔，突然又向后消退。回忆的巨浪在思想的渊谷中冲荡着现实与幻想。伴随旋律和游移不定的调性，以及朦胧虚幻的意境，将我弹奏的《梦幻曲》带入无尽忧伤的心灵。

静止时空像心灵般荒凉，感慨人生，情愫暗涌。那些童年的田园诗风景，雪北香南的家国情怀，艺术理想的自我回归，凄清哀婉的爱情悲歌，追忆逝水年华，对幸福生活的无限向往，一段段人生经历的幽情逸韵，荒凉、虚无、沧桑，让我感慨万千！

我究竟为何会在追求人生的道路上越走越孤独？为了自由和荣誉吗？远离祖国和家园，失去原本幸福的一切，迷途不返吗？我何时才能从无尽的痛苦和迷茫中超然物外？我已经感到疲惫不堪，多么希望我这颗漂泊的心啊，寻找到我的另一半，从此有了家庭的归属，不再一个人流浪。

我试图停止漫无边际的胡思乱想，转移视线朝窗外望去，分解压抑和焦虑，好专心弹奏钢琴曲，陶冶情操。

屋外的太阳已爬上三竿，披在树上的雪衣和挂在屋檐下的冰凌正在进行有序地解散。我推开窗，面朝太阳深吸新鲜空气。冬天快要离开了，春天即将盛装归来，我梦想着那是我回到伟大祖国时看见的希望。

有了希望，才会相信，坚持就是信念，人活着要追求自由和幸福。

我振作起精神，恢复心态，平静地走出闭门修心的书房。

诚实勤俭又爱干净的玛丽娜太太，正在客厅里享受着她那一丝不苟的清洁劳动。

"打扰一下，玛丽娜夫人。请给我一杯热咖啡，不加糖和牛奶。"

"好的先生，你饿了吗？"

"不是很饿，谢谢你，随便做点午餐吧。"

"请稍等。"

说完，她就摘下保洁帽和围裙去盥洗室洗手了。

德国独立住宅在冬天采用地暖技术，欧洲发达国家人工昂贵，所以保温墙体屋面普及率远超美国。综合利用多种制热方式采暖是我这栋别墅智能设计巧妙所在，地下室设备间的存储油罐、燃油锅炉阀门控制装置、系统压力膨胀罐、热水储存罐，这些机器的日常检查和维修由物业公司的水电工负责处理，屋面安装太阳能集热板，内部热传导介质是低毒性的，通过含有热量的丙二醇溶液循环，在换热水存储罐中释放热量，这些来自太阳能的热量，再配合燃油锅炉产生的热量，将存储罐中的水加热，这些热水用于地板采暖和提供生活热水。

我洗把脸，梳好头发，立刻变得神清气爽。不一会儿，玛丽娜从厨房端来两份拼盘，这是地道的德国快餐，土豆和沙拉加上几块熟牛肉，还有意大利面。她每天餐前必做祈祷，等她睁开眼朝我微笑，我们就开始不声不响优雅地共进午餐。

咖啡时间在德国一台每日新闻播放前结束。玛丽娜继续清洁，我独自坐在沙发上，无聊地烟抽，这是我一天中抽的第三支烟了，多年来我坚持约束自己，每天的抽烟量控制在十根以内，几乎从未犯规，但我没想过有什么必要非戒烟不可，抽烟能给我的空虚寂寞带来灵感。其实我对抽烟的需要只是一种忧郁的安慰。外国烟盒可没有中国的那么精美，特别是泰国和欧美国家的烟味品质，对中国烟民而言，真是单调得要命。

像往常一样，我打开电视机，收看德国的每日新闻。正当这时，我的手机铃声响了。

"下午好，先生。"

"下午好，朋友，你在家吗？"

"是的，在家里，就像一个不折不扣的隐士。"

"这听着多么孤单呀，但我想你今天会有一个特别的惊喜。我家刚来了一位纽约客人，或许你们早就该见面了。"

"真的吗？何许人也？"

"哦，啊哈，我很想如实相告，一吐为快，可惜对方要求，见面前须保留访客身份。"

"这太有意思了，平淡日子里的一位神秘访客，会是谁呢？我恭候大驾。"

"那么，我们一会儿见吧。"

"抱歉，玛丽娜夫人，我想请你把门口铺上地毯，还要准备热咖啡，一会儿我要接待两位贵宾，可以麻烦你吗？"

"没问题，很快就好啦。你需要换正式点的着装吗？先生。"

"好建议，谢谢。"

来者究竟是何人呢？我心里琢磨着，大约半小时过后，随着汽车碾压雪地的声音传来，门铃响了，首先出现的是爵士。

他身披黑色长款羊绒大衣，像一个谦虚而端庄的政客，向我表示贵族脱帽礼。屋里很暖和，他说着感谢的话，将外衣、帽子、围巾、手套递给主动亲切的玛丽娜挂起来，我热情地拥抱他。

"很高兴见到你，我的老朋友。"

"我也是，阁下请坐。"

"请在我的咖啡里加点爱尔兰威士忌，谢谢女士。请容许我让阁下见一位客人，你猜我把谁给带来了？啊哈，你永远也猜不到。"

"我猜你把福音带到我这儿来了！"

"那是我的荣幸，愿主赐福你。我带来的是一位美丽的天使！你一定会非常激动！"

他说完走过去开门，我肃然起敬地盼望着隐约的身影，从车上出现的神秘嘉宾是一位女士，她似乎从很遥远的梦中向我一步步走过来，爵士默然微笑退到一旁，玛丽娜镇定自若地站在我右边，随时准备迎客，他们都很高兴，但我却莫名感到一阵强烈的激流涌上心头，浑身不自觉战栗不止，这时，我看到一位窈窕端庄的年轻女士，她身穿雪白礼服，一头金发上戴一顶优雅的蝴蝶结小礼帽，缓缓走进门。尽管她的脸隐藏在大框偏光太阳镜和围巾装饰下难以辨认，但我记得她的气质和脚步的节奏，我仍然能感受到她的温存，这种本能的直觉将我从过去的孤独悲伤回忆中带入现实，在时间之门相望的我们，她背朝银装素裹的森林秘境，像圣洁的玛利亚从黄昏的彩霞中飘然而来，我仿佛认识她，但又不敢相信，难道真是她？这不可能！是她吗？是她！简直不可思议！我快哭了！

爵士用手势示意玛丽娜跟他上车回避一会儿，聪明的太太跟着他出去把门带上。

我没在意旁人的动作，全然凝视着她轻轻凑近我，默默注视着我的眼睛，慢慢摘下围巾和墨镜，露出一张妩媚的迷人笑脸。我亲爱的人啊，是她！真是她！我曾经那样执迷不悟地深爱过她！没错，是她！但是，她依然是我心爱的天使安德丽娅小姐？还是别人的贵夫人？我该怎么尊称她呢？顿时，我又悲从中来，我究竟该如何是好呢？！

"我亲爱的，你过得好吗？多年不见，你不认识我了吗？我是安德丽娅，你心爱的小姑娘又回到你身边来啦！"

"安德丽娅！这简直难以相信！上帝带你来到我面前，仿佛曾经的回忆又神奇重现，哦，如果不是我还活着，我的心脏还在跳动，我的眼睛还能看见，我的手还能触摸你的脸，我绝不会相信真的是你，安德丽娅，我的小精灵啊！我还记得你蓝宝石般美丽的眼睛，金色长发光彩照人，冰雪容颜艳压群芳，这一切你是知道的，世上无人能取代你在我心中的地位。可是，我曾经爱过你，我爱得那样纯粹，直到灵魂燃烧殆尽，也许，还留有一点余烬，然而，爱情这朵玫瑰早已香消玉殒，如果你不在此刻出现，我也不至于再次陷入感情的深渊！任何语言都无法表达我的悲伤！你为什么要出现在这里？到底发生了什么事情？我承受了多大的痛苦啊！你可知道？我承受了多大的痛苦啊！你为何还要来折磨我死去的灵魂？"

"你这么说让我有多么心痛啊！我亲爱的先生，并不是你想的那样呀！"

"那是怎样？难道你对我还不够残忍吗？"

"哦，求求你别说得这样无情，你怎么忍心恨我呢？你把我们的不幸全部归咎于我。你怎么一点也不知道呢？我为你被囚禁了三年啊！换来的不是英雄的眼泪而是生与死的诀别！当我躲进与世隔绝的修道院，以严酷的苦行方式反抗家族联姻，日夜哭泣着，祈祷上帝祝福你的时候，你可知道，为了爱情，我背弃了家族利益，拒绝了世上最富有的求婚者。因为，我爱你！这就是解释。相信我吧，比起你的痛苦，我胜过你十倍、百倍！我爱你，我爱你！让我说一百遍一万遍也愿意，上帝做证，你听说过的一切都是我父亲的谎言，我不曾嫁给荣华富贵，我也不曾像欧罗巴那样爱过至高无上的宙斯。我只爱你，我永远只爱你！如果让我在上帝的新娘和你的妻子之间做选择，我宁愿嫁给你！哪怕让我为你下地狱也心甘情愿！爱情是这世上最美好的感情，不容亵渎，我宁愿去当修女也绝不背叛爱情。我相信你不会让我失望，因为，倘若你移情别恋，那倒也好，我就能解脱了。但是，你并没有如此，我听说了你经历的苦难，还从荷兰斯泰因爵士那里了解到你在德国的艺术成就和隐居生活，事实证明，你一点也没让我失望。哦，我可怜的英雄啊！你是不是也想我想得发疯？原谅我，宽恕我吧，一切都是我的过错，想象你在那暗无天日的凄凉岁月里熬受寂寞，在回忆里、在梦里，我又何尝不是感到罪孽深重呢？哦，上帝呀，求求你拯救我的灵魂吧！假如你已不再爱我，假如我的死能换回你的爱。你不爱我了吗？告诉我呀！你是爱我的！我的心都快要死了！让我痛哭流泪吧！"

"我们都是命运的玩偶，各自经历人生中最坎坷的命运。三年生死两茫茫，现在，我们还剩下多少往日的激情？我们还能重燃爱情的火焰吗？我曾悲伤欲绝、万念俱灰！那时，我想，我活着还有什么意义呢？我曾经那样誓死不渝地爱你，爱情曾将我从苦难中拯救，让我满怀憧憬，你灼热的目光曾经点亮我的灵魂，在这孤独的世上，你让我的幸福理想充满崇高的光辉，我曾以为我们的爱，超越民族信仰和世俗成见的考验，纯粹如琶音，永远不会介入背叛和幻灭的休止符，终止我们爱情的乐曲。我多么天真地祈求上帝，祝福你虔诚的灵魂和我圣洁的爱情永沐神恩。希望我们终生相伴，彼此不仅在孤独的另一半中，也在共同的追求目标和精神领域融为一体。我曾深信不疑，将这美好爱情奉为无上光荣，你可曾记得我们爱的誓言？"

　　"我记得，那些神圣誓言和坚贞信念曾在我们温柔的喃喃私语和甜蜜的亲吻中发出蓬勃的和谐之音。回忆从前，我们在中国共度的每一天，和你曾说过的每一句话，还有我们共同对艺术的纯真热情中，一致向往的自由生活，至今还依然在我内心充满着爱情的音乐。这生死不离的誓言，我永远记得，上帝知道，我身不由己，面对百般施加于我的精神压力，我始终如一，忠于你，遵守《女性隐居修道者指南》避世三年，随着时间的推移，我的决心和毅力击退了重重困难，粉碎了求婚者的幻想，赢得了父亲的原谅，重新获得自由。我像逃出囚笼的小鸟无比渴望飞向你，我想方设法打听你的住所，谢天谢地，我终于从里希特先生那里得知你的消息。我终于见到你！我们经过了太久的离别，在那段孤独幽暗的漫长艰难时期，思念和祈祷围绕着我的心灵和思想，不断地相互对抗又不断包容，经过许多的改观和时间变化留下的结果，我们始终相爱，不容置疑，这一切都是真的！"

　　"我相信你，亲爱的。不要哭泣，我爱你，因这永恒不朽的爱，让我们的心灵借着真理的信念，达到不惧生死、超越时空的融合。感谢上帝啊！饶恕我过去年少无知，亵渎爱情和贪婪残忍的罪恶历史吧！现在，让我以这圣洁爱情和虔诚忏悔祈求上帝救赎我的灵魂，让我返璞归真，领受安宁的幸福吧！神爱世人，甚至将他的独生子赐给人们，让一切信他的，不至灭亡，反得永生。愿我们长相厮守，平安幸福！"

　　"愿主赐福，愿主垂怜，阿门。"

　　"仁慈的主啊，你将善良美丽的天使赐予我，如同你的荣光照耀我的灵魂，我的爱人、我的生命、我的灵魂，你是我艺术追求的崇高理想，你是我永不放弃的信念，嫁给我吧，我的玛利亚！让我有罪的灵魂得着你坚贞的爱和纯洁的信仰，指引我受洗皈依吧！我的天使，你愿意吗？"

"我愿意，我愿意嫁给你。我永远只属于你，我爱你！我爱你！仁慈的先生！"

我再也无法克制激动的眼泪和热切的冲动，无尽的爱和强烈的吻淹没了我们的悲伤。

第十九章

精神故乡

新的艺术生涯，波澜壮阔的生活历史，像精彩纷呈的春天，隆重奏响盛大的华丽圆舞曲。我孤独漂泊了半个世纪的追求历程，终于修成了真善美的道德境界。

人生通过自然和功利的物质生活阶梯达到理智世界的精神哲学，在我的知非之年，诠释了生命和心灵在绵延中升华的创造进化论，我在人生觉悟和艺术人格这两个领域探索自我意识发展，从分化矛盾实现统一稳定的真理，超越奥伊肯的人生意义与价值观论体系。意识流由外而内，贯穿直觉，感受艺术审美提高道德情操而形成的幸福，是我心灵向往的无限美好。现在臻于完善的仁智品格和对人生各个阶段展开全面回忆的至善状态，以精神生活为中心，形成认知的整体机制，建立了我的现代隐居生活和修道观念。这一时期的思想情怀和艺术成就，将我的统一性提高到前所未有的高度。伴随幸福而来的世界古典音乐巡演，使我的人生境界发出文艺复兴的人生光辉，像灿烂的春天，安德丽娅是照耀我心灵的太阳。

我们订婚的消息很快在欧洲媒体和互联网广泛传播，第一个为我高兴的人自然是我一直关心的父亲。我们约定将在明年的情人节举行婚礼。届时，我将请权叔代劳，负责我父亲从中国到法国的出席行程。

一个万众瞩目时刻，即将开启我艺术生涯的伟大时代，一场里程碑式的空前浩大的音乐会盛宴，将跨越欧、亚、澳三大洲，在各国最著名的歌剧院巡回表演，以飨无数古典乐迷。如此群星璀璨的世界演奏艺术家和歌剧演唱家携手同台表演的非凡意义，必将载入音乐史册。

在亲王的艺术基金赞助下，由我担任首席男高音歌唱家领衔表演，安德丽娅担任钢琴家，里希特担任艺术总监，我们将与各国最具权威的乐团以及歌坛明星合作表演，音乐节目包括普契尼、多采尼蒂、莫扎特、瓦格纳的歌剧和舒伯特、舒曼、威尔第的声乐套曲。

在维也纳国家歌剧院的首场演出，是我独唱多采尼蒂的法语歌剧《军中女郎》。雄伟典雅的文艺复兴风格音乐厅里座无虚席，该剧第一幕有一首男高音咏叹调"多么快乐的一天"，要求歌者在短短两分钟内连续唱足九个高音C，这是个极限挑战，也是成就一代高音歌王的试金石。历史上，斯苔芳诺把嗓子唱破才获得一个永远的男高音美誉，卡鲁索一生也许从未触碰过，当初帕瓦罗蒂也曾要求降B调，只是在萨瑟兰的坚持下才成就为一代高音歌王，如今再无人出其右。今天，我站在世界舞台上一展歌喉，要向在场观众和媒体记者，以及诸位权威专业人士证明，我是世界一流的天才男高音之王！

享誉全世界的柏林爱乐乐团从公司管弦乐队中选拔成员，别出心裁地配合法国著名钢琴家安德丽娅的伴奏，完美成就了我艺术家生涯又一次历史性的突破！

金光闪闪的贵族艺术殿堂中，高亢振奋的华丽美声和无数赞扬的掌声推波助澜，让我精彩的表演大获成功。

音乐无疆，大爱无私。这才是至高无上的艺术追求，源于生命内在冲动的上升精神和高贵美学热情所激发的天赋和成就，今天在此名扬四海，授予我世界古典乐坛男高音歌唱家桂冠，实乃盛名之下无虚士。

紧接着，我们又在西班牙和匈牙利国王的召见和宴请中，风风光光地正式登上基督教文化中的国家歌剧院，演唱莫扎特两幕歌剧《唐璜》第一幕第三场咏叹调《我的安宁依赖于她》。下半场最轰动的是卡雷拉斯的出现！公司决策层聘请好莱坞导演寻求我的舞台搭档，以此创造票房奇迹和加强社会关注度，结果证明这是一次非常成功的策划，我与卡雷拉斯合作演唱《黎明》《格拉纳达》，歌剧《弄臣》选段名曲《女人善变》，大获成功！

剧终以二重唱普契尼歌剧《曼侬·莱斯科》之《我从来没见过这样的女人》为高潮，圆满结束。

意大利是人类歌剧艺术发展的故乡，我们伟大行程的后半段环节，计划起于圣卡洛剧院，经过巴黎歌剧院、悉尼歌剧院、阿根廷哥伦布剧院，最终在莫斯科大剧院完美谢幕。

为了丰富每场演出的文化欣赏效果，公司不吝财力和物力，全方面寻求蜚声中外的艺术家名人与我同台献唱，衬托我的光芒。在新旧两个世界中心最古老恢宏的大理石宫殿，安德丽娅的冰雪美貌像珍珠般闪耀，她的手指在精致华贵的三角钢琴键盘上弹奏出富有感情和技艺的惊人纯音，让世人叹为观止！与她准确协作，绵延起伏的伴奏乐团，听从爵士无比严谨而独特的演奏指挥，借助先进的声乐效果和梦幻灯光融合神圣的雕像壁画象征意境，集所有美感，围绕我广阔通透的歌声形成一个点，向物理世界扩散，冲撞直觉，变化成心灵的音乐。

这是我艺术家生涯的巅峰时刻！我永远忘不了我与世界歌剧之王多明戈、德国男高音考夫曼、意大利男高音安德烈·波切利等明星同台献唱《今夜无人入睡》《不要忘记我》《我的太阳》《重归苏联托》《我整个心都属于你》等曲目时，那庄严雄壮的演唱发出荡气回肠的高音，在数以万计的歌迷中引起非同凡响的共鸣！以及我与塞西莉亚·芭托莉、莎拉·布莱曼、洁姬·伊凡、纳塔利·德赛等美艳歌星分别演唱《奥赛罗》，二重唱《夜幕已深》《魔笛》，二重唱《你已与我私订终身》《茶花女》选曲《饮酒歌》，《托斯卡》第一幕《马利奥！马利奥》和第五首《啊，那双蓝眼睛》时，我们共同为文化艺术事业奉献一生的热情和我们美好心灵的向往，我们在大雅之堂和杯酒言欢时建立的高情厚谊，犹如晶莹闪烁的珍宝，闪耀着古雅的绚丽梦想。

在往后的岁月里，回想我一生宏伟的世界演艺蓝图，音乐创造的友谊和荣誉代表爱情的见证，对心灵浇灌的幸福源泉，像一场旋律如歌蹁跹起舞的古典浪漫芭蕾舞剧，令人身心荡漾。那流光溢彩的辉煌岁月，像古希腊哲学的美丽新世界，永久珍藏在我幽静的记忆深处。

又一年炎炎夏日的欧洲避暑度假计划开始，鲜艳奔放的自然人文风景像油彩画，将无忧无虑、自由自在的生活，与丰富惬意的幸福爱情描绘得活色生香。轻松的甜蜜旅行时光中，这是我演艺生涯后，即将回归祖国前的最后一段欧洲生活回忆录。

呃，顺便提一下，安德丽娅的父亲前不久观看了我们在意大利歌剧院的巡演，他依然是一副权高德重、举止端庄而不失幽默和谐的贵族绅士神态，用大男子主义或老派贵族来形容他的气质还不够准确，因为他足智多谋的深邃眼神洞幽烛微，足以令小人从心里害怕他，但如果你是一个正人君子，他则对你以朋友相称。他的微笑具有不可抗拒的魅力，从中可以窥探你的心灵和思想，但和他相处没有压迫感，这就是他过人的品格和智慧，聪明人都有一个自我衡量的参照准则，将此发挥极致的阶层必定只有通情达理的实业家才擅长，如今孔世德对人生的追求似乎变高级了，从他亲切的祝福和真诚的友谊中，我看出了他身为一个贵族，却独具卓越超凡的道德精神。我迷惑不解，究竟是什么使他接受了宽容与仁慈呢？我想，答案是安德丽娅圣洁的爱情和虔诚的信仰唤醒了他的父爱和觉悟吧。我们现在终于功德圆满，合二为一。经过悲欢离合、大彻大悟的考验和忏悔，我们的灵魂受洗礼而重生，进入义的真善美行列。

整个夏季，我和安德丽娅都在享受旅行的乐趣，欧洲古老民主的现代生活与古典文化体验，在我们的人生旅途中谱写成娓娓动听的情歌。

在欧洲旅游就像在湖北省出城一样方便快捷。我们中国人所谓的西方很开放，其实指各民族文化生活的交流。

德国人是严谨、聪明的，这主要体现在德国人的军事和工业技术方面，以及文化方面，而且在世界历史上，德国是一个热爱哲学和艺术的宗教国度，德国人的民族精神体现在这些名人身上，比如俾斯麦、贝多芬、勃拉姆斯、巴赫、歌德、叔本华、尼采、莱布尼茨、腓特烈二世大帝、舒伯特、瓦格纳、爱因斯坦、奥本·海默……

季羡林先生在他的著作《彼岸印记》中写道：他们的彻底性是有口皆碑的，他们似乎不像英国人那样欣赏幽默，尊老的概念在西方国家几乎没有，西方社会是实用主义社会，一个人对社会有用，他就有价值，一旦没有，价值立即取消，没人认为其中有何不妥之处。德国人是异常勤奋智慧的民族，办事治学一丝不苟的彻底性名扬世界，他们在短短一两百年内创造的文化业绩彪炳寰中。但是在政治上，他们的水平却不高。另外，他还写道：美国人好动成性，活泼有余，沉稳不足。瑞士是一个山国，是世界花园，它本来就是一个多民族国家，官方语言就有德文、法文、意大利文三种。英国是一个诚实严肃的民族，有许多保守性，讲究礼节。法国是一个喜欢交际的民族，和他们打交道不像同德国人和英国人那样难，一见面说不上三句话，似乎就成了老朋友。北欧一些国家，风景旖旎，地广人稀。我们在尽情欢乐的现代生活与传统精神两个世界中，感受着工业革命进程创造的流行文化和古典艺术。

没有任何人和事物干扰这段假期，随行人员包括三名保镖与两位助理，他们在可控范围内负责我们的安全与起居。

旅行是读一本历史书，在认识世界的过程中理解人生的意义，感受自由与高尚的美，借以热爱生活。

博学多识的安德丽娅，命中注定要在这次西方文明之旅中成为引领我朝向心路历程的导师，听她讲解欧洲文化史正符合我的兴趣。于是，我们从德国南部最大的森林之城慕尼黑出发，到维滕堡。她全程用中文和我交流，这是一座象征由德意志民族精神引发西方社会现代化转型的世界著名教堂。

当我们怀着敬仰之心，了解在1529年德意志帝国的施佩耶尔会议后基督徒慷慨赴义的自由精神时，仍能想象到他们作为第一代激进分子，如何因回归旧约生活方式的原则而甘愿付出生命，成为后人铭记的先驱。五百多年过去了，一切不复存在。路德雕像仿佛仍在说："这就是我的立场，我只能站在这里。"

安德丽娅的语言天赋准确而生动地表达了教理。周一早上九点，当太阳照耀斯美塔那热爱的沃尔塔瓦河，透过金光闪闪的哥特式宏伟天主教堂的彩色玻璃窗，我谦卑的心灵仿佛被耶稣和使徒时代的崇高精神感化，沙漠神父的信仰和圣哲罗姆的经院哲学在威仪尊贵的圣温塞斯拉斯礼拜堂重现奥古斯丁的上帝之城。

我们肃穆凝视十四世纪神圣罗马帝国时代，波希米亚国王们的陵寝和查理四世的纯金皇冠、金球及令牌，追忆历代皇帝在此举行加冕典礼的豪华场景。

安德丽娅就是在这里感化了我的心灵，她细心的讲授和清晰的思路无不显示她学识超群，她的魅力从何而来呢？我相信从教育和修养中达到德才兼备是贵族的真正品格。更吸引我的是她的信仰，我一直认为她就是上帝派来指引我归信的人，这难道不是我的幸运吗？面对这广阔的历史天地，暗藏在我忏悔之心的悲悯人生情怀，强烈感受到超凡入圣的基督福音充满真理的光芒。

随着我们朝圣之旅不断认知圣经教义，爱情也因此而融合心灵的信念，产生幸福的精神理想，脱离世俗命运的苦难，进入真善美的信仰，蒙恩救赎。

在此期间，安德丽娅的信仰和我的情感并不冲突，尽管她的心思倾向于引导我归信，但这种意图从未涉及尊重和自由问题。在这种事关国籍的信仰上，我们彼此都知道保守着理性制约这条平等法则。安德丽娅对此深信不疑，我们的婚约达到前所未有的精神相通。

爱是包容和信任，爱是完整和创造，爱赋予人崇高的精神。

在悠闲舒适的漫长夏季旅行中，在各国餐厅独具特色的主厨菜单品鉴体验中，在布达佩斯的多瑙河畔，在尼斯的希米耶区眺望北方天空时，在马诺斯克薰衣草庄园静观黄昏时，安德丽娅对我讲隐居修道的圣教使徒如何表现出壮烈的牺牲勇气和伟大的情感力量，成就了西方世界巍峨教堂的荣耀历史。

我们旅行的最后一个礼拜，将在希腊城邦神话历史遗迹中留下壮美的爱情记忆，兴许是命运巧遇，未曾如愿的青葱岁月校园时代旅欧梦想，竟然在我漂泊生涯中的不惑之年实现了。回顾往昔那遥远的过去，连接着正在成为过去的现在，绵延至未来时空，形成人生过程完整的实存，将意识对世界的反映展露无遗。踏进众神国度怀想圣哲君王时代，感慨西方文明之源的象征意义。

间歇，素食者安德丽娅，罕见地破格与我们在悬崖酒店共同品尝生猛海鲜，平生第一次蘸柠檬汁生食法国贝隆生蚝，感觉像法式舌吻，一滑到底。应接不暇的世界各国鲜活食材，还有朝鲜的象拔蚌、加拿大龙虾、意大利海参、阿拉斯加帝王蟹、日本神户牛肉、南非孔雀鲍、挪威三文鱼……佐圣岛酒庄香槟，安静愉悦地沐浴在明媚的阳光下，多么欢畅的感官体验啊！我们一行人相互关照，融洽与共，乘邮轮一睹碧蓝的爱琴海风采，无不赞叹这人间天堂，圣岛之美！

黄昏之际，古铜色暮景像希腊诸神凯旋曲响彻天际。他们凌驾于广阔绮丽的苍穹之上，发出耀眼霞光，重临帕特龙神庙，将西方文化和欧洲哲学的雅典象征遍镀神光！

安德丽娅的微笑，让我想起这金迷的神秘黄昏中心魂荡漾的浪漫回忆。

欧洲旅行结束了，我们飞回德国，当天，各界名流和媒体记者通过我的助理，陆陆续续获准进入万湖别墅区探访我们的隐蔽生活。他们非常感兴趣的是我们这对未婚夫妻计划何时何地举行盛大婚礼，还有我们今年的演出活动，有哪些细节可以透露？最后是吴建英大使和刘秉衡秘书长亲自登门造访。

自从夏季旅行以来，我已很久未听到祖国那边的新闻了，安德丽娅猜出了我的心事，她的乐观给予我莫大的信心，希望我早日实现回国与家人团聚的夙愿。

下午茶时间，吴建英大使一行人乘坐三辆轿车，在德国警察的护送下来到克罗尼阿尔森街区，受到我们的高度重视，因此特意打扮后出门欢迎。玛丽娜太太忙进忙出，一会儿往客厅餐桌上酒上菜，一会儿给门口小花园茶桌边的几名警察端上咖啡、面包和水果，以示地主之谊。

"您好，吴大使，您好，刘会长，恭迎两位贵客亲自登门造访。"

"您好，李怀恩先生，久仰大名。您好，安德莉娅小姐，很高兴再次见到您。"

"我也一样，谢谢。"

"请进屋，玛丽娜太太，可以上菜啦。请坐，第一次在家招待两位高层领导，这真是我人生中意义非凡的一天啊！感谢领导对我的关怀，我先干为敬！"

"先生真乃性情中人，大名鼎鼎的艺术家就是有大家风范呀。"

刘会长斯斯文文地说。

"我们都是伟大祖国的同胞，服务中德友谊，维护中国公民的权益是我们的职责。其实，你最应该感谢的人是李诗嫚会长。我和她是同一所大学的金石之交，知根知底，她对你惜才如金，而且重情重义，这我很清楚。一直以来，都是她在尽力帮助你，我们为你做的一切都是她的功劳呀。她祝福你们俩生活幸福。"

吴大使谦逊地说。

"你们都是我们最感谢的中国朋友，我也敬二位阁下一杯酒。"

安德丽娅真情实意地说。

"感谢安德莉娅小姐，用我们中国人的话说，您这叫巾帼不让须眉。"

刘会长说完，同吴大使一起干杯。

"这是我做的几道湖北菜，专门款待二位，请各位领导品尝。"我自信地说。

"谢谢，今天我可太高兴了，在德国能尝到老乡亲手做的中国家乡菜，这是何等惊喜啊！哈哈，我们干杯，提前祝贺你们这一对神仙情侣喜结连理，百年好合。"吴大使说。

"我也祝福李怀恩先生，早日载誉归国。"刘会长说。

"知己之言，不胜感激，各位领导快来尝尝我做的菜吧，这是正宗的红烧武昌鱼，还有这个，冬瓜鳖裙羹，哇，您看，这是我爱人在我辅导下做的沔阳珍珠圆子，还有红烧洪湖野鸭，这是我的拿手好菜，瞧啊！粉蒸甲鱼，全都是地地道道的楚菜呀！在下不才，略懂厨艺，我们湖北菜可有讲究啦，鱼馔为主，汁浓芡亮，香鲜较辣，注重本色，菜式丰富，具有滚、烂、鲜、醇、香、嫩、足七美。"

"佩服您，不但歌唱一流，而且手艺了得，难怪先生能博得贵小姐的芳心呀，哈哈！身为湖北人，我为家乡有您这样优秀的人才感到骄傲。"刘会长说。

"您抬举了，在下不敢当啊。这多亏安德丽娅对中国文化的热爱才培养了我的兴趣呢。"

"热菜快凉了，我实在太饿了，我们开始动筷子吧！"

大伙被安德丽娅的可爱逗得哈哈大笑。

这欢欣文雅的气氛，让我满心安慰地感到原汁原味的中国人情味又回来啦！这真是一次难忘的回忆啊！

用餐完毕，我们转移到休闲区，坐在沙发上喝茶，开始正式交谈。

我站起身恭敬地说："为生活和友谊干杯！我万分感激两位贵友长久以来对我的包容，一直以来，我对祖国念兹在兹。经过这些年，我不断努力在世界艺术领域发扬传统，为国争光，获得无数功勋卓著的中西方文化交流大奖，并以此为荣，在欧洲扩展爱国华人慈善家楷模形象，屡屡向中国贫困山区儿童捐款助学。我算一笔账就能说明，在过去五年里，以我个人名义持续向中国红十字会、文学艺术基金会和中国宋庆龄基金会，总计捐献的慈善金额占据我每年全部税后收入的60%，累计约合人民币九千万元，由此可见，我对祖国所做的贡献表明我炙热的爱国之心。希望等我回国，能请求恢复我的政协委员职位，两位领导若能多多支持，我必将感恩戴德！"

吴大使请我坐下说："很好，这件事我会同刘秘书长还有李诗嫚会长，尽力帮助您完成心愿。"

"承蒙大恩大德，仅此鞠躬致谢！"

"另外，我们想知道，令尊会介入你们的婚姻吗？"

"尊敬的大使阁下，请您放心，我父亲绝对不会牺牲我的幸福换来他的政治筹码，因为他早已正式祈求上帝祝愿我们幸福。我们很快将宣布举行教堂婚礼。"

"那就太好了，既然如此，我们也衷心祝福你们，一切都幸福美满。时间已不早了，我们还有要事在身，恕不奉陪，我们该告辞了。"

"恭送吴大使和刘秘书长，招待不周，请多包涵。"我起身说。

走出门外，安德丽娅和我分别向他们和警察亲切愉快地握手告别。

天将傍晚，随着访客离去，这里又恢复了往日的清静平淡。剩下收拾碗碟筷子和打扫卫生的家务活儿，就落在了我们仨手里。

"安德丽娅，我差点忘了一个好久不见的老朋友。"

"让我猜猜，哦！我们离开太久了，以至于疏忽了荷兰斯泰因爵士的友谊。"

"我提议给他一个惊喜，现在打电话预约，明天去他家里，高高兴兴地玩一次室内音乐派对，你看怎么样？"

"棒极了！我的中国大厨。"

她撒娇地抱住我说。

里希特结束澳洲交响乐巡演回到家中休息的这些日子，并未知晓我们也回家的消息，对于我们阔别已久的重逢，他惊喜得出乎我们意料。

当晚的音乐沙龙让我们两方的家庭成员和邻居们真正听了一回我倾情献唱的中国艺术歌曲。在场观众围成一圈，边喝鸡尾酒边欣赏我和安德丽娅的钢琴伴唱，表演节目有《长江之歌》《那就是我》《我爱这土地》《杏花天影》《你是这样的人》《啊，中国的土地》《在那遥远的地方》《草原上升起不落的太阳》等民歌，在我们的异国友情中，留下了我深深的德国生活回忆，我永远怀念在异国他乡与爱人共度的日子，我作为一名中国艺术家和慈善家，旅居德国五年以来，与社会各界挚友以及邻居的深厚情谊，特别是我回国之前在德国度过的最后一个中秋节，那是 2015 年的白露时令，一位中国女士的到访成了我人生新篇章的标志。

负责接洽工作的人，正是李诗嫚的同学刘秉衡秘书长，他打电话预约我与她见面，于是乎，我开车到达距柏林路德宗新教教堂不远处的菩提树大街。走进祈祷堂，就轻易发现她正凝神仰望圣像，我心中暗喜，漫步走去，不动声色地跪在跪板上合十膜拜，主教宣布弥撒结束后，她和我继续端坐在教堂长凳上亲切地交谈。

我克制激动的心情对她说："万分感激您对我的大恩大德，李会长。"

她亲切地对我说："君子之交，厚德重义。"

"我想回国，继续为国家和人民鞠躬尽瘁！"

"你多年来为国争光的艺术贡献和慈善功德，我们有目共睹。我向你保证，祖国欢迎你，我们信任你。"

我激动地一把抓住她温暖的手，目光炯炯地大声问："真的吗？"

她像母亲哄孩子般答应我说："千真万确！等你回国之时，也就是大喜之日了吧？"

"是啊！我都快等不及想要请您喝喜酒啦，哈哈……"

"才子佳人，珠联璧合。后会有期吧，我最好的朋友，再见了，李怀恩同志。我期待在北京热烈欢迎你们回家！"

"一言为定！后会有期。"

我目送她在保镖的护送下坐车离去，我们依依惜别。在接下来的两周内，我跟置业顾问和冯托贝尔银行高管密切商谈，关于我的资产转移回中国的法律程序，并授权里希特爵士代理落实。快速办理完一切回国手续后，于9月25日晚，在亲王殿下与爵士及众多贵友送别我回国的音乐晚宴上，我庄重宣布了我与安德丽娅将在法国举行教堂婚礼仪式，并成功申请凡尔赛宫答谢宴，届时，将会有室内音乐会，诚邀诸位人杰与亲朋好友参加。顿时，霍亨索伦古堡中响起热烈的掌声，随后，亲王起身发表措辞优美的祝福感言。多么无上的光荣啊！一阵欢喜过后，兴致盎然的送别仪式在我一生中留下了精彩的回忆。

翻开人生这本书，反观内心重现的时光幻影，我恍然大悟：生活之路就像一位年轻的船长，梦想去远方寻猎黄金，成功归来时，却已白发苍苍，家园不复存在，幸福有何意义呢？

夕阳重现，时光一去不复返。

清明节的丛林深处，梁子湖畔墓园，独我一人久久站在我亲生父母合葬的坟冢前，情怀空悲地遥望霞光湖山。此时此景，在家乡故宅度过的傍晚，回想我这一生，那岁月中浮现的悲苦与幸福回忆像故乡的梁子湖，仿佛天国已宽容我的忏悔，荒古寂寥的晚霞像在宣布我过去的峥嵘岁月中，我与命运顽强抗争的艺术家生涯已结束。

自我载誉归国后结婚生子，皈依隐居，这十年间我已是知命之年。在父亲留给我的一栋大宅院里，夜晚失眠，我悄悄离开美丽的安德丽娅和年幼可爱的儿女，独自驾车到三公里外的梁子湖畔沙滩，漫步寻幽。

此时，我绝对孤独地站在世界最隐秘的一隅，星星和月亮还在交谈着夜晚的秘密。我身披西装长外套，戴着帽子、围巾和心爱的宝贝——我的绅士拐杖，在蓝色梁子湖孑然一身彳亍。

我怀着虔诚的博大心灵回头看一眼过去，啊！我曾无亲无故，像猎人般不屈不挠，生存在险象环生的社会荒原中，那无比热爱的天空与田园牧歌啊，那理想的壮丽创世诗篇，在我老之将至的生命进程中，我留恋的岁月像童年时在家门口对我挥手告别的母亲。我多想在这静静谛听恢宏荡漾的波涛声，望见云梯上飞下天使，带给我上帝的垂怜与救赎。

关于我的灵魂与原罪，我的目光与思想所涉及的道德理想与精神哲学，天籁将永远传唱我在精神界与社会实践中，留给世人艰苦卓绝的辉煌岁月，像英雄交响曲的苍茫人生情怀。

我曾经在外界因素与心灵内部的狂风暴雨中进行过的善恶斗争，都将在故乡的乌托邦中，为青山绿水所彪炳史册，传颂不衰。

还有我在信仰与人性中征服命运、求志达道的幸福家园历程，充满光荣的荆棘路上所追求的真理与境界。

这就是人生的价值与意义。